L'HEURE DES FOUS

Nicolas Lebel est né à Paris où il vit encore aujourd'hui. Après quelques allers-retours aux quatre coins du globe, il revient en France où, devenu enseignant, il exerce dans un lycée de l'Est parisien. Passionné de littérature et de linguistique, il publie chez Marabout, en 2013, *L'Heure des fous*, puis, en 2014, *Le Jour des morts*, en 2015 *Sans pitié ni remords*, en 2017 *De cauchemar et de feu*, et en 2019 *Dans la brume écarlate*, romans policiers caustiques où histoire, littérature et actualités se mêlent, des romans noirs qui interrogent la société française contemporaine avec humour et cynisme, dont le ton est souvent engagé, et le propos toujours humaniste.

Paru au Livre de Poche :

DE CAUCHEMAR ET DE FEU
SANS PITIÉ NI REMORDS

NICOLAS LEBEL

L'Heure des fous

MARABOUT

Ce livre est une œuvre de fiction. Les noms, les personnages, les lieux et les événements sont le pur produit de l'imagination de l'auteur.

Toute ressemblance avec un événement, un lieu, une personne, vivante ou morte, serait pure coïncidence.

© Marabout (Hachette Livre), 2013.
ISBN : 978-2-253-25999-2 – 1re publication LGF

À Victor Hugo, toujours.
À Eugene Sue. Il comprendra pourquoi.
À Michel Audiard pour ses morceaux
choisis de langue verte.
Au Centre international de sciences criminelles
et pénales pour l'ensemble des documents
accessibles en ligne.

«Tout l'art de la guerre est basé sur la duperie.»

L'Art de la guerre, SUN TZU.

1

Mardi 9 septembre

— Et le trois, là, c'est pas possible? demanda Ménard, perplexe.

— Ben non! Ce putain de quatre est obligatoirement là. Alors…, répondit Mehrlicht, tout aussi perplexe.

Il y eut un court silence et Ménard se risqua de nouveau à donner son avis.

— Vous êtes sûr, capitaine? Je veux dire… On peut essayer de mettre le trois et…

Mehrlicht releva la tête et fixa Ménard de ses yeux globuleux.

— Dis donc! Je te rappelle que t'es inspecteur stagiaire, et qu'un inspecteur stagiaire, ça peut pas savoir mieux qu'un flicard qui a trente ans de boutique, tu me suis?

Les mots de Mehrlicht semblaient se tordre et se traîner dans un bac de gravier avant de sortir de sa gorge. Le grincement qui en résultait suffisait souvent à mettre un terme aux débats.

— Oui, bien sûr, capitaine, capitula Ménard, en passant la main dans ses cheveux ébouriffés.

— Alors, ce putain de trois, il peut pas être là. C'est une question de flair, d'instinct. C'est le *feeling*, comme disent les rosbifs. Tu peux pas comprendre. Tu parles anglais ?

— Non… Je… Non.

— C'est ce que je disais. Tu peux pas comprendre. Deuzio : oui, je sais qu'on dit «lieutenant» et plus «inspecteur» depuis 1995. Mais j'aime mieux «inspecter» que «lutiner», si tu vois ce que je veux dire. Tu vois ce que je veux dire ?

— Je crois, oui.

— Troizio : il en reste pas moins que t'es stagiaire. Tu seras peut-être un cador dans trente ans, mais pour l'instant, au sudoku, t'es une quiche.

Mehrlicht replongea son regard dans la grille béante, laissant Ménard à son embarras, planté à côté du bureau. Arrivé depuis une dizaine de jours au commissariat du XIIe arrondissement parisien, le lieutenant stagiaire François Ménard se mettait lentement un collègue à dos. Et pas des moindres : Mehrlicht. Non seulement c'était Mehrlicht, «le collègue le plus ancien du commissariat», Mehrlicht, «le *capitaine* Mehrlicht qui vous accueillera dans notre grande maison», mais en plus c'était Mehrlicht, «le type à tête de grenouille dont il faut se méfier». Ça, on ne pouvait pas le nier : le petit homme chétif en costume marron avait une tête de rainette, un peu à la Paul Préboist, mais en plus batracien encore. Ses yeux etaient deux boules sombres que l'on aurait juré indépendantes l'une de l'autre, capables de lorgner l'une la grille de sudoku, l'autre ce qui passait alentour. Nul n'aurait pu dire s'il avait une langue visqueuse, mais à l'instant où il quittait le bâtiment – ce qui se produisait toutes les demi-heures –, on voyait poindre de sa gueule un mégot laiteux qu'il supait avec délectation, s'imbibant de sa teinte cireuse jusqu'au bout de ses doigts-ventouses. Au portrait s'ajoutaient des taches brunes qui ponctuaient chaotiquement son crâne fripé où vacillaient au vent du ventilateur les derniers lambeaux d'une chevelure défunte.

Mehrlicht devait avoir soixante-quinze ans, peut-être quatre-vingts, peut-être plus. Ce qui était sûr en revanche, c'est qu'il était de loin la plus vieille grenouille du commissariat, et certainement de l'Univers.

L'un de ses yeux pivota soudain pour regarder la porte qui s'ouvrait. Le lieutenant Dossantos parut, le cheveu noir et ras, toutes dents dehors comme tous les matins, faisant rouler sa masse bodybuildée de géant sous l'un de ses légendaires polos blancs à crocodile. Il portait à gauche son sac de sport noir et à droite, négligemment rejetée sur l'épaule, sa veste de toile bleue.

— Salut la compagnie !

— Salut, Mickael ! répondit Ménard qui tourna vers lui son visage anguleux et pâle tandis qu'il revenait vers son bureau vide.

— Encore dans ton jeu chinois ? Je croyais que ce

n'était plus la mode, dit le colosse au batracien sans se départir de son sourire.

— C'est pas chinois, c'est japonais, ignare, rétorqua Mehrlicht en ramenant son œil, même si les premiers ont effectivement été créés en Chine.

— C'est ça que tu aurais dû dire à Lepers, lança Dossantos, goguenard, en déposant sa veste sur le dossier de sa chaise.

Mehrlicht leva les yeux et toisa son collègue, acceptant le duel que Dossantos abandonna aussitôt. Mehrlicht se racla le bac de gravier.

— Tu as vu Sophie, aujourd'hui ? demanda le colosse.

— Elle est de *flash mob* à Beaubourg jusqu'à onze heures et demie. Ensuite, elle se pointe ici. Tu pourras lui faire des sourires à ce moment-là. Je me lasse pas de te voir te prendre des râteaux, putain !

— Ouh ! Le capitaine Mehrlicht est de mauvaise humeur, aujourd'hui. Le capitaine Mehrlicht tape où ça fait mal.

— Tu vois, lui, il lutine, observa Mehrlicht à l'intention de Ménard qui se garda bien de relever et entama une minutieuse scrutation de sa chaussure droite. Le jeune stagiaire s'était habitué aux numéros de duettistes du capitaine et du lieutenant, et il savait que prendre parti lui serait fatal. Il passa la main dans ses cheveux ébouriffés pour tenter de les aplatir.

— C'est quoi, ce… *flash mob* ? demanda-t-il tandis que le lieutenant Dossantos s'effondrait sur sa chaise

14

qui sembla couiner pour la dernière fois. Mehrlicht l'ignora.

— C'est un truc artistique, expliqua Dossantos. Des gens qui ne se connaissent pas s'inscrivent sur Internet pour participer. Ils reçoivent alors un mail qui leur fixe un rendez-vous à tous à une heure et à un endroit très précis. Le mail donne aussi la description d'un *mystérieux contact habillé de vert…*

Il avait accentué chacun de ces derniers mots afin de leur donner une étrangeté ridicule, puis marqua une pause pour révéler sa dentition de carnassier, presque heureux de sa blague.

— Sur place, le fameux contact distribue les consignes du *flash mob*. Par exemple, je crois que c'est à Londres, dans une gare, les passants ont vu d'autres passants s'arrêter, s'immobiliser… devenir statues… Tu imagines ? Dans un hall de gare, deux cents personnes qui s'arrêtent, comme ça, d'un coup ! Et qui restent comme ça pendant cinq minutes ! Ça a de quoi intriguer, si ça ne fout pas les jetons… Deux cents personnes, trois cents qui se mettent à répéter la même phrase ou à marcher à l'envers. C'est délirant !

— C'est un *happening*, ponctua Mehrlicht en raturant rageusement la page de son journal, avant d'ajouter, plus bas : je vais t'avoir, putain !

— Et puis au bout des cinq minutes, il y a un signal, un cri, un coup de sifflet qui indique la fin de… du jeu, si on peut dire.

De nouveau, il fit une pause dentée.

— Et tout le monde rentre chez lui. Et les

spectateurs, les passants, applaudissent, ou se demandent ce qui vient de se passer. Une foule éclair, on dit en français. Un *flash mob.*

— OK, merci, dit Ménard. Mais… en quoi ça nous concerne au juste… La police, je veux dire ? Pourquoi on doit y aller ?

— Eh ben…, Dossantos ramena ses deux gros bras mats sur le bureau et contracta sa mâchoire carrée. Eh ben parce que ces rassemblements de personnes sur la voie publique ou dans un lieu public sont susceptibles de troubler l'ordre public, récita-t-il.

— Ah ! OK ! C'est sûr. Merci.

— Code pénal, article 431 tiret 3, voyons ! ajouta-t-il.

Mehrlicht fit rouler le tonnerre dans sa gorge et se leva d'un bond comme si une alarme d'incendie venait de se déclencher dans son crâne tavelé. Il rajusta sa cravate beige, rabattit sa veste sans la fermer, et coassa très solennellement :

— Bon, moi, je vais m'en griller une.

Et il quitta la pièce sans un regard à quiconque. Dossantos attendit quelques instants, puis s'adressa au jeune homme qui lui faisait face sans le regarder.

— Ne t'inquiète pas pour Mehrlicht. Il a l'air con comme ça, mais c'est un gars bien.

— Ah ouaih ? Bah, il est quand même super con. Il mériterait d'avoir une cape et un S sur la poitrine. Je ne peux pas dire un mot sans qu'il m'envoie bouler, et ce n'est pas l'envie qui me manque de lui dire ce que je pense, je te jure. Dix jours et déjà, je n'en peux

16

plus. Encore cinq à tirer, ce n'est pas gagné. Et puis il ne devrait pas être à la retraite, à son âge ?

Dossantos le regarda.

— Tu lui donnes quel âge ?

Ménard marqua un temps.

— Je ne sais pas, moi. Je ne suis pas paléontologue.

Dossantos resta impassible.

— C'est malin ! Il a cinquante-deux ans.

Ménard le regarda, silencieux, essayant de trouver une étincelle d'humour dans les yeux du colosse, en vain. Il resta sans voix. Au moins, la laideur des costumes du capitaine s'expliquait : la pudeur les aurait qualifiés de *vintage* pour taire qu'ils avaient certainement été achetés en gros dans les années 1970.

La porte s'ouvrit soudain. Le capitaine Pansky passa la tête.

— Hé les gars ! Il y a Matiblout qui veut vous voir dans son bureau. On a un macchab gare de Lyon, et il est pour vous, veinards ! Il est où, Google ?

— Il est en bas, il fume une clope, répondit Dossantos en se levant.

2

L'esplanade de Beaubourg était bondée, comme d'habitude. Étudiants, touristes et passants y évoluaient en tous sens comme autant d'électrons lancés dans le vide vers une destination certaine, se frôlant, se percutant parfois, avant de reprendre leur course entre quelques blocs inertes. Là-bas, un homme d'une cinquantaine d'années, énorme, torse nu, retenait l'attention d'un groupe de spectateurs en mâchant des ampoules électriques et des lames de rasoir. Plus loin, c'était une bande de punks percés de toutes parts, jongleurs et cracheurs de feu débutants qui donnaient un spectacle dont chacun espérait secrètement une fin tragique. Sur le côté, une dizaine de clochards étaient étendus, certains en position de bronzage sous le soleil flageolant de septembre, d'autres endormis. L'un d'eux, assis, caressait son chien, un bâtard pelé qui n'avait qu'une oreille, en observant la foule. Il sirotait de l'autre main une bouteille de vin qui ne portait aucun millésime. Les mains dans les poches de son cuir noir, le lieutenant Sophie Latour observait le ballet des badauds, son parapluie sous le bras, attendant l'heure. Elle aperçut Assani, le gars des RG. C'était toujours lui qui couvrait les *mobs*. C'était toujours elle aussi. Elle le vit avancer à travers la foule, dans son teddy bleu et blanc. Sous ses cheveux noirs de pub Pantene Pro-V, il jetait des regards de droite et de gauche avec un air de rien qui montrait son expérience. Il la vit et lui fit un geste de la main qui la décontenança. Elle sourit faiblement et détourna les yeux. Il vint la rejoindre.

— Ça va ?

— Oui, oui, ça va…

Elle reprit plus bas :

— On devrait peut-être se séparer, non ? Ce n'est pas…

Il la regarda, sans un mot. À chaque fois, la blancheur de son visage le surprenait, tant elle contrastait avec le bleu de ses yeux. Il aurait voulu plus de temps pour compter ses taches de rousseur, mais chacune de leurs rencontres durait le temps d'un *flash mob*. Il enchaîna :

— On est deux copains, on s'est donné rendez-vous pour le *mob*. Rien de fou, quoi !

— Bien sûr.

— Comment ça va, gare de Lyon ?

— Comme tu dis, *rien de fou*. Juillet a été calme, et en août, j'étais en Bretagne, chez mes parents.

— Cool ! C'est joli, la Bretagne !

— Très.

Ils restèrent un instant silencieux. Il reprit :

— On pourrait boire un verre un de ces soirs.

Elle baissa le menton.

— Non, ça ne va pas être possible.

— Ah…

Ils restèrent un instant silencieux. Elle reprit :

— Tiens ! Il est là-bas. Bon. À plus.

Elle s'éloigna, laissant balancer sa queue de cheval rousse dans son sillage. Le contact venait d'arriver. Son chapeau bavarois le rendait aisément repérable, et déjà une dizaine d'individus s'approchaient de lui, récupéraient un papier et disparaissaient dans la foule. Elle en saisit un et s'éloigna en le lisant :

Fêtons l'hiver !

À 11 heures précises
Ouvre ton parapluie
Et parcours l'esplanade
En chantant « Vive le vent d'hiver »

À 11 h 05
Au coup de sifflet
Ferme ton parapluie
Et quitte l'esplanade
En silence.

Elle enfonça les consignes dans la poche de son cuir noir et soupira. C'était là son quatrième *flash mob*, et le lieutenant Latour se lassait de ce jeu. Elle se souvenait de sa surprise, la première fois, lorsqu'elle s'était retrouvée au milieu d'une bataille d'oreillers au Trocadéro. Les regards ahuris ou amusés des passants lui avaient beaucoup plu, et elle avait éprouvé ce sentiment de différence, d'unicité ou d'appartenance qui emplissait de fierté les participants. On se sentait artiste, au cœur de la création, de l'événement. On se retrouvait complice d'anonymes sous les regards envieux des passants solitaires. Puis la fierté, l'amusement étaient passés avec le deuxième *flash mob*. Au troisième, le flic était revenu sur le devant de la scène avec ses doutes et ses soupçons. Ce n'était plus le jeu ou le spectacle qu'elle voyait, mais une foule d'individus attirés par d'autres en un même endroit à un instant précis. En ces temps de mort massive, elle ne comprenait pas comment ces gens pouvaient être aussi naïfs et se rassembler ainsi, au moindre appel, sans voir le piège possible, comme autant de rats captivés par le joueur de flûte jusqu'à la noyade. On savait qui étaient les organisateurs, bien sûr. Le groupe avait depuis longtemps été infiltré, mais quand même… Elle-même s'y était laissé prendre. Combien de temps faudrait-il avant qu'un type n'utilise ces rassemblements pour s'y faire exploser ? À n'en pas douter, le *flash* en serait éblouissant, surtout à la télé.

Les parapluies s'ouvrirent en bruissant comme une envolée de corbeaux et tirèrent Latour de sa sombre rêverie. Elle ouvrit le sien à la hâte et déjà chacun entonnait le chant fédérateur du jour. On pouffait à droite, on beuglait à gauche. Et la foule se figea un instant pour contempler le spectacle. Latour sentit un poids dans son estomac, de plus en plus lourd, tandis qu'elle traversait la horde hilare et communiante. Son cœur s'emballait. Elle lançait des regards de tous côtés, puisque cette esplanade était maintenant l'endroit le plus dangereux du monde. Elle se tourna, puis se retourna. Les punks ainsi concurrencés trépignaient de colère et braillaient des injures, faisant tintinnabuler leurs anneaux nasaux et mammaires. L'obèse reprenait « Vive le vent » en chœur, postillonnant du verre pilé. Le chien pelé, tendu sur ses pattes, aboyait sans relâche, tandis que son maître continuait de scruter cette foule d'un œil impavide. Latour avait chaud et froid en même temps. Quelqu'un attrapa son bras.

— Ça ne va pas ? Tu es toute pâle, lui dit Assani.

— Non, ça ne va pas.

— Viens, on va s'éloigner un peu.

Il prit sa main et l'entraîna à travers la cohue, se faufilant ou forçant le passage au milieu de gens qui chantaient ou applaudissaient. Avant qu'ils n'aient pu quitter cette masse compacte, les parapluies se refermèrent dans un concert d'applaudissements et de cris, et les *mobbers* se dispersèrent, comme rappelés aux tréfonds des canalisations polychromes du Centre Pompidou.

— Merci, lui dit-elle. Ça va aller !

Elle lâcha sa main.

— Tu ne veux pas que je te raccompagne ?

— Non, ça va aller. Merci.

— Bon, OK! Tiens, je te file mon numéro, si tu veux te changer les idées et boire un verre…

Embarrassée, elle prit sa carte.

— À la prochaine? lui lança-t-il, sourire au vent.

— Certainement pas, conclut-elle.

Le commissaire Matiblout était assis à son bureau, le dos bien droit dans son costume droit. Sa petite moustache était droite. Ce gros bonhomme de cinquante-huit ans avait eu une carrière toute droite, encouragée par des amis de droite qui croyaient en la valeur travail et votaient pour elle. Matiblout était arrivé dans ce commissariat du XIIe arrondissement quatre années auparavant. Venu tout droit de Saint-Denis, la ville la plus dangereuse de France d'après les statistiques de ses amis du *Figaro*, il s'était vite fait une réputation de Monsieur Sécurité grâce à ces mêmes amis. Il était indéniable que depuis son arrivée, il avait réglé un grand nombre d'affaires, bien plus en tout cas que ses prédécesseurs, aussi dérisoires que fussent certaines. Matiblout savait plaire à ses amis, ses amis le lui rendaient bien, et sa hantise était de les décevoir. Alors, il faisait du chiffre. Dans son plus effroyable cauchemar, Matiblout était réprimandé par le Président Sarkozy en personne devant l'assemblée moqueuse de ses pairs pour n'avoir pas assez verbalisé, contrôlé, arrêté, confisqué, enlevé, constaté, interrogé, fiché, déféré… Matiblout faisait le nécessaire pour que cela n'arrivât jamais. Mais il savait que même si Sarkozy n'était plus là, cet ignoble cauchemar ne le quitterait pas. Songeur, il attrapa le cadre posé sur son bureau, et se souvint qu'il n'avait jamais remis ce costume bleu sur lequel le Président Sarkozy avait épinglé la Légion d'honneur. Avant l'accolade. Certainement le plus beau jour de sa vie. Puis la gauche avait pris le pouvoir…

On frappa à sa porte. Il reposa le petit cadre à la hâte.

— Entrez ! lança-t-il d'un ton sec.

Le capitaine Mehrlicht, le lieutenant Dossantos et le lieutenant stagiaire Ménard entrèrent ensemble dans le large bureau dont les murs défraîchis étaient tapissés d'une paperasse multicolore.

— Bonjour. Ne vous asseyez pas, vous êtes déjà partis, leur lança Matiblout. La BAC vient d'appeler. Ils ont un cadavre sur une voie désaffectée près de la gare de Lyon, à hauteur de la voie 24. C'est un SDF qui a été poignardé, d'après ce que je sais. Le procureur nous charge de l'affaire. Il est 11 h 20. Vous appelez Latour pour qu'elle vous rejoigne là-bas. Le légiste est en route. Vous me réglez ça rapidement. Identité, appel à la famille, questions aux clochards du coin. Rapide et propre, qu'on n'y passe pas Noël. Je compte sur vous, capitaine, pour me boucler ça vite fait.

— On est déjà partis, patron.

— J'aime vous l'entendre dire. On se revoit à 18 heures ce soir pour faire le point.

Il baissa les yeux vers une liasse de feuilles, faisant mine d'être déjà seul. Mehrlicht et sa troupe quittèrent le bureau.

4

Le soleil de septembre commençait de pâlir, jetant une lumière froide sur les rails d'acier à perte de vue. Mehrlicht, Dossantos et Ménard progressaient le long d'une voie ferrée, suivant un des ouvriers de la SNCF en gilet fluo sous la toile des câbles électriques qui vrombissaient funestement. Leurs pieds s'enfonçaient en rythme dans les cailloux qui bordaient la voie, dans un bruit de pelles remuant la terre. Le cadavre n'était plus très loin.

— C'est plus très loin, dit l'homme fluo.

À une centaine de mètres, on voyait déjà les gars de la BAC, en uniforme, et d'autres types en fluo. Ils formaient un cercle et en scrutaient le centre, silencieux et graves. Mehrlicht se prit à penser qu'il n'aimait pas les cadavres de septembre. Ils annonçaient un hiver rigoureux.

Les gars en uniforme les saluèrent, portant leurs mains ouvertes à leurs tempes. Les gars en fluo les imitèrent, portant deux doigts à leurs casques.

— Bonjour, messieurs. Capitaine Mehrlicht. Il

lança son bras droit de chaque côté, faisant claquer son imperméable beige. Les lieutenants Dossantos et Ménard. Bon. Au moins, ce gars-là mourra pas de froid cet hiver. Qu'est-ce qu'on sait, brigadier ?

Le grand échalas à lunettes s'exécuta.

— Bonjour, capitaine. Les gars travaillaient sur la voie 12. Ils ont vu trois types qui en tiraient un quatrième. C'était une bande de clo… de SDF. Ils allaient vers la gare. La victime se débattait, alors, les gars ont voulu intervenir. Ils ont gueulé pour que les SDF arrêtent de se battre, et ont commencé à approcher. Alors, les trois types ont paniqué et ils ont poignardé le quatrième. Ils se sont enfuis vers la gare. Ils ont disparu entre les bâtiments, là-bas. Les gars sont arrivés près de la victime, le type était déjà mort. Alors ils nous ont appelés… On a constaté le décès, et on vous a appelés.

— Personne n'a rien touché ?

— *A priori* non, capitaine.

Mehrlicht regarda sa montre qui indiquait 12 h 10.

— C'était à quelle heure ? demanda Dossantos, en écartant sa veste de toile bleue pour se pencher sur le corps.

— C'était 8 h 38. Je sais, j'ai regardé, répondit un gars en fluo, coupant le gars en bleu dans sa hâte de prouver qu'il était rompu à toutes les techniques modernes d'investigation policière, dont lire l'heure. Ils l'ont poignardé comme des sauvages.

Les autres confirmèrent. Dossantos s'agenouilla auprès de la victime. L'homme avait une quarantaine

28

d'années, peut-être plus. Son visage était couvert de crasse ou de suie, ce qui rendait l'évaluation difficile. Ses mains étaient tout aussi répugnantes et ses ongles avaient une noirceur bleutée. Tout son corps exhalait une odeur effroyable de charogne et de vinasse. L'homme était allongé sur le côté, en position fœtale, comme pour mieux illustrer la fin d'un cycle. Il semblait petit à côté de Dossantos.

— Touche à rien, putain ! Carrel va gueuler ! reprit Mehrlicht.

— Je connais le code de procédure par cœur. Je regarde juste !

Mehrlicht se détourna de lui, agacé, pour interroger les types en uniforme :

— Vous avez pu obtenir un signalement des agresseurs ?

— C'étaient des SDF aussi. Trois types bruns, entre un-soixante-quinze et un-quatre-vingts. Des vêtements sombres et sales. Les visages étaient sales aussi. Il y en a un qui était en survêtement. Un autre avait les cheveux noirs et frisés. Le dernier, un grand Noir.

— Rien, en somme, conclut Mehrlicht. Bon, faites reculer tout ce petit monde qu'on y voie plus clair.

Les types en uniforme se mirent au travail et le cercle s'élargit. Le bruit de pierre derrière eux annonça l'arrivée de trois hommes dont l'un portait un brancard, un deuxième une chemise à carreaux rouges et noirs et un gros appareil photo. Le troisième, en costume, à la traîne, peinait à mouvoir son corps rondouillard sur le sol meuble, manquant à chaque instant de déraper et de s'écrouler. Il progressait chaotiquement, bouffant comme une vieille chaudière et tirant une grosse sacoche de cuir noire.

— Il n'aurait pas pu mourir plus près de la gare, celui-là ? Ça fait dix minutes qu'on marche le long des rails, lança le gros médecin, essoufflé, en réajustant ses fines lunettes.

— Salut Carrel, dit Mehrlicht. J'espère que tu pourras le faire parler. Parce qu'à nous, putain, il veut rien dire !

— Voyons voir ! Il se tourna vers l'un de ses sbires. Didier, tu me prends tout en photo, le corps et les alentours.

L'homme en chemise canadienne se mit à mitrailler le corps sous tous les angles avec un tel zèle qu'on aurait pu penser qu'il voulait refaire son book. Il se calma finalement et prit quelques photos des environs.

Le médecin se baissa et examina le corps. Dossantos se releva et s'écarta. Il regarda Ménard qui ne quittait pas le cadavre des yeux.

— Ça va ?

Ménard réajusta sa veste noire et se passa la main dans les cheveux.

— Oui, ça va ! Je suis juste surpris. C'est mon premier… corps. Je pensais que ça serait pire. Et ça ne me fait rien.

— Tant mieux ! C'est une des sales parties du boulot.

— Tu verras, inspecteur Ménard, ajouta Mehrlicht, ce *sera* pire. Ton premier, c'est un clodo de quarante piges. On s'en fout, putain! C'est normal. Mais tu verras, à ton premier gamin battu à mort par son vieux bourré, ou ta première gamine violée, étranglée et jetée dans une poubelle, putain, là, on prend un coup. Là aussi, tu seras surpris.

Ménard le regardait. Le flash de l'appareil photo crépita dans ses yeux, et il s'éloigna de quelques pas.

— C'est malin! Tu l'as aidé, là, c'est évident, lui dit Dossantos en écartant ses gros bras.

— Quoi? Il est là pour apprendre, non?

Mehrlicht mit une cigarette dans sa bouche, l'enflamma et tira dessus comme un veau sur le pis nourricier. Le bout incandescent rougit dans un crépitement d'incendie tandis que la fumée brûlante filait vers ses poumons avides. Mehrlicht la retint un instant, les yeux fermés, puis la libéra dans un soupir. Il pivota ensuite lentement sur lui-même, inspectant les environs. À cinq ou six voies de là, un TGV quittait Paris, lentement, du bout des roues, sans déranger personne. Un léger bourdonnement s'échappait d'un bloc électrique à quelques mètres d'eux. Quelques oiseaux noirs passaient dans le ciel.

— C'est sûr que pour l'enquête de voisinage, c'est pas gagné.

Mehrlicht pensait tout haut.

Carrel se releva et appela le brancardier:

— On l'embarque. Si vous voulez jeter un œil, c'est maintenant, souffla le gros homme en sortant de sa grosse sacoche un carnet à souche qu'il commença à remplir.

Dossantos enfila des gants de latex et se pencha à son tour sur le corps.

— Qu'est-ce que tu fous avec des gants en latex, toi ? lui demanda Mehrlicht, éberlué.

— Je regarde *Les Experts* sur la Une. Tu devrais.

— Il a raison, reprit Carrel. C'est là que j'ai tout appris.

Mehrlicht grogna et aspira une bouffée de sa gitane.

— Je regarde pas la télé. Ça rend con. Et puis, si c'est pour finir habillé en latex…

Dossantos tenta sa chance et explora le manteau putride. Les poches extérieures ne contenaient que quelques centimes et du tabac à rouler. Mais en fouillant la poche intérieure du manteau, il découvrit une clé qu'il tendit à Mehrlicht.

— Ça doit être la clé de son loft, souffla ce dernier dans un nuage de fumée avant de se tourner vers le légiste.

— Je peux te prendre un petit sac plastique ?

Carrel lui en tendit un. Mehrlicht y laissa tomber la clé et rangea le tout dans sa poche.

— C'est bon ?

Dossantos opina du chef, l'air déçu. Ménard se rapprocha.

— Il n'est pas censé avoir un carnet de circulation sur lui… je veux dire, comme tous les SDF, avec son nom et sa commune de rattachement ?

— Si, répondit Dossantos, comme tous les

voyageurs, forains, commerçants itinérants sans domicile fixe. Article 5 de la loi du 3 janvier 1969.

Dossantos avait fait son droit et le faisait savoir.

— Mouaih. C'était surtout pour les gitans, au départ, quand ça a été mis en place avant la Première Guerre, commenta Mehrlicht. Il fallait contrôler leurs allées et venues sur le territoire. On l'appelait « carnet anthropométrique d'identité » à l'époque. En plus des photos et des infos d'usage, il y avait le pays d'origine, la longueur et la largeur de la tête, la couleur des yeux, la longueur du pied gauche et de l'oreille droite…

— Non ? souffla Ménard, incrédule.

— L'envergure des bras, la longueur des deux majeurs, la hauteur de la taille…

Mehrlicht se délectait de son exposé.

— Et bien sûr, les empreintes digitales ! Heureusement, ça s'est un peu assoupli depuis, avec la loi de 1969. Mais ils doivent quand même se pointer dans un commissariat tous les trois mois pour le faire tamponner, sous peine d'amende ou de prison. Et s'ils n'en ont pas : prison aussi ! Un contrôle judiciaire permanent, quoi !

Dossantos se releva en fronçant les sourcils.

— Il faut quand même bien contrôler ces gens qui n'habitent nulle part, et avoir une fiche sur eux. Ça peut être utile.

Mehrlicht fit gronder l'orage dans sa gorge et fixa Dossantos.

— Ah mais c'est clair ! Ce fichage a été super utile

à Vichy en 1940 pour les retrouver et les coller dans des camps !

Ménard regardait les deux hommes. Le numéro de duettistes tournait à l'aigre. C'est Carrel qui intervint :

— Oh là ! Tout doux, mes agneaux. Ça n'est pas nouveau, les pauvres sont des gens suspects. Surtout quand ils ne sont pas de chez nous. Revenons à notre victime…

La tension retomba entre les deux collègues.

— On y va, lança Carrel à l'intention de ses deux sbires. On ne trouvera rien de plus sur place.

Il acheva de remplir le cahier à souche qu'il tenait et reprit, le stylo sur la joue :

— Cinq coups de couteau, deux au thorax, trois à l'abdomen. À mon avis, mais je peux me tromper…

Mehrlicht, Dossantos et Ménard se tournèrent vers lui.

— Quoi ? demanda Mehrlicht.

— C'est criminel !

— T'es con ! J'ai cru que t'avais le nom du coupable, moi, rétorqua Mehrlicht, feignant la déception.

— T'as qu'à écrire dans ton rapport que c'est une victime de « L'Homme au couteau ». Ça plaira à la presse.

— Pas mal ! Ou « Le Surineur de la gare de Lyon ».

— « Le Boucher du rail » ? hasarda Carrel.

— Sublime !

Les yeux de Dossantos allaient de l'un à l'autre. Il sentait confusément que les deux vieux collègues plaisantaient, mais l'humour de la situation lui échappait. Un meurtre, c'était immanquablement la preuve que la police avait dysfonctionné. Pas un sujet de bons mots. Carrel retira ses lunettes et les rangea dans leur étui, avant d'ajouter gravement :

— Au moins, il ne mourra pas de froid dans un mois !

— Je l'ai déjà faite, celle-là, répondit Mehrlicht.

— Si tu me piques mes meilleures blagues, en plus… J'essaie de te faire ça pour après-demain, ça te va ?

— On dit demain, plutôt ? tenta Mehrlicht.

— Va pour après-demain, alors ! conclut Carrel en s'éloignant déjà à la suite du brancard.

Latour arriva sur ces entrefaites. Sous les regards captifs des gars en bleu et en fluo, elle remontait les rails, les mains dans les poches de son cuir, sa queue de cheval rousse bondissant de droite et de gauche. Dossantos vint à sa rencontre.

— Salut ! Je suis content que tu n'aies pas vu le corps. Ça s'est bien passé le *mob* ?

— Super ! Je vous préviens, c'était mon dernier.

Mehrlicht les appela dans un nuage de fumée :

— Bon ! La BAC m'embarque tout ce petit monde pour les dépositions. Je pars avec eux. Vous trois, vous remontez cette putain de voie pour voir d'où ils venaient, ces types. Ensuite, vous suivrez la voie jusqu'à la gare pour voir par où ils ont disparu. Vous irez voir à la gare si les caméras ont filmé quelque chose. On se retrouve à 14 heures au burlingue.

Il se racla la gorge dans un coup de tonnerre et rejoignit les policiers en uniforme.

5

Dans la grande pièce aux murs verts – et chacun se demandait qui avait eu l'idée lumineuse de peindre des murs en vert amande –, Mehrlicht était assis à son bureau qui, de tout temps, était recouvert d'une épaisseur terrifiante de papiers colorés et de dossiers en souffrance. À la lumière des vastes fenêtres, on y distinguait pêle-mêle des chemises cartonnées aux élastiques surtendus, des cartons d'archives éventrés dont l'état et l'absence prolongée déclencheraient prochainement la fureur du commandant Thibault, quantité de feuilles volantes où il avait noté à la hâte des informations importantes qu'il ne pourrait jamais relire, trois magazines de sudoku de force neuf et dix, et le tome VII de l'encyclopédie Larousse. Il avait refusé que l'on y installât un ordinateur au prétexte de ne pas chambouler son classement, et utilisait ceux de Dossantos ou de Latour pour ses rapports. Le bureau de Dossantos, en face, était impeccable. Le meuble réglementaire de faux bois noir à l'armature chromée supportait un ordinateur devant lequel un stylo avait été parallèlement rangé. Une chemise maigre réunissait l'actualité professionnelle du colosse et peut-être ses uniques lectures. Mehrlicht tourna la tête et observa le bureau du lieutenant stagiaire Ménard, en face, à droite de celui de Dossantos. L'ordinateur avait été tiré au milieu du bureau et un carnet de notes ouvert bâillait sur le côté parmi une foule de stylos colorés. Mais l'espace en fouillis semblait pourtant aussi vide que celui de Dossantos. Mehrlicht regarda le dernier bureau, celui de Latour. Il était net, également. Mais moins impersonnel. Latour y avait laissé une petite figurine de bigoudène, clin d'œil à sa Bretagne natale qui lui manquait, que Dossantos avait appelée *Bécassine* avant d'être recadré par la Bretonne rousse. Un autocollant syndical collé sur le flanc de son ordinateur témoignait de son intérêt pour la politique et de son engagement. Le petit homme aux yeux globuleux soupira. Ses *gars*, comme il les appelait, tardaient à revenir. Il se frotta les yeux et allait les replonger dans la grille de sudoku lorsque la porte s'ouvrit. Ses gars entrèrent en file indienne.

— Rien ! On a remonté la voie jusqu'à la gare, on n'a rien trouvé, dit Latour. Des rails, des cailloux, quelques locaux techniques. Pas de traces de sang. On a regardé les bandes vidéo des caméras de la gare. Les gars qu'on nous a décrits ne sont pas passés par la gare après l'agression.

— On a même vu les bidasses de Vigipirate. Ils

n'ont rien vu, aucun groupe qui remontait la voie, ajouta Dossantos. Les trois types se sont volatilisés en route.

Mehrlicht, assis à son bureau, toisa les trois lieutenants de ses yeux globulaires.

— Ils avaient quand même bien l'intention d'emmener la victime quelque part, putain ! Ils le tiraient pas le long des voies juste pour le buter devant les Village People.

Il se racla la gorge. L'heure de la gitane approchait.

— Peut-être que si, au contraire. Ils voulaient peut-être des témoins, tenta Latour.

Mehrlicht soupira.

— Les ouvriers étaient assez loin. Ils auraient pu ne pas voir… ou être partis… Je sais pas, conclut-il. En plus, d'après leurs dépositions, ils ont vu trois types qui se bagarraient avec un quatrième avant de le poignarder. Ils ont rien vu, quoi ! Tu en dis quoi, inspecteur Ménard ?

Ménard eut à peine le temps de dissimuler sa panique. Il releva la tête et les regarda tous les trois, bouche ouverte. L'après-midi commençait mal : interro surprise. Il passa la main dans sa tignasse blonde.

— Si on ne sait pas d'où venaient les suspects, ni où ils sont allés ensuite… On sait en revanche où la victime ne voulait pas aller : vers la gare. On pourrait peut-être essayer de voir d'où elle venait, interroger quelques SDF en amont… ou quelques commerçants alentour.

Un silence s'installa. Latour sourit légèrement. Les regards convergèrent vers le capitaine Mehrlicht.

— Excellente idée. Je mettrai dans mon rapport qu'elle est de moi, putain. Allez ! On y va. Au point où on en est, ça nous donne au moins quelque chose à faire. Le contribuable va être heureux de nous voir bosser. Tenez ! Carrel nous a envoyé une photo du clodo.

Il leur tendit trois feuilles de papier où s'étalait le portrait couleur d'un homme aux cheveux châtain foncé mi-longs. Son nez était petit, quoiqu'un peu épaté, et son menton, barré d'une petite cicatrice, semblait légèrement en galoche. Ce visage pourtant jeune était strié aux bords des yeux et des lèvres de ces rides qu'ont les hommes qui ont pris plus que leur part de vie. De profonds sillons couraient sur son front maintenant apaisé. Sa peau jaunâtre et ses paupières grises irrémédiablement closes s'accordaient étrangement avec l'arrière-plan en inox.

— De mon côté, pendant que vous vous promeniez, j'ai appelé la préfecture pour avoir la liste des clodos qui ont fait viser leurs carnets dans le XIIᵉ, ces quatre derniers mois. Je leur ai dit de laisser tomber après les deux mille premiers noms…

Mehrlicht se leva, se racla la gorge, et s'approcha de la carte du XIIᵉ arrondissement qui recouvrait le mur…

— On fait deux équipes. Inspecteur Ménard, tu viens avec moi, on prend le côté quais de Seine. Vous deux, vous prenez Daumesnil et Diderot. On se retrouve à 16 heures au troquet des arcades, là. Comment il s'appelle déjà ?

— *L'Arrosoir*, dit Latour.

— C'est ça, conclut Mehrlicht. À 16 heures. Et personne va chez Surcouf !

6

Le lieutenant Latour ne se faisait guère d'illusions. Tandis qu'elle descendait l'escalier qui la menait à la voiture, elle se disait que les heures prochaines allaient être assez pénibles; elle ferait face, dignement, ne perdrait pas son sang-froid. Mais elle savait combien Dossantos pouvait être lourd dans ses minauderies de collégien. Il lui ouvrirait les portes et soulignerait lui-même combien il était prévenant avec elle. Il lui sourirait en continu, ce qui l'obligerait elle-même à lui sourire et à déclencher d'interminables compliments sur son sourire éclatant. Il reprendrait chacune de ses paroles pour faire mine d'en savoir plus sur elle ou d'être attentif. L'enfer est une vaste entreprise et Dossantos en était un VRP implacable.

— Tu veux conduire, Sophie?

— Non, non, vas-y! J'ai eu assez d'émotions pour la journée.

— Le *flash mob*?

— Oui.

— Je ferai le prochain si tu veux.

Il la fixa, attendant sa réponse. Elle monta dans la voiture.

— Bon ! On descend Daumesnil et on voit qui on trouve.

— Oui.

La voiture quitta lentement l'immeuble gris et remonta jusqu'à la mairie. Ils firent ensuite demi-tour et prirent la direction de Bastille, longeant les grandes surfaces de jouets et d'informatique.

— Là ! dit Dossantos en faisant une manœuvre pour se garer.

Du menton, il indiquait un petit groupe de SDF assis dans une ruelle. Les portes claquèrent et les deux lieutenants de police s'avancèrent. Ils ne virent d'abord que deux hommes et leur chien ; ils demandaient de l'argent à une passante qui les ignora. L'un, assis sur un muret, la trentaine, râblé, le cheveu ras et le nez croûté comme si on le lui avait passé au rabot, portait un jean taché et un sweater gris crasseux qui indiquait que son actuel propriétaire avait étudié à UCLA. L'autre, plus frêle, affalé sur ce même muret, portant barbiche et cheveux longs, semblait un peu plus âgé et beaucoup plus alcoolique. Ils papotaient calmement.

Dossantos ne les lâchait pas du regard tandis qu'il avançait vers eux à grandes enjambées, faisant légèrement voleter les pans de sa veste bleue.

— Bon ! Je la fais à la *NCIS*, là. Tu vas voir.

— Quoi ? dit-elle en plissant le front.

— C'est une série sur la 6.

Il les apostropha, sa carte de police devant lui :

— Article 312 du code pénal : « Le fait, en réunion et de manière agressive, ou sous la menace d'un animal dangereux, de solliciter, sur la voie publique, la remise de fonds, de valeurs ou d'un bien est puni de six mois d'emprisonnement et de trois mille sept cent cinquante euros d'amende. »

Le maigrichon barbu se redressa tout à coup, piqué au vif.

— Mais il est pas dangereux, mon Midas, commissaire, postillonna-t-il en montrant d'un doigt tremblant le bâtard pelé. Il est pas dangereux, commissaire.

Dossantos fit un pas de côté, écœuré par l'haleine du cynophile.

— Article L3341 du code de la santé publique : « Une personne trouvée en état d'ivresse dans les rues, chemins, places, cafés, cabarets ou autres lieux publics, est, par mesure de police, conduite à ses frais au poste le plus voisin ou dans une chambre de sûreté, pour y être retenue jusqu'à ce qu'elle ait recouvré la raison. »

— Mais je suis pas bourré, moi, dit le barbu, indigné.

Le lieutenant Latour s'approcha et attrapa doucement Dossantos par le bras.

— Je crois que c'est bon, ils ont compris. On…

— Laisse-moi faire, Sophie, répondit-il gentiment sans la regarder.

L'homme assis sur le muret en descendit lentement,

sans quitter Dossantos des yeux. Le colosse se tourna vers lui et s'avança, toutes dents dehors. L'homme soutenait son regard.

— Article 433 tiret 5 du code pénal : «Constituent un outrage puni de sept mille cinq cents euros d'amende les paroles, gestes ou menaces, les écrits ou images de toute nature non rendus publics ou l'envoi d'objets quelconques adressés à une personne chargée d'une mission de service public, dans l'exercice ou à l'occasion de l'exercice de sa mission, et de nature à porter atteinte à sa dignité ou au respect dû à la fonction dont elle est investie. Lorsqu'il est adressé à une personne dépositaire de l'autorité publique, l'outrage est puni de six mois d'emprisonnement et de sept mille cinq cents euros d'amende. Lorsqu'il est commis en réunion – il regarda le barbu et son chien – l'outrage prévu au premier alinéa est puni de six mois d'emprisonnement et de sept mille cinq cents euros d'amende, et l'outrage prévu au deuxième alinéa est puni d'un an d'emprisonnement et de quinze mille euros d'amende.»

Il y eut un silence de glace entre les deux hommes qui refusaient de baisser les yeux. Ceux de l'un en avaient assez vu pour ne plus être impressionnés. Ceux de l'autre refusaient de voir. C'est à cet instant que Dossantos et Latour aperçurent la femme assise par terre de l'autre côté du muret, qui retenait sur ses jambes une couette déchirée. Ses cheveux bruns crasseux étaient liés en une queue de cheval approximative. Son visage était taché de cambouis ou de poussière. Elle regardait le policier et elle avait peur. Les yeux de Dossantos allaient et venaient de l'homme à la femme. De toute évidence, la situation lui échappait. L'homme alors baissa les yeux.

— Hein, c'est vrai que t'es pas un méchant chien, hein ? Montre au commissaire ! reprit le barbu à l'attention de son cabot.

Latour interposa sa frêle silhouette entre le colosse et le tondu.

— On n'est pas venus vous emmerder, lui dit-elle. On cherche à identifier un sans-abri qui s'est fait tuer ce matin. Est-ce que vous pouvez jeter un œil à sa photo et me dire si vous l'avez vu dans le coin ?

Elle tendit la photo devant elle. Le tondu la regarda sans un mot, et fit « non » de la tête.

— Tu peux répondre au lieutenant, s'il te plaît, ou ça t'arracherait la…

— C'est bon, dit Latour en haussant la voix.

Dossantos leva les bras en signe de reddition et soupira.

— Et vous, vous l'avez vu, ce gars ? demanda Latour au maître-chien.

Il observa un instant sur la photo le visage jaune aux yeux fermés.

— C'est un mort, là ? demanda-t-il en pointant la photo du doigt. Il semblait médusé. Ça fait quelque chose, quand même.

— Vous le connaissez ? répéta Latour en baissant la tête et en plantant son regard dans celui de l'homme.

— Non. C'est pas un gars du quartier. Je l'ai jamais

vu, moi. Il fait pas la cloche ici. C'est peut-être un gars de la Jungle.

Latour regarda Dossantos.

— La *Jungle*? C'est quoi, la *Jungle*?

— Ben, c'est dans le bois, à Vincennes. Ils se sont installés là-bas, dans des cabanes. Il y a des tribus et tout !

Il pouffa d'un rire rauque.

— Ils chassent, ils pêchent, c'est des sauvages ! reprit-il.

Il rit de nouveau, en regardant le Tondu qui ne broncha pas.

— Et on peut les trouver où, dans le bois ? interrompit Dossantos.

— Bah j'en sais rien, moi ! J'y vais pas. Je suis de la ville, moi. C'est ici que j'habite, dit-il tout en embrassant de ses deux bras l'univers de la ruelle.

Puis il pâlit tout à coup.

— Et pis, ils me le boufferaient, mon Midas.

Il s'agenouilla pour caresser son cabot. La pensée de son chien dévoré continuait de l'horrifier.

— On entend que des bruits, personne y va. Leur chef, c'est un type qui s'appelle le Gouverneur. Il y en a un autre qui s'appelle le Shaman.

— Le *Shaman*, répéta Latour dans un souffle.

— C'est quoi, ces conneries ? lâcha Dossantos.

— C'est vrai, commissaire ! Hein, c'est vrai ? demanda-t-il au Tondu.

Le Tondu acquiesça. Dossantos se tourna vers Latour :

— Bon, qu'est-ce qu'on fait ?

— On s'en va ! répondit-elle. Merci pour votre aide, dit-elle aux deux hommes. Elle allait faire demi-tour lorsqu'elle croisa le regard de la femme assise. Elles se regardèrent un instant, impassibles. Puis Latour baissa les yeux et retourna à la voiture.

— Pas de bêtise, hein ? leur lança Dossantos en guise d'« au revoir », avant de rejoindre Latour à la voiture.

— Passe-moi les clés, lui dit-elle.

Il allait dire quelque chose mais son regard était dur. Il lui tendit le trousseau qu'elle saisit, et elle s'installa au volant.

— On va faire un tour dans la Jungle, Jane ? lui demanda-t-il tout sourire.

— On finit ce qu'on est venus faire : interroger les clochards et les commerçants du périmètre pour identifier la victime. Après, on verra avec Mehrlicht.

— C'est déjà quelque chose, cette histoire de Jungle. On a au moins ça à creuser.

— Faut voir…, répondit-elle.

— On fait une bonne équipe, Sophie, conclut-il.

Elle démarra la voiture.

7

— Non, pas de bagnole ! On va sillonner le quartier à pied, comme Vidocq, annonça Mehrlicht tandis qu'ils quittaient le commissariat. Il referma son imperméable beige et en noua la ceinture d'un mouvement vif.

— Vidocq, c'est une vieille série, ça, non ? interrogea Ménard.

— De Georges Neveux et Marcel Bluwal, oui, putain ! dit-il avec un enthousiasme un peu excessif. Mais c'est surtout le chef de la Sûreté à Paris jusqu'en 1827. Un flic hors pair. Il se déguisait pour s'infiltrer. Il se fondait dans la foule… Alors, oui, on marche.

Ménard hésita, ajusta les pans de sa veste noire, puis se lança :

— Comment vous savez tout ça, capitaine, je veux dire, les noms, les dates ?

— Je lis, c'est tout. Tu lis, toi ?

Ménard hésita de nouveau.

— Oui. Un peu. Des polars.

— Et tu apprends pas des trucs dans tes polars ?

— Bah… Non !

— Ah bon… Putain, lis autre chose, alors !

Ménard se tut. Immanquablement, ses questions, quelles qu'elles fussent, menaient à des rebuffades. Ils descendirent l'avenue Daumesnil jusqu'à la rue de Rambouillet et bifurquèrent vers les quais. Ils empruntèrent le tunnel qui passait sous les voies ferrées, et débouchèrent dans la rue de Bercy. Quelques mètres plus loin, contre la porte d'un local technique, un homme était allongé sur un matelas et dormait.

— Il est pour toi, celui-là, inspecteur Ménard. Sors ta brème !

— OK !

Ménard sortit sa carte de police et s'approcha de l'homme. Il était étendu, la tête sur un sac plastique, le visage tourné vers le mur.

— Bonjour monsieur. Police judiciaire. Commissariat du XIIᵉ. Lieutenant stagiaire Ménard.

— Tu veux pas lui passer un CV, des fois ? coupa Mehrlicht.

L'individu ne bougea pas. Le lieutenant Ménard reprit plus fort :

— Bonjour monsieur. Police judiciaire.

Pas de réaction.

— Inspecteur Ménard, me dis pas qu'on a un autre cadavre sur les bras ! Ou c'est une épidémie !

Le jeune lieutenant stagiaire soupira. Mehrlicht se délectait de ces instants de sadisme et Ménard savait qu'il n'y couperait pas. Il tendit la main et secoua l'homme. Ce dernier fit un bond extraordinaire et se

49

retrouva en position assise à une telle vitesse qu'il aurait pu battre tous les records homologués de passage en position assise. Il semblait jeune, peut-être vingt-cinq ans. Des dreadlocks blondes légèrement ébouriffées enserraient sa tête tels une mygale hypertrophiée ou un *alien* maladroit. Ménard se redressa.

— Bonjour, monsieur. Police.

— Qu'est-ce que j'ai fait ? J'ai rien fait, là ! protesta le jeune rasta au visage froissé par le sommeil.

— On voudrait juste vous poser quelques questions.

— Quelle heure il est ?

— 15 h 05, répondit Mehrlicht.

— Oh ! Fais chier ! gronda le rasta en se frottant les yeux de ses mains grises.

— On cherche des infos sur cet homme. Vous l'avez croisé ?

Le rasta prit la photo.

— Hum… Ouaih, *man*. Je l'ai vu passer là, deux, trois fois, ce lascar. Le matin, vers cinq heures. Il prend le tunnel, là. Et des fois le soir, il repasse dans l'autre sens par là. Par la rue de Bercy, là. Ou l'inverse, ça dépend. La semaine dernière, je crois. Ouaih, je l'ai vu la semaine dernière, là ! Pareil. Enfin, non. Je l'ai vu un matin, là, et puis je l'ai plus vu et il est revenu un soir, trois, quatre jours après. Ça fait pas dix jours que je suis là, *man*. C'est payé, les tuyaux que je donne, là ?

Mehrlicht mit la main à la poche et en tira un billet de cinq euros.

— C'était quand, la dernière fois que tu l'as vu? demanda-t-il en étirant son billet devant les yeux fripés du rasta.

— Ben… Je l'ai vu ce matin. Et avant-hier soir, je crois, là. Dans un sens. Et hop dans l'autre sens le soir. Comme si il avait un boulot, je te jure, là!

— Et ce matin, il allait où? interrogea Ménard.

— Ben… par là, par la rue de Bercy, là. Il marchait vite, ce matin. Et…

Ménard regarda Mehrlicht, interrogateur.

— Et quoi?

— Ben… Il avait un truc, là, reprit le rasta. Il portait un truc sous son manteau, genre une canne ou une béquille, là. Et il est allé par la rue de Bercy.

— Il s'était fait tabasser? tenta Mehrlicht.

— Je sais pas, là. J'ai pas vu. Qu'est-ce qu'il a fait, le lascar? Ça avait pas l'air d'être un chaud. À chercher les embrouilles, tu vois, *man*? Il est passé devant, là, il a jamais rien dit.

— Tu as vu s'il se retournait, s'il était suivi?

— Ben non! Moi, je dors après, là. Je venais d'arriver. J'étais à Montreuil, la nuit, *man*. Alors, j'ai marché.

— Merci, dit Mehrlicht en lui tendant son billet.

8

Les lieutenants Dossantos et Latour étaient déjà installés au zinc, silencieux, lorsque le capitaine Mehrlicht et le lieutenant Ménard entrèrent dans *L'Arrosoir*. Pour avoir la paix, Latour avait prétexté vouloir écouter le flash info de seize heures que crachait un petit transistor derrière le comptoir : le flash info était offert par les magasins U ; U, les nouveaux commerçants, un soldat français avait été blessé au Tchad, la rentrée des classes s'était bien passée en dépit des suppressions de postes d'enseignants, les vacances avaient été plutôt bonnes en termes de chiffre d'affaires des commerçants, le gouvernement se remettait au travail dans la confiance face à la crise, un incendie avait éclaté dans un supermarché Carrefour de la banlieue parisienne sans faire de blessés, un braqueur qui s'était fait la belle de Fresnes venait d'être rattrapé, le temps resterait radieux et chaud ces prochains jours, c'était l'occasion ou jamais d'aller de l'avant pour les Taureaux et les Béliers.

— Avant, en banlieue, ils brûlaient les voitures. Maintenant, ils brûlent les magasins, grogna Dossantos.

Latour l'ignora.

— Une roteuse, lança Mehrlicht à la patronne. Tu prends quoi, inspecteur Ménard ?

— Un… café.

— Et un café qui tourne !

Il retira son imperméable beige qui devait lui tenir bien trop chaud pour la saison, l'accrocha au porte manteau, et s'approcha de Latour et de Dossantos. Il se racla la gorge.

— Bon, qu'est-ce que vous avez ?

Dossantos se tourna vers Latour, le sourire affable, l'interrogeant du regard. Elle l'ignora de nouveau et répondit :

— On n'a pas grand-chose, capitaine. On a interrogé un groupe de SDF. Ils disent qu'ils ont jamais vu la victime dans le coin. Que c'est peut-être un type qui vient de ce qu'ils appellent la « Jungle » : le bois de Vincennes. On pensait aller poser quelques questions là-bas, avec la photo. C'est tout.

— On a eu plus de chance, hein, inspecteur Ménard ?

— Euh… On a trouvé un jeune sans-abri qui a vu la victime plusieurs fois ces derniers jours…

Mehrlicht regardait Dossantos et Latour, un sourire jusqu'aux oreilles. Puis il descendit d'un trait la moitié de son demi. Ménard reprit :

— La victime passait régulièrement le matin ou

le soir au coin de la rue de Bercy et de la rue de Rambouillet.

— La rue de Rambouillet, c'est là où il y a le tunnel qui passe sous les voies ferrées, non ? demanda Dossantos en fronçant le sourcil.

— Dans le mille, Émile ! exulta Mehrlicht en portant une gitane à sa bouche.

Il allait l'allumer lorsqu'il croisa le regard courroucé de la tenancière. Il retira la cigarette avec empressement et poursuivit :

— Ça veut dire qu'il faut continuer nos recherches dans le coin. Rue de Bercy et rue de Rambouillet. Les gardiennes, femmes de ménage, serveurs, éboueurs et tout le toutim. Les aubergines aussi.

Ils le regardèrent, interdits.

— Les contractuelles, celles qui mettent des prunes ! Je parle français, putain ! Vous attaquez maintenant avec la photo. Moi, je vais voir Matiblout pour lui expliquer pourquoi vous avez pas encore plié cette affaire.

Il regarda Ménard, l'air grave.

— Ah c'est sûr ! Des têtes vont tomber. Vous m'appelez à dix-huit heures au poulailler, histoire de se souhaiter la bonne nuitée. Au boulot ! En route, inspecteur Ménard !

Il attrapa son imper et allait partir lorsque Latour le rattrapa.

— Attendez, capitaine !

— Ça fait un an que t'es avec nous, tu peux essayer de me tutoyer, putain ?

Elle sourit.

— Je n'y arrive pas encore. C'est juste que…

Elle regarda Ménard qui comprit et s'éloigna.

— Je préférerais… ne pas bosser avec Mickael pour l'instant.

— Il y a un souci?

— Il est un peu.

— Pressant?

— Entre autres, oui!

— Il faut que je lui en touche un mot?

— Non. Ça va aller.

Mehrlicht sonda son visage de ses yeux globuleux et noirs, puis reprit plus fort :

— Tu as raison. Inspecteur Ménard, il faut que tu bosses avec les autres aussi. Tu pars faire du porte-à-porte avec le lieutenant Latour. Sois gentil avec les gardiennes! À Noël, on doit vendre nos calendriers. Ensuite, tu rentres faire le rapport sur notre interview de Bob Marley. Mickael, tu rentres faire ton papier sur la Jungle. Mais d'abord, règle notre ardoise!

Le lieutenant Dossantos fit la moue. Mehrlicht finit son verre, sortit et alluma sa cigarette. Latour lui emboîta le pas, sans un regard à Dossantos.

— Viens, François!

Latour et Ménard quittèrent *L'Arrosoir* et remontèrent l'avenue Daumesnil jusqu'à la rue de Rambouillet. Dossantos rejoignit Mehrlicht. Sans un mot, ils se mirent en route vers le commissariat. Le colosse et le petit homme voûté, binôme improbable, suscitaient comme toujours la curiosité des passants. Après quelques minutes de marche sous le soleil clément de septembre, ils virent apparaître le massif commissariat aux cent fenêtres qui campait sa rondeur au carrefour de l'avenue Daumesnil et de la rue de Rambouillet. Au rez-de-chaussée, un entrelacs métallique de poutrelles noires soutenait quatre étages de pierre et de verre. L'édifice renflé eût immanquablement évoqué un paquebot magnifique surplombant un océan de bitume, si l'on n'y avait ajouté au dernier étage un rang serré de musculeux atlantes supportant le toit, douze géants dénudés et lascifs qui donnaient une image nouvelle de la police.

— Qu'est-ce que tu penses de Sophie ? demanda soudain Dossantos.

— Rien ! J'en pense rien.

Mehrlicht tentait de conclure. Il se racla la gorge dans un crissement de silex.

— Je crois qu'elle commence à me connaître. Qu'on se rapproche, tu vois ?

— Ah ouaih ?

— Mais elle est super timide, alors, j'ai du mal à… briser la glace… On dirait qu'elle est super réservée. Comme si elle avait un secret, tu vois ?

— Non, je vois pas, non.

Mehrlicht connaissait assez Dossantos pour savoir qu'il ne le lâcherait pas avec ses pseudo-histoires de cœur.

— Tu crois que je devrais lui acheter des fleurs ? Ça fait un bout qu'elle est là, maintenant. Ça se fait, non ?

56

Mehrlicht s'arrêta net et releva la tête pour toiser le colosse. Une bête gronda dans sa gorge.

— Ouvre bien tes cages à miel ! Je vais te dire ce que j'en pense. J'en pense que baisouiller au boulot, ça embrouille le bulbe et ça t'amène que des pépins. Alors, mon conseil : tu l'oublies. Ou tu l'invites à claper un de ces soirs, et si elle te dit « non », tu l'oublies ! Ça t'évitera d'être muté d'office à Trifouillis-les-Oies avec un procès pour harcèlement qui te coûtera une blinde en bavard, et peut-être même ton taf. *Tu vois ?*

Dossantos le regardait sans un mot.

— Je crois que j'ai compris l'idée générale, oui. Mais pourquoi tu t'énerves ?

— Je m'énerve pas, je t'explique. Maintenant, tu rentres à la boutique et tu te mets au boulot ! Moi, j'ai une course à faire. Je repasserai tout à l'heure pour lire ton rapport.

Mehrlicht sortit une cigarette et l'alluma, indiquant que la discussion était terminée. Alors ils se séparèrent.

9

Le capitaine Mehrlicht passa les portes vitrées de l'hôpital et pénétra dans le vaste hall immaculé. Il fit un signe de tête à la réceptionniste lorsqu'il longea le comptoir d'accueil. Elle lui dit bonjour en souriant. Mehrlicht se rendit directement à l'ascenseur et appuya sur le bouton du quatrième étage. Une voix gracieuse de femme lui indiqua l'étage choisi. Les portes se refermèrent lentement. La musique était toujours la même. L'ascenseur s'immobilisa bientôt dans un tintement de sonnette. La femme reprit la parole pour lui répéter l'étage choisi.

— « *Quatrième étage. Service d'oncologie.* »

Comme chaque fois, Mehrlicht espéra un « *à bientôt* », un « *à tout de suite* », un « *au revoir* » qui ne vint pas. La femme restait froide et se moquait de lui parler de nouveau un jour. Il emprunta le couloir de gauche et, après quelques mètres, frappa à la bonne porte.

— « Toi qui entres ici, abandonne toute espérance ! » tonna une voix rauque.

Mehrlicht sourit, prit une bonne inspiration et poussa la porte.

— Bonjour l'accueil ! lança-t-il en entrant.

— Mon Danny ! Viens donc ici me faire un bibi ! coassa l'homme tout à coup guilleret.

— Je passe vite fait. Il faut que je retourne au turbin, ce soir, putain !

Mehrlicht contourna le lit blanc et se pencha sur l'homme pour lui faire la bise. Sur un chariot au milieu de la pièce, une machine tintait par intermittence.

— Désolé pour l'accueil, mon Danny. Je croyais que c'était le toubib.

— Il a fait de ta piaule un enfer pour que tu cites Dante comme ça ?

— Il m'a mis cet engin qui couine toute la journée. J'ai des problèmes de tension, d'arythmie et tout le bastringue. Alors il m'a collé ça. Je peux même pas faire la sieste. Et je vais être obligé de crever en musique, au son du bip-bip de jour et de nuit. Tu parles d'un requiem. Ça me déprime. Ça donne envie d'être mort, tiens !

— Tu veux que je le coffre pour tapage ?

L'homme émit un son suraigu de Cocotte-minute qui devait être son rire.

— Mon Danny !

— Mon Jaco !

Leurs voix résonnaient comme un concert de crapauds à la tombée du jour.

— Comment tu vas ?

— Comme un lundi ! Vu que le toubib me donne encore une poignée de semaines, je préfère m'en tenir au lundi.

— Évidemment.

— Bon ! Fais danser la gitane ! siffla Jacques.

— Attends, je vérifie !

Mehrlicht se leva et se glissa jusqu'à la porte qu'il entrouvrit. Il jeta un œil prudent dans le couloir.

— C'est bon, il y a personne.

Il ouvrit la fenêtre avant de revenir s'asseoir. Il tira son paquet de cigarettes de la poche de sa veste et en alluma deux en même temps. Jacques le regardait avec avidité, attendant son dû. Mehrlicht lui en tendit une rapidement qu'il saisit et porta à sa bouche. Le bout incandescent s'illumina pendant presque dix secondes continues. Les yeux de Jacques se fermèrent à mesure que le bout s'éteignait. Son plaisir était infini.

— C'est mieux que le sexe, souffla-t-il dans un nuage gris.

La fumée s'échappait de sa bouche et de son nez, emportant avec elle un peu de sa vie. Mehrlicht et Jacques le savaient.

— Tu dois être un putain de mauvais coup, alors !

Jacques siffla de nouveau de rire, un crissement dans sa poitrine déclencha une quinte de toux.

— T'as raison. Je me demande même si je baisais pas juste pour pouvoir m'en griller une après.

Ils rirent ensemble. Jacques reprit une grosse bouffée de sa cigarette.

— On en aura fumé des clopes tous les deux, putain ! grinça Mehrlicht.

— C'est clair ! On a dû plus polluer que la révolution industrielle.

— Ouaih ! Plus que la Chine, même.

— Quand même pas, si ?

— Si ! confirma Mehrlicht.

— Ah ! Quand même !

Ils se turent pour emboucher de nouveau leurs cigarettes. La fumée s'élevait dans la chambre en fines volutes blanches, emplissant l'espace de sa présence, par lentes vagues, ondulant au gré de la brise qui s'invitait par la fenêtre. Quelqu'un frappa à la porte. Mehrlicht se leva d'un bond.

— Putain ! Donne-moi vite ton clope ! dit-il en jetant son mégot par la fenêtre.

— « Arrête ! C'est ici l'Empire de la Mort ! » coassa Jacques de son lit à destination du visiteur.

La porte s'ouvrit et une infirmière entra. C'était Samantha, la jeune blonde qui les avait déjà surpris trois jours auparavant, lors de la dernière visite de Mehrlicht. Elle était gentille, d'après Jacques, et ne s'offusquait pas trop de ses blagues salaces, tant que ce dernier respectait le règlement.

— Ah non ! Monsieur Morel ! Monsieur Mehrlicht ! C'est interdit. Vous le savez ! Regardez ce nuage !

Elle battait des bras dans le vide, persuadée que la fumée partirait plus vite, comme un oiseau effrayé. Mehrlicht et Jacques tentaient de contenir leur fou rire.

— Je le dirai au docteur Purgon.

— Ne dites rien ! Épousez-moi ! tenta Jacques.

L'infirmière sourit mais continua de chasser la fumée.

— Vous n'êtes pas drôle. Je vais avoir des ennuis.

— Je vais bientôt partir, assura Mehrlicht.

— Moi aussi, je vais bientôt partir, ironisa Jacques.

L'infirmière capitula.

— Bon. Cinq minutes. Mais vous ne fumez plus, hein ? Je repasse tout à l'heure.

Elle quitta la pièce et referma la porte derrière elle. Les deux hommes pouffèrent.

— Elle est sympa, dit Jacques.

— « L'Empire de la Mort », imita Mehrlicht.

Jacques siffla de nouveau.

— C'est l'inscription qu'il y a à l'entrée des catacombes. Hier, je l'ai écrite sur une feuille que j'ai scotchée sur la porte de ma chambre.

— Non ? souffla Mehrlicht, hilare.

— Si ! Et il y a une semaine, j'ai fait la même chose avec la citation de Dante. Ce matin, le médecin m'a demandé d'arrêter parce que ça déprimait les autres patients.

— Les mourants ont aucun humour !

— Quelle pitié ! crissa Jacques. C'est pour ça que demain, je compte y accrocher *Entre ici, Jean Moulin*.

Mehrlicht pouffa.

— Je suis sûr que ça va lui plaire !

— Comment ça se passe au magasin ?

— Pas mal. On a un macchab sur les bras.

— Veinard ! Ça donne envie !

— Bof! C'est un clodo qui s'est fait planter gare de Lyon. On sait rien sur lui.

— Ah ouaih! C'est chiant!

— Je te tiendrai au courant. Il faut que j'y retourne, là.

Mehrlicht se leva et s'approcha de lui.

— Mickael va bien? demanda Jacques, sans sommation.

Mehrlicht le regarda.

— Oui. Il va bien.

— Tu lui passes le bonjour.

— Bien sûr! J'essaie de repasser demain de toute manière. Tu veux que je te laisse des cibiches?

— Non, je préfère quand on se fait engueuler tous les deux!

Mehrlicht se baissa pour lui faire la bise. Jacques le serra fort dans ses bras.

— Tu veux que je te rapporte un truc?

Jacques réfléchit.

— Ouaih! Il y a un truc qui me dirait bien: un verre de saint-joseph. Bon, je pense qu'avec mes médocs, ça va me faire bizarre, mais ça me fait vraiment envie. Ou un verre d'ermitage. Non! De côte-rôtie! Un verre de côte-rôtie!

— Ça coûte une blinde! Tu veux pas ma chemise avec?

— Je suis mourant, merde! s'indigna Jacques.

— On l'est tous! Bon, je vais voir ce que je peux faire! Je vais improviser. C'est pas tous les jours que je suis dépouillé par un moribond. Allez! À demain!

— Je ferai mon possible pour être là.

— Tes menaces me font pas peur, conclut Mehrlicht.

Les deux hommes se regardèrent un instant en souriant, et Mehrlicht quitta la chambre. Il referma la porte derrière lui. Dans le couloir, il inspira et expira plusieurs fois en regagnant l'ascenseur. Il appuya sur le bouton du rez-de-chaussée. La femme lui indiqua où il avait choisi d'aller et, une fois à destination, lui rappela l'étage puis se tut.

— « *Rez-de-chaussée. Accueil.* »

En sortant de l'ascenseur, Mehrlicht tira une gitane de son paquet et la mit dans sa bouche. La femme de l'accueil lui sourit et lui dit « à bientôt ». Mehrlicht eut peur de comprendre ce qu'elle voulait dire par là.

10

Le lieutenant Mickael Dossantos quitta le commissariat du XIIᵉ arrondissement vers 18 h 30, son gros
sac de sport noir sur l'épaule. Le planton le salua d'un
«bon courage, lieutenant» car chacun connaissait
l'assiduité sportive du colosse. Le ciel était clair, il
avait du temps avant son rendez-vous, et décida donc
de marcher un peu. Cette histoire de SDF mort titil-
lait son sens de la justice, mais ne l'empêcherait pas
trop de dormir, d'autant que le coucher était encore
loin. Latour et Ménard avaient appelé vers 18 heures,
comme convenu, mais les premiers interrogatoires
n'avaient rien donné. Matiblout avait un peu râlé,
et avait ordonné que l'affaire fût bouclée le lendemain. Dossantos pensait à Latour, puis essayait de ne
plus y penser. À la station Gare de Lyon, il attendit
le métro quelques minutes en toisant, du haut de
son mètre quatre-vingt-dix, les visages fatigués et
blafards des autres passagers. Dans ces moments, il
se réjouissait d'être flic, de ne pas avoir de routine.
Il avait le sentiment d'être le berger respecté de ce

troupeau, leur gardien secret, et ne doutait pas un instant que leur train-train ne dépendît que de sa vigilance. Il prenait donc sa fonction très au sérieux et scrutait le quai, observait les mouvements, devinait les intentions. Il devait être fort pour défendre les faibles contre la sauvagerie et la violence aveugle dont il localisait instinctivement l'origine dans les banlieues les plus glauques. Il devait être attentif pour prévenir le danger. Son abnégation envers son prochain l'avait insensiblement amené à rejoindre le Front national, en tant que sympathisant encarté d'abord, puis en tant que membre actif, lorsque les séides de la barbarie refusaient manifestement le simple discours de la civilisation : en bonne compagnie, bombers fermés et battes au vent, il avait fait entendre raison aux rappeurs, barbus, drogués et autres colleurs d'affiches qui menaçaient la paix sociale. Pendant plusieurs années, il avait trouvé une communauté d'intérêts chez des gens très propres qui croyaient pêle-mêle en la France, Dieu, l'ordre, le roi, la justice, l'armée, la famille, et détestaient à peu près tout le reste, que ce fût doté d'une carte de séjour ou pas. Bon. Dossantos était vite revenu de cette fraternité de la haine ; nombre de ces combats n'étaient pas les siens. Ses anciens amis n'avaient guère accepté de le laisser partir, lui rappelant régulièrement quelque connivence passée. Il avait donc dû garder quelques contacts. Mais il s'était rapidement recentré sur sa soif de justice. Avec un sourire aux lèvres, il se voyait un peu en super-héros, mais savait, au vu de sa corpulence, qu'il ne serait jamais rentré dans un collant noir. Quant à la cape… Il y avait maintenant une ligne très claire qui partageait le monde en deux parties, tel que l'avait énoncé l'un de ses mentors Harry Callahan : la sienne, celle de la loi, des siens, de ses amis, des victimes, tous ceux pour qui il s'imaginait combattant jusqu'à la mort, et l'autre, celle du mal, quelles que fussent ses formes. Tous les anonymes n'appartenaient bien sûr à aucun des deux camps *naturellement*, mais il était de leur responsabilité, au moment de choisir, de ne pas se tromper.

Le métro arriva. Dossantos laissa monter les passagers avant de s'y engouffrer à son tour. Assis sur un strapontin, il sortit de son sac un Tupperware et une fourchette : riz et blancs d'œufs constituaient la base de son alimentation, un régime de sportif auquel il s'astreignait depuis une dizaine d'années. À Palais-Royal, il changea de métro puis descendit à Cadet. Il passa au guichet RATP et discuta un instant avec l'employée. Il exhiba sa carte de police, prétexta une intervention imminente et put laisser son sac sous bonne garde. Parvenu à l'air libre, Dossantos extirpa de la poche arrière de son jean un Post-it plié en deux. Il lut l'adresse, le code d'accès, et s'y rendit. Il parvint à l'intérieur de l'immeuble, dans une cour chaotiquement pavée mais joliment décorée, et se posta près des boîtes aux lettres. Il était 19 h 15. Il trouva rapidement le nom qu'il cherchait puis attendit. Le type ne tarda pas. Il était brun, plutôt grand, portait de fines lunettes et une veste de lin claire. La description était conforme. Dossantos faisait mine de relever son courrier de la main droite, l'autre main dans la poche gauche de sa veste bleue. L'homme lança un «bonsoir monsieur» assez doux en levant sa clé vers la boîte aux lettres repérée. Alors la main gauche de Dossantos, bardée d'un poing américain, sortit lentement de sa poche et fusa vers le visage du type. Son nez s'écrasa dans un craquement de miettes et un couinement de phoque. Il vacilla mais déjà la droite de Dossantos percutait son menton. Le type fit un demi-tour de ballerine avant d'embrasser la porte cochère de l'immeuble. Dossantos s'approcha et saisit le gars par les cheveux. Il colla sa bouche à son oreille :

— Salut Julien! Sylvie a un message pour toi. Elle ne veut plus te voir. Elle ne veut plus que tu l'emmerdes, que tu la menaces. Elle ne veut plus que tu l'appelles la nuit. Tu m'entends, Julien?

La droite de Dossantos vint fouiller les côtes flottantes de Julien qui beugla.

— C'est pas une réponse, ça. T'as compris ou pas?

Le visage ensanglanté de Julien vint emboutir la porte cochère, y laissant une auréole digne du saint suaire.

— OK! OK! D'accord! C'est bon! souffla Julien dont les arcades sourcilières confirmaient les propos.

— Bien! Si je dois revenir ici, chez toi, Julien, je m'arrêterai pas avant le petit matin. On pourrait même aller faire un tour en forêt maintenant qu'on se connaît.

La droite de Dossantos enfonça de nouveau les côtes flottantes de Julien qui s'effondra en gémissant. Le lieutenant de police ressortit de l'immeuble, retourna à la station Cadet, et y récupéra son sac de sport noir. Il y rangea son poing américain. Il reprit ensuite le métro et arriva à l'heure à son entraînement de free-fight où on l'accueillit comme un vieil ami. Dossantos s'entraîna durement pendant deux heures, comme chaque soir, quand il en avait la liberté. Puis il restait une heure de plus pour soulever de la fonte, jusqu'à 23 heures, c'est-à-dire jusqu'à la fermeture. Ensuite il se douchait et rentrait chez lui. À minuit, il se couchait, seul.

Ce soir-là, avant de se coucher, Dossantos décrocha son téléphone.

— Stéphane ? C'est Mickael. Ouaih, ça va. Je voulais te dire, tu peux dire à ta copine que c'est fait. Son ex viendra plus la faire chier. Non, de rien ! C'est normal de se rendre des services entre potes. Allez, à plus !

11

Dans la vaste salle, les hommes fourmillaient en tous sens à la lueur des torches. Chacun savait ce qu'il avait à faire et l'on se croisait, se doublait, se frôlait avec empressement pour que le travail fût fini dans les temps. Là-bas, ils déplaçaient de lourdes caisses. À l'autre bout, ils draguaient des sacs énormes qu'ils entassaient un peu plus loin. Leurs voix et leurs bruits, le claquement de leurs pieds contre le sol de pierre, se chargeaient d'un léger écho. Au centre, contrastant par leur immobilité, une trentaine d'hommes assis sur le pavé humide se consacraient à un travail minutieux. Un courant d'air balayait par instant la salle, qui attisait les torches, rafraîchissait les hommes, et déformait les ombres.

— *On a terminé. Qu'est-ce qu'on fait du papier ?*

La langue aux « r » roulés et aux « s » sifflants résonnait légèrement sous la voûte de pierre.

— *J'ai mon idée, la Taupe. On en reparlera. Pour l'instant, laissez-ça là. On va s'occuper des sacs.*

Il reprit plus bas, en français, de manière à ne pas être entendu des autres qui continuaient de travailler :

— Tu as pu faire ce que je t'ai demandé, David ?

— Oui, c'est bon. J'ai pu faire les deux tas, répondit le gros homme rougeaud d'une voix aiguë.

De la main, il désigna deux groupes de sacs qui se faisaient face.

— J'ai mis de la terre et des chiffons. Ça fera l'affaire. Ils n'y ont vu que du feu… Si je puis dire !

Il gloussa comme pour illustrer sa bonne blague, puis fut pris d'une violente quinte de toux.

— Tu tiens le coup ?

Le gros homme, plus rouge que jamais, releva la tête et s'essuya la bouche d'un revers de manche.

— Je ne crèverai pas avant qu'on ait fini. Je raterai ça pour rien au monde, fiston.

— Ça ne va plus beaucoup tarder ! Tu fais emporter les premiers sacs, ce soir. On verra pour le deuxième tas avec Patrick.

Le gros homme s'éloigna. Quelques mètres plus loin, il se remit à tousser et s'arrêta. Il tira de sa poche un mouchoir taché et le passa sur sa bouche pour éponger le filet de sang. Il rejoignit ensuite les types qui s'affairaient près des sacs. Trois hommes entrèrent dans la vaste salle à ce moment-là. Leurs pas étaient rapides. Ils s'approchèrent directement. Celui qui portait un survêtement prit la parole dans la Langue Juste :

— *On ne l'a pas retrouvé, mais on a eu l'Instit. On a essayé de le ramener ici, mais on s'est fait repérer. Alors, le Poinçonneur l'a planté.*

Le Poinçonneur leva les yeux à son tour.

— *On a dû faire vite. Il allait tout balancer.*

Le type en survêtement reprit :

— *Ensuite, le Sergent a maquillé sa crèche et on a tout brûlé.*

Il les regarda et réfléchit un instant.

— *Vous avez bien fait. Mais il faut continuer à chercher. On est trop près du but pour échouer maintenant. Le Poinçonneur et Filoche, vous supervisez la fin du chantier pour que tout se passe bien. Ensuite vous allez à la réserve, vous vous changez et vous continuez les recherches. Voyez avec qui il a pu être en contact, famille, amis... Je compte sur vous.*

Les deux hommes le saluèrent de la tête et s'éloignèrent. Il reprit :

— *Poinçonneur !*

L'homme pivota.

— *Doucement avec ta lame...*

L'homme acquiesça et se remit en route avec son acolyte. Alors, il reprit en français, dans un murmure, à l'intention du troisième :

— Patrick ! Tu vois avec David. Il faut emporter les sacs sans que les autres vous voient.

12

Mercredi 10 septembre

— Salut la compagnie !

Dossantos était toujours en forme. Rien ne semblait jamais l'abattre, ni même l'atteindre. Un type heureux, en somme, dès neuf heures du matin.

— Salut ! répondit Ménard avec ce même air renfrogné mais timide qui en disait long sur l'engueulade qu'il venait de se prendre. Assis à son bureau derrière son écran d'ordinateur, il tapait convulsivement sur son clavier, comme il aurait souhaité le faire sur la face jaunâtre de son tourmenteur.

Mehrlicht, debout devant son bureau, semblait tendu. Il se racla la gorge et apostropha Dossantos à son arrivée :

— Mickael. Tu connais Stit… Frite… C'est quoi le nom de ton truc Internet, là ? lança Mehrlicht en direction de Ménard.

— Street View…, répondit ce dernier qui semblait déjà bouillir.

— Eh ben figure-toi, reprit Mehrlicht en regardant Dossantos, que l'inspecteur Ménard va nous résoudre cette enquête par ordinateur. Rentre chez toi, tu sers plus à rien. On est triquards, à la casse, tous les deux ! Hop ! Dehors les vioques ! L'inspecteur Ménard va te faire turbiner son nouveau super virus Microsoft Windows mes genoux et hop ! T'as le nom du tueur qui sort de l'imprimante, putain !

Dossantos commençait à concevoir l'ampleur de la crise. Mehrlicht fit rouler des pierres dans sa gorge.

— À la poubelle. Toi, moi, les gars en bleu et tout ça, brailla-t-il.

Il se leva et d'un revers de bras balaya les piles de papier qui dissimulaient son bureau.

— Au cimetière, tous ! L'inspecteur Ménard est là avec sa putain de machine qui va sauver le monde.

Dossantos vit que Ménard allait à son tour exploser en vol. Alors il prit les devants et attrapa Mehrlicht par le bras.

— OK, OK ! Tu prends une pause clope, OK ?

Le mot eut l'effet escompté, imparable, magique.

— C'est ça ! Un clope ! dit Mehrlicht en attrapant sa veste et en se dirigeant vers la porte.

Lorsqu'il eut quitté le bureau, Dossantos se tourna vers Ménard qui éclata à son tour :

— J'ai juste dit que j'allais imprimer un plan du quartier, vu qu'on va interroger dans ce coin et que je ne connais pas. Je ne suis pas d'ici. Je suis de Lyon. Je n'avais pas dit trois mots qu'il m'a sauté dessus ; c'est un fou, ce type. Ce n'est plus la peine…

Il allait finir sa phrase lorsque la porte s'ouvrit, laissant paraître le commissaire Matiblout.

— C'est vous, Ménard, qui hurlez comme un putois ? Mais qu'est-ce qui vous prend ? Vous êtes fou ?

Le lieutenant stagiaire Ménard blanchit mais ne se démonta pas.

— Je suis le souffre-douleur du capitaine Mehrlicht, voilà ce qu'il se passe, commissaire.

Matiblout sembla désarçonné.

— Que... Bon ! Venez dans mon bureau !

Matiblout et Ménard sortirent et refermèrent la porte.

13

Mehrlicht fumait comme une Cocotte-minute lorsque Latour arriva au commissariat. Il faisait les cent pas devant la porte d'entrée en martelant le sol du talon. Elle vit immédiatement que quelque chose n'allait pas, et s'approcha doucement.

— Bonjour! Ça ne va pas?

— J'ai cramé un fusible, là-haut, avec Ménard.

— Bah… Il s'en remettra.

— Ouais! Mais j'ai vraiment été con, là, putain.

— Ce n'est pas la première fois, ni la dernière!

Il leva les yeux du sol et lui sourit.

— Non, c'est clair!

— Vous avez vu Jacques, c'est ça?

Il la toisa un instant avant de répondre:

— Ouaih! Hier soir.

— Et il va comment?

Mehrlicht pouffa doucement.

— *Comme un lundi*, comme il dit!

Il baissa de nouveau les yeux.

— Les toubibs disent qu'il en a pour deux, trois semaines… au mieux. Putain !

Ils restèrent un instant silencieux.

— Bon, c'est pas tout ça, mais on a du boulot, reprit Mehrlicht.

— Oui. Allons-y !

Ils remontèrent les marches jusqu'à leur bureau. La nouvelle de la crise de «Google» avait déjà fait le tour des services, et on le croisait dans l'escalier avec un sourire équivoque. Il entra dans le bureau. Dossantos le regarda avec une réelle désapprobation.

— Oh ! Ça va, dit Mehrlicht. J'ai chié dans la colle, j'ai chié dans la colle ! On va pas en faire un cake.

— Matiblout veut te voir. Il a donné sa journée à Ménard.

— Ben voyons… Bon. Vous retournez bagoter sur place rue de Bercy, rue de Rambouillet, avec la photo… et vous me trouvez quelque chose, putain ! Je vous retrouve après l'avoine de Matiblout…

Latour voulut protester ; l'idée de repasser une partie de la journée en tête à tête avec Dossantos l'épuisait à l'avance. Mais Mehrlicht avait d'autres chats à fouetter…

14

Lorsqu'il ressortit, Mehrlicht avait la tête un peu lourde. Bien sûr, Matiblout n'avait pas élevé la voix. Le commissaire savait que cela n'aurait rien donné. Au lieu de cela, il avait parlé de «repos», de vacances et de «départ prochain». Mehrlicht s'était contenté d'expliquer qu'il s'était emporté et avait assuré qu'il s'excuserait. Il avait demandé à Matiblout de changer le «gamin» de service. Mais il n'en était pas question. Quand on a la chance de travailler sur un homicide, il y a beaucoup à apprendre... Matiblout n'avait pas manqué d'évoquer les stagiaires précédents qui successivement avaient fait leurs classes sous la houlette du capitaine Mehrlicht. Le commissaire se souvenait clairement de celui que Mehrlicht avait laissé huit heures en cellule parce qu'il l'avait «oublié», de celle que Mehrlicht avait chargée de filer le procureur la nuit... Et de celui que Mehrlicht avait soûlé le premier jour à 9 heures du matin, sous prétexte de fêter son arrivée et de lui enseigner qu'«un bon flic, ça tient l'alcool». Le pauvre garçon s'était ensuite présenté ivre mort devant Matiblout et avait traîné sa gueule de bois trois jours. Mehrlicht avait mollement tenté de se défendre, une fois de plus. Il ne voulait pas s'occuper des stagiaires, il ne voulait même pas être chef. Il était passé capitaine à l'ancienneté, presque par accident, leurré par l'appât du gain, l'augmentation de salaire. Mais il refusait catégoriquement le grade de commandant qui l'obligeait à être muté dans un autre commissariat et à gérer plusieurs équipes. Matiblout avait soupiré parce qu'il connaissait le disque par cœur. Alors il avait conclu : Mehrlicht était chef, et « un chef, c'est fait pour cheffer » ! Matiblout aimait citer Jacques Chirac. Il fallait donc montrer l'exemple et résoudre l'affaire dans les meilleurs délais, et proprement. Avec le « gamin ». C'était tout. Merci. Dehors.

C'est en pensant à son « départ prochain » que Mehrlicht ouvrit la porte de son bureau pour tomber nez à nez, contre toute attente, avec Ménard. Le jeune lieutenant était assis à son bureau. Ses cheveux étaient encore plus ébouriffés que d'ordinaire et son regard était noir. Mehrlicht referma la porte.

— T'as pas pris la journée ?

La fin de ses mots était traînante et il se raclait la gorge comme s'il avait avalé du sable.

— Écoute. Je suis désolé, putain ! Je suis parti braque, là, et…

Le lieutenant Ménard l'interrompit :

— J'ai un stage à faire et je le ferai jusqu'au bout.

Mehrlicht le regarda un instant puis baissa les yeux.

— Ouaih… On va faire ça.

Ils se turent tous les deux, et le téléphone, percevant là une sorte d'entracte dans leur discorde, en profita pour sonner.

— Mehrlicht ! dit Mehrlicht en décrochant.

— C'est Carrel ! T'as deux minutes ?

— Sûr ! Alors ? Tu l'as déjà ouvert, notre macchab ?

— T'emballe pas ! J'ai commencé ce matin. Mais j'ai déjà un truc à te donner. T'es accroché ?

— Je suis au lustre. Vas-y !

— Ton gars, là, ton SDF, il a un estomac de gourmet, façon Gault et Millau.

— Ah bon ?

— Avant de se faire suriner, il avait pris deux croissants et un café au lait. Mais mieux, la veille, il s'était envoyé un confit de canard avec des tagliatelles et ce qui devait être une sauce au miel, ça, je suis moins sûr. Je peux t'envoyer les photos des bouts, si tu veux.

— Envoie toujours, ça amusera les gosses. T'as autre chose ?

— C'est tout pour l'instant. Ma boule de cristal est en rade. J'attends Darty. Je te rappelle.

— Merci, Carrel.

Mehrlicht raccrocha.

— Il y a du neuf. On décolle. Prends la photo de la victime !

15

Latour avait pris le volant et la voiture descendait la rue de Rambouillet à vive allure.

— Ça n'a pas l'air d'aller. Tu veux que je conduise ? Si tu veux te reposer…

C'était reparti. Dossantos allait lui refaire le même show, inlassablement, éternellement. Elle appuya sur l'accélérateur. Au moins, en arrivant plus vite, elle l'éloignerait plus tôt.

— J'ai mal dormi. J'ai un voisin un peu bruyant.

— Ah oui ? dit Dossantos qui sembla tout à coup sincèrement intéressé.

— Il met de la musique à fond à n'importe quelle heure du jour et de la nuit.

Le front du colosse se plissa comme chaque fois que l'addition ne tombait pas juste.

— Et tu lui as montré ta carte, à ce méchant voisin ?

Elle bredouilla :

— Euh… Non. Parce qu'elle ne sert pas à ça, ma carte.

Dossantos sourit, satisfait de la réponse.

— Et tu as porté plainte ?

— Tu sais ce que c'est, tu portes plainte, la BAC vient, il n'y a pas de musique, tu passes pour une conne…

Dossantos la fixait du regard et Latour sentait qu'il trouvait son explication fumeuse.

— Le type est connu de nos services, en plus.

— Ah ouaih ?

— Je te raconte. L'ancienne locataire du premier étage était un peu barrée. Mi-hippie, mi-clodo. Longues robes à fleurs et patchouli. Elle faisait des petits boulots pour payer son loyer et surtout pour se rebarrer en Inde. Elle ne parlait que de ça dès que je la croisais. Bref… Un jour, elle a assez d'argent pour se barrer et s'offre un petit plus : elle met les clés de l'appart qu'elle loue aux enchères sur eBay.

— Mais ce n'est pas légal !

Latour le dévisagea, cherchant à détecter une infime trace d'humour dans l'œil de son collègue ; elle n'en trouva pas.

— D'après ce que j'ai entendu dans le coin, elle s'est fait plus de trois mille euros.

— J'y crois pas, grogna Dossantos.

— Moi non plus. En tout cas, les heureux gagnants s'installent et j'ai de nouveaux voisins, un charmant couple : un type costaud qui passe son temps à tabasser la nana qui passe son temps à l'insulter… un charmant couple, donc, qui dealent tout ce qui leur tombe sous la main pourvu que ça se fume, se sniffe, s'avale, s'injecte… c'est le défilé de jour et de nuit donc, et si possible en musique. Tu as raison, je suis crevée !

Dossantos se taisait. Une veine en haut de son front gonflait à mesure que s'accumulaient les articles bafoués.

— Tu ne vas pas te laisser emmerder par ces squatteurs quand même ? On va se les faire à la Vic Mackey dans *The Shield*.

— Qu'est-ce que je peux faire ? Je ne peux pas les virer. Le proprio est en train d'essayer, mais avec la trêve hivernale, ils sont là au moins jusqu'en mars. Et je n'ai pas l'impression qu'ils envisagent de refaire des enchères dans l'immédiat…

— Il faut qu'on réagisse.

La détermination soudaine de Dossantos l'inquiéta.

— Écoute. C'est pas grave, on peut.

— On va en parler à Matiblout. Il connaît sûrement le commissaire de Vitry qui t'arrangera le truc.

Latour se sentit pâlir.

— C'est une super idée. Je vais en parler à Matiblout, dit-elle.

Elle était furieuse contre elle-même. Il avait fallu qu'elle parle, et à Dossantos en plus ! Elle savait qu'il ne lâcherait pas. Comment allait-elle pouvoir se dépêtrer maintenant ?

— Laisse-moi faire, d'accord ? tenta-t-elle de nouveau.

Dossantos souriait. Il l'avait aidée et sentait sa gratitude.

— Il n'y a pas de quoi. C'est normal de se rendre des services entre potes.

16

Dans la voiture qui les emmenait vers la rue de Bercy, Mehrlicht alluma une cigarette et appela Dossantos sur son portable :

— Vous en êtes où, là ?

— On arrive au métro Bercy… On a vu trois adresses et l'Arabe du coin. On n'a rien pour l'instant.

— OK ! Vous faites les restos et troquets en priorité. Notre gars a certainement bouffé au resto avant-hier soir. On est en chemin.

Il raccrocha. Ménard chassa la fumée de la main.

— Ça vous ennuierait d'attendre d'être là-bas pour fumer ? On est enfermés et…

Mehrlicht le regarda puis se contrôla.

— Pousse pas le bouchon, gamin !

Ménard soupira et baissa sa vitre.

La voiture se gara devant le café Chambertin au moment où Latour et Dossantos en sortaient. Latour faisait grise mine, Dossantos lui parlait en souriant.

— On n'a toujours rien mais on va remonter par le boulevard de Bercy.

— Faut qu'on s'active, là, parce que si le gouvernement veut encore virer des fonctionnaires, Matiblout aura des noms à lui proposer... Inspecteur Ménard, on se fait le...

Il regarda à l'autre bout de la place.

— Le café Bercy. Ensuite, on remontera par la rue de Bercy. Et vous, par le boulevard de Bercy... Tout ça au métro Bercy. Je sais pas qui c'est le génie qui a trouvé tous les noms, mais chapeau ! On dirait du Baudelaire, toutes ces rimes. Bon ! On s'appelle, lança-t-il enfin à Latour et Dossantos.

Mehrlicht alluma une gitane avant de traverser la place. Ménard marchait à ses côtés.

— On peut plus fumer nulle part. À croire qu'on fait des lois pour que tu sortes plus de chez toi. Je vais proposer la loi Drucker : tu pointes devant ta télé à heure fixe sous peine d'amende. T'en penses quoi ?

— Rien, dit Ménard, agacé, balayant l'esplanade ensoleillée du regard.

— T'as déjà fumé ?

— Non.

— Pourquoi ?

Ménard le regarda.

— Pourquoi quoi ?

— Ben... Pourquoi t'as jamais fumé ? Les jeunes, ils fument à douze, treize, quinze piges. Pour faire *comme les grands*, pour faire tomber les gueuses, pour dire qu'on est un bonhomme, ou pour pas avoir l'air con avec les autres…

— Il faut croire que j'ai l'air con, alors.

Ils continuèrent en silence.

— Tu picoles un peu ? reprit Mehrlicht.

— Avec mes amis, seulement…

— C'est bien, ça ! Faut déconnecter un peu de temps en temps…, souffla Mehrlicht, comme à lui-même.

Il écrasa sa cigarette dans un nuage de locomotive entrant en gare, et ils passèrent la porte du café. Une vingtaine de clients occupaient les tables à l'intérieur et en terrasse. Quatre gars discutaient affalés au zinc que le patron astiquait machinalement en les écoutant. Mehrlicht sortit sa carte, Ménard, la photo.

— Bonjour, tavernier. C'est la police. On cherche à identifier ce bonhomme.

Le patron planta un regard morne sur la photo, puis son front s'étira.

— Mais oui ! Je le connais. Il vient là souvent. Il s'assoit là-bas avec son portable et lit la presse.

Il désigna une table en fond de salle.

— Un *ordinateur* portable ?

Les yeux de Ménard allaient et venaient du cafetier au capitaine.

— Oui. Il passe des heures à taper sur son engin. Toujours tout seul. Il est là souvent. Remarquez, ça fait quelques jours qu'on l'a pas vu…

— Combien ? demanda Mehrlicht.

— Oh… Trois, quatre… quatre maximum.

— Vous pouvez nous le décrire ?

— Oh ! Qu'est-ce qu'on peut dire ? Un type de taille moyenne, la quarantaine. Châtain. Toujours en jean et chemise. Une veste de lin claire, parfois. Plutôt classe. Et qui a fait des études. Une bonne tête, si j'ose dire !

— « Les cons, ça ose tout. C'est même à ça qu'on les reconnaît », tonna soudainement Lino Ventura.

Mehrlicht tira son portable de sa poche de veste tandis que Lino Ventura redisait son texte :

— « Les cons, ça ose… »

— Mehrlicht.

— On a trouvé, Daniel ! On est au resto le Pataquès. Mais il y a une surprise, dit Dossantos.

— On l'a aussi. Vous avez une adresse ?

— Ah… Oui, peut-être. Le patron pense qu'il créchait au 40 du boulevard.

— OK ! On se retrouve là-bas dans cinq minutes.

Mehrlicht rangea le petit appareil dans sa poche. Le cafetier et Ménard le regardaient, atterrés. Mehrlicht comprit.

— Ah ! Désolé. C'est ma sonnerie de portable. Audiard.

Ménard et le cafetier restaient impassibles.

— Une dernière chose, patron : il avait une canne ou une béquille, ces derniers temps ?

— Hein ? Non, non. Pas de canne. Juste son sac à dos et son portable dedans.

Ils quittèrent le café Bercy, traversèrent l'esplanade – Mehrlicht fit une halte au tabac pour racheter ses « cibiches » – et se rendirent au 40. La grille blanche donnait sur une cour intérieure arborée et un parking que surplombait et entourait un immeuble de cinq étages.

— Ils sont où, putain ? pesta Mehrlicht.

— Là, dit Ménard en désignant la cour intérieure.

Entre les buissons des jardinières de béton, Dossantos et Latour parurent tout à coup, avançant au pas d'une petite femme rondelette d'une cinquantaine d'années en blouse verte qui les précédait en manipulant des clés. Ils s'approchèrent de la grille, et la petite femme trapue l'ouvrit à l'aide d'un passe.

— Madame Da Cruz s'occupe du ménage de l'immeuble, et...

— Et du jardin et du courrier aussi, ajouta Mme Da Cruz avec un fort accent.

— Oui. On a eu l'adresse au resto du coin, le Pataquès. La victime y dînait régulièrement, et ils l'ont rapidement identifiée. La concierge aussi.

— C'est par ici, lança Mme Da Cruz. Les pompiers, ils sont partis à neuf heures.

— De quoi elle parle, là ? demanda Ménard à Dossantos.

Ils firent quelques pas le long des bacs de plantes et trouvèrent la réponse. Au rez-de-chaussée de l'immeuble, devant une porte calcinée gisaient pêle-mêle un matelas noir, des morceaux de bois partiellement brûlés, décombres de meubles Ikea, une chaise tordue, quelques vêtements souillés et détrempés, et d'autres matières indiscernables. De cet amas s'écoulait lentement un jus noir que Mme Da Cruz mettrait quelques semaines à nettoyer. L'entrée de l'appartement était entourée d'une auréole sombre qui s'étendait jusqu'à la fenêtre de l'étage supérieur.

— Ça a brûlé très fort, il paraît. Moi, je travaille ici mais j'étais à Pantin. Heureusement, M. Crémieux, il était pas là.

— Crémieux, vous dites ? Sophie, tu vérifies les boîtes aux lettres ?

— C'est parti !

— Le pompier, il est là, je crois, reprit Mme Da Cruz.

Mehrlicht s'approcha de la porte tandis que Dossantos fouillait les débris carbonisés du bout du pied. Il sortit de sa poche le petit sachet plastique et en extirpa la clé. Il essaya de l'engager dans la serrure noircie mais la clé s'y refusa. Il la rangea donc et entra dans l'appartement que l'on eût dit noir comme un tunnel, comme un tombeau. Une odeur rance de brûlé l'assaillit aussitôt. Un type d'une trentaine d'années en uniforme bleu, le cheveu court et brun, fit volte-face en l'entendant. Il tenait un dossier qu'il remplissait.

— Capitaine Mehrlicht. PJ.

— Capitaine Mezoud. BSPP.

— On cherche des infos sur l'occupant des lieux. Vous avez quelque chose ?

— L'appartement était vide, donc pas de victime. L'incendie ne s'est pas propagé aux étages supérieurs, car les services ont opéré rapidement.

Le type connaissait son manuel par cœur, et le débitait avec ferveur.

— Par contre, j'ai un problème. Le départ de feu… Suivez-moi !

Ils firent quelques pas dans la fange noirâtre qui tapissait le sol et les murs de ce petit studio. Le sol couinait et gloutait sous leurs pieds. Le pompier l'attira vers un coin de l'appartement.

— Le feu a commencé dans cette prise électrique, point de départ récurrent des incendies domestiques. En France, un incendie sur quatre est dû à une installation électrique défectueuse. Dans le cas qui nous occupe, on est en présence d'un immeuble récent, donc c'est à creuser. Un échauffement ponctuel accidentel par effet Joule au niveau des connexions…

Le sol gargouilla sous les pas de Ménard qui voulait jeter un œil à la cuisine.

— Attendez ! intervint le pompier. Je dois revoir la cuisine.

— Excusez-moi, souffla Ménard avant de faire demi-tour.

L'exposé reprit :

— Soixante-dix pour cent des incendies se déclarent la nuit. On est, pour tout dire, dans un cas d'école…

Mehrlicht attendait le « mais ».

— Mon problème, c'est qu'un incendie d'origine accidentelle ne retourne pas les meubles. L'appartement a été mis à sac ou fouillé de fond en comble avant que le feu ne se déclare. Le matelas n'était pas en place. Les meubles ont été renversés… Pourtant, c'est bien à la prise que ça a pris.

— Quelqu'un aurait fouillé les lieux avant de maquiller ça en incendie accidentel.

— En incendie d'origine accidentelle, c'est mon avis. Mais je dois le prouver ! On peut imaginer un type pris de démence qui ravage son appartement avant d'en partir, puis un incendie qui se déclare dans la foulée… Mais il faut beaucoup d'imagination !

Le type poussa le gloussement de l'ingénieur qui se surprend à avoir de l'humour.

— J'en manque aussi dans ces cas-là, conclut Mehrlicht. Je peux vous rappeler pour avoir copie de votre rapport ?

— Bien sûr. Avec les autorisations qui vont bien, ce sera possible.

Il était redevenu très sérieux. Le militaire aux ordres avait tué l'ingénieur potache.

— Bien sûr. Je voulais savoir aussi si vous aviez retrouvé certains objets dans ce bordel : un ordinateur ? un sac à dos ? une canne ou une béquille ?

Mehrlicht sortit de sa poche un paquet de gitanes et commença de l'ouvrir.

— Vous ne fumez pas ici, n'est-ce pas ? s'enquit le pompier.

— Non, bien sûr ! répondit Mehrlicht en sortant une cigarette qu'il garda entre ses doigts.

— Tout ce qui n'a pas été totalement consumé est écarté du site pendant l'intervention pour éviter la propagation, et asphyxier le feu. C'est le protocole. Tout a été évacué.

Il pointa un pouce vers le tas noir de la cour que Dossantos remuait maintenant de manière plus vigoureuse. Latour et Ménard discutaient à quelques mètres de là, avec la concierge.

— Merci, capitaine. Je vous rappelle.

— Je vous en prie, capitaine. J'attends de vos nouvelles. Au revoir.

Mehrlicht laissa le pompier s'ébattre dans la gadoue de cette sombre grotte, ressortit à la lumière, et alluma sa cigarette.

— François a trouvé, lui dit Latour avec impatience. Montre-lui !

Ménard hésita un instant, puis tendit son téléphone. Une photo de la victime emplissait le petit écran : un homme d'une quarantaine d'année en costume noir et cravate argentée souriait à l'objectif en levant une flûte de champagne devant une petite foule de gens qui l'applaudissaient. À n'en pas douter, ce bel homme avait meilleure mine à l'écran que sur le papier.

— Marc Crémieux, journaliste free-lance, lauréat du prix Albert-Londres en 2008. Il a gagné au moins cinq autres prix.

— C'est une pointure, notre clodo, capitaine, reprit Latour dont les yeux bleus s'illuminaient et se plissaient un peu chaque fois qu'une piste se confirmait.

Ménard reprit, en invitant la concierge à s'approcher :

— Mme Da Cruz nous parlait de son frère, aussi.

— Oui, M. Crémieux, il est très gentil. Son frère, il vit dans la rue. Alors, il le fait rentrer des fois, le matin… M. Crémieux, il lui a donné le passe du parking pour ne pas… déranger. Oh ! Les gens sont très gentils, ici. Mais le frère de M. Crémieux, il sent pas très bon. C'est comme ça !

Elle rit d'un rire innocent faisant bondir ses opulents seins sous sa blouse verte.

— On a un Crémieux qui entre et sort par le 40, rue de Bercy, et un Crémieux qui entre et sort par le 110, boulevard de Bercy, conclut Mehrlicht, avec un léger sourire. C'est bien ça ?

— C'est ça ! Un qui passe par l'entrée et un qui passe par le parking, répondit Latour.

— Et un Crémieux en lin au café Bercy et au resto, et un Crémieux en clodo qui se promène la nuit, ajouta Ménard.

— Qui tient le pari ? lança Mehrlicht, tout sourire. Latour lui sourit.

— C'est bon, sans moi !

— Quoi ? s'enquit Ménard. Je veux dire, quel pari ?

— Que Crémieux n'a pas de frangin. Et que quelqu'un vient de buter un pisseur d'encre qui a eu le blair un peu long !

Dossantos, à quelques mètres de là, interpella le groupe. Il avait remis des gants de latex et extirpait des décombres des formes calcinées.

— Tu as quelque chose, Mickael ?

— Des liasses de feuilles. Suffisamment compactes

93

pour pas prendre feu. Il y a bien quatre cents pages de texte. Un sac à dos brûlé avec…

Il tira des morceaux de papier noir.

— Des bouts de papier brûlé dedans !

— Je peux vous donner des sacs-poubelle, si vous voulez, proposa Mme Da Cruz.

— Très bonne idée, merci ! répondit Mehrlicht. On jettera un œil à tout ça au bureau. On prend tout le papelard.

Dossantos continuait de fourrager dans les cendres humides. Mme Da Cruz reprit :

— Vous voulez que je vous prête des gants ? Ceux-là, ils sont pas bons pour le ménage.

— Non, merci, coupa Dossantos, agacé.

Mehrlicht, Latour et Ménard s'amusèrent de voir le colosse discuter *gants de ménage* avec la concierge, qui poursuivit :

— Et vous avez tout taché vos habits. Il faut mettre une blouse. Je peux faire, si vous voulez.

Dossantos l'ignora. Mme Da Cruz n'insista pas et s'éloigna.

— Tiens ! Voilà l'imprimante !

Il tira du tas une masse de plastique fondu.

— Et un portable ? demanda Ménard.

Dossantos s'ébroua encore quelques instants dans le tas noirâtre qui contrastait avec la verdure environnante et le bitume immaculé du parking.

— Non. Pas de portable.

— C'est que les gars ont emporté ce qu'ils cherchaient et ont brûlé le reste. On a quoi comme caméras de surveillance dans le coin ? Sophie, tu appelles la préfecture et tu vois ça. Inspecteur Ménard, tu me fais un topo sur Crémieux : travail, famille, patrie et tout le toutim. Mickael, tu me ramènes toute la paperasse au bureau et tu m'épluches tout ça. Avant, tu vois qui a appelé les pompiers et si ce gars a vu quelque chose avant l'incendie. Moi, je vais me colleter le père Matiblout. Je suis sûr qu'il va aimer le meurtre d'un journaliste sur ses plates-bandes, putain…

17

— Marc Crémieux ? Le journaliste Marc Crémieux ? Vous me faites une blague de mauvais goût, capitaine ?

Matiblout avait perdu son habituel flegme. Mehrlicht présumait même qu'il était à deux doigts de la crise cardiaque. Assis, le dos bien droit dans son fauteuil noir, le petit homme trapu s'était tout à coup embrasé. Son visage était devenu rouge comme un fer incandescent, et il s'était figé comme si son cauchemar de toujours commençait à se réaliser.

— En 2008, Crémieux a publié un violent essai sur la pauvreté en Île-de-France, pointant du doigt l'incurie du gouvernement face au problème. Il a mis en lumière les bidonvilles français de Pantin, de Bobigny et de Saint-Denis, de la gare du Nord et de la gare de l'Est.

— Saint-Denis où vous étiez en poste ?

Matiblout ne releva pas et poursuivit :

— Crémieux a incriminé pêle-mêle l'État, la police, les services sociaux, l'école, accusant nommément de supposés coupables. Et ce, en pleine affaire des Enfants de Don Quichotte, en plein retour de l'abbé Pierre… À un moment où l'opinion était particulièrement sensible au sort des SDF…

Le commissaire Matiblout fit une pause. Il remuait dans son fauteuil comme pour mieux reprendre son assise.

— Comme d'autres, j'ai intenté une action en diffamation. Crémieux s'est fait beaucoup d'ennemis parmi les personnels de l'administration et des services publics. Au plus haut niveau. Et puis…

— Et puis il a gagné le prix Albert-Londres et est devenu intouchable, poursuivit Mehrlicht.

Le commissaire Matiblout joignit ses mains devant lui et y posa son menton. Il se demandait si le petit homme aux yeux globuleux assis en face de lui venait de découvrir tout cela, ou si, au contraire, Mehrlicht s'était renseigné sur lui à son arrivée.

— La consigne est tombée de suspendre toute poursuite. Je peux vous assurer que la décision avait été prise au plus haut niveau. Et pour accélérer l'enterrement de cette histoire, tous les personnels nommés dans la diatribe de Crémieux ont été… déplacés.

— Et c'est comme ça que nous nous sommes rencontrés, commissaire. À quelque chose, malheur est bon ! Mais dites-moi, patron ! Ça fait de vous un sérieux suspect…

Le commissaire Matiblout planta son regard dans celui de Mehrlicht.

— Vous ne m'amusez pas, capitaine. Crémieux

vivant ou mort est une bombe qui va nous péter à la figure, si vous me passez l'expression. Ça m'est arrivé une fois. Il n'y en aura pas de deuxième. Alors, je vous conseille de progresser rapidement, et en faisant bien attention où vous mettez les pieds. Maintenant, si vous voulez bien m'excuser, j'ai quelques coups de fil à passer.

Il décrocha son téléphone. Mehrlicht se leva et quitta la pièce.

Le capitaine Mehrlicht regagna son bureau. Chacun était à son poste et mâchonnait un sandwich imbibé de Coca, la fameuse formule-midi de la boulangerie du coin, repère des gastronomes assermentés. Le lieutenant Latour terminait sa conversation téléphonique. Le lieutenant Dossantos avait recouvert son bureau de feuilles volantes plus ou moins grisâtres, de dossiers cartonnés aux coins calcinés et de cartes colorées. Il parcourait chacune de ces pages et la classait dans la bonne pile, exaltant l'odeur âcre d'incendie qui flottait dans la pièce. Le lieutenant stagiaire Ménard surfait sur le Net pour préparer son exposé sur Crémieux. Au sous-sol, avec le capitaine Dubois, il avait bien sûr interrogé la base informatique locale, le FTPJ, et les différents fichiers de la police : le STIC, le GEVI, le LUPIN, l'OCTOPUS, le FNAEG, le FAED, le FIJAIS, le MENS, le FVV, le FPR, le FBS, le FNT, le FIT, le FNFM, le FCA, le SALVAC... Le capitaine Dubois se lamentait de n'avoir pas accès aux autres fichiers, ceux de la gendarmerie, du Judex au FSDRF, en passant par le FOS, le FAC, ANACRIM, le BB2000, le FAR, le FPNE, Pulsar, le FTIVV, ou aux super-fichiers européens comme le Schengen.

— EDVIGE et ARDOISE étaient des super-projets, clamait-il. Du tout-en-un ! Tu rentres un nom, tu as tout le pedigree du client : son boulot, sa bagnole, sa famille, ses voyages, ses empreintes digitales, son empreinte génétique. Tu peux même savoir s'il croit en Dieu, et en quel Dieu, pour qui il vote, s'il est malade… Même, s'il est à voile ou à vapeur ! Et bien sûr, s'il est connu de nos services ! Et avec photos couleur en plus… La gauche s'en est mêlée et ça a foiré. Mais je te jure qu'on attend LOPPSI 2 et le TAJ avec impatience, ici. C'est un fichier qui recoupe les bases de la police et de la gendarmerie. Tu te rends compte de la taille du truc ? Le Renseignement inté-rieur en a déjà un comme ça : CRISTINA ; mais nous, on n'y a pas accès. Remarque, la CNIL non plus ! C'est génial ! C'est cent fois mieux qu'EDVIGE ! Et on peut faire une fiche pour les accusés, mais aussi pour les victimes, pour les témoins… Pour tout le monde ! Bon, c'est vrai que le coupler avec la Base-élèves des écoles primaires, c'est un peu exagéré. Mais les gamins sont durs, maintenant, tu sais ?

Mehrlicht referma la porte du bureau derrière lui et vint se planter au milieu de la pièce.

— Bon ! Je vous préviens que Matiblout aime pas beaucoup notre histoire, putain ! Ça lui donne comme des fourmis, et je vous dirai pas où, lança-t-il en guise de résumé. Alors, qu'est-ce qu'on a ? Inspecteur Ménard.

— J'ai pas mal de choses… Certaines, même… Je ne sais pas…

— Accouche ! tonna Mehrlicht.

— Marc Crémieux est… était marié.

— « Jusqu'à ce que la mort vous sépare. » C'est ce qui est écrit, et crois-en mes vingt-cinq ans de mariage, parfois on voudrait mourir pour que ça s'arrête.

— Il habite avec sa femme, Jeanne Crémieux, dans le Ve arrondissement, 34, rue de la Montagne-Sainte-Geneviève.

— Là, tu peux dire « habitait » parce que, en ce moment, il habite dans le XIIe arrondissement, 2, place Mazas, à l'Institut médico-légal.

— Laissez-le finir, intervint Latour qui se lassait de ces rites d'initiation virils où Mehrlicht torturait les stagiaires pour en faire de vrais hommes. Elle l'avait vu agir avec les précédents. François Ménard y passait aussi parce que dans l'esprit buté de Mehrlicht, on n'entrait pas dans la grande Maison de la Police sans un bon bizutage en règle. Les jeunes Indiens allaient chercher une plume d'aigle en haut de la montagne et la rapportaient au village. Les jeunes stagiaires subissaient Mehrlicht deux semaines.

— OK, mais qu'il le dise tout de suite : il a un frère ou pas ? reprit Mehrlicht.

— Pas de frère. Pas d'enfant.

— Je le savais ! triompha Mehrlicht. Tu as perdu, tu me dois cent euros, inspecteur Ménard.

100

— Quoi ? Mais j'ai pas…

— Arrête de l'emmerder ! coupa Dossantos. Vas-y, continue !

— Il était journaliste-reporter à son compte, mais il a surtout travaillé avec *Le Canard enchaîné* et Rue 89. En 2006 et 2007, il s'est fait passer pour un SDF pendant plus de six mois pour infiltrer les bidonvilles du XIXe arrondissement et de la petite couronne. En février 2007, il était sur place quand les bulldozers ont rasé un bidonville à Bobigny. En mars 2007, un incendie a fait un mort dans un bidonville de Saint-Denis et avait conduit les autorités à décider de l'évacuation du campement. Crémieux a tiré de son enquête un essai explosif qui a failli lui coûter cher puisqu'il a incriminé des personnalités politiques.

— Ouh là ! C'est cette partie qui donne des fourmis à Matiblout, j'imagine, commenta Dossantos.

Ménard reprit :

— Après la publication de son livre, douze plaintes ont été déposées contre lui dont l'une…

Il fit une pause, hésitant, pour interroger le capitaine du regard. Mehrlicht termina sa phrase :

— … de notre Matiblout national, il vient de me le dire. Il était en poste à Saint-Denis à l'époque et Crémieux a tiré à boulets rouges sur tous les services publics du coin.

— Ouh là ! répéta Dossantos en se passant la main dans les cheveux. Il n'aimait pas la tournure que prenaient les événements.

Ménard poursuivit :

— Quelques mois plus tard, en 2008, Crémieux a reçu le prix Albert-Londres. Les poursuites se sont arrêtées à ce moment-là. Il est quand même fiché pour « troubles de l'ordre ». Il a été interpellé pendant des manifs étudiantes dans les années 1990 et apparaît au Fichier comme un agitateur de gauche à cette période.

— C'est ce qui est écrit ? demanda Mehrlicht.

— Euh… Non, mais c'est ce que ça veut dire. Le capitaine Dubois connaît bien les codes qu'utilisent les collègues pour ne pas fâcher la Commission de déontologie, répondit Ménard, un sourire en coin.

Mehrlicht poursuivit :

— Quand il a eu le prix, tout le monde s'est dégonflé. Ils ont retiré leurs plaintes. Et tous les pontes incriminés ont été mutés.

— Douze plaintes. Ça veut dire que douze personnes avaient des raisons d'en vouloir à Crémieux. Salis dans la presse, mutés d'office. Quelqu'un a peut-être perdu beaucoup dans cette affaire, commenta Latour.

— Et se vengerait trois, quatre ans plus tard ? s'enquit Ménard.

Mehrlicht fit la moue.

— Mouaih… Ce que je crois surtout, c'est que l'affaire va vite être reprise par d'autres dès qu'on saura que c'est le commissaire Matiblout de Saint-Denis qui s'en occupe. Et ça, ça fait chmire ! Quoi d'autre, inspecteur ?

— C'est tout.

Mehrlicht se détourna.

— Sophie?

— Pas de caméra pour l'instant sur la zone. Il y en a une sur le Palais omnisport, c'est tout. Ils sont en plein déploiement. Il y en a 293 aujourd'hui. Il y en aura 1 300 à la fin de l'année.

— Tu me dis en gros qu'il aurait dû crever l'année prochaine, si je comprends bien?

— Non, je vous dis qu'il n'y a pas de caméra dans le coin.

Mehrlicht se tourna vers Dossantos.

— Mickael?

— J'ai vu la gardienne et le pompier. C'est une mère de famille, habitant au premier étage en face, qui a vu les premières flammes à l'intérieur de l'appartement. Elle a tout de suite appelé. Un camion de pompiers revenait d'une alerte au gaz dans le coin. Ils ont été envoyés sur-le-champ. Un coup de bol. À part ça, la femme n'a vu personne entrer ou sortir.

— Bon. Et les papelards, alors?

Dossantos ouvrit les bras devant lui comme pour embrasser l'ensemble des tas.

— Je n'ai pas fini de trier toutes les feuilles, il y en a quelques centaines. Je crois qu'il écrivait un bouquin. Il y a des pages rédigées, des brouillons et des résultats des notes de recherche. J'ai fait à peu près la moitié. Il faudra m'aider à finir. Mais j'ai déjà des tas clairs. Enfin, clairs… c'est vite dit. J'ai plein de pages sur la vie de Napoléon III.

Tous marquèrent leur surprise. Mehrlicht dégaina le premier :

— Tu déconnes ?

— J'ai pas tout lu. Mais je crois qu'il y a ici tout ce qu'on peut savoir sur Napoléon.

— Sur Napoléon ou Napoléon III ? demanda Mehrlicht avec une soudaine ferveur.

— Ah… Euh… III ! reprit Dossantos.

— C'est le neveu de Napoléon Ier, putain !

— Attention, tu refais ton Julien Lepers !

Mehrlicht ne releva pas. Dossantos désigna deux autres tas.

— Là, j'ai des textes, des notes sur les SDF. Je n'ai pas tout lu, c'est le plus gros tas, mais je crois que Crémieux enquêtait sur les clodos.

— Quatre ans après ? Pour voir une évolution, peut-être ? tenta Latour.

— Peut-être. En tout cas, si ça s'est su qu'il remettait le couvert, ça a dû en emmouscailler plus d'un, commenta Mehrlicht.

— Voire douze, corrigea Latour.

— Et pour finir, il y a des dessins, des plans. Il y a un plan de Paris mais il est incomplet. Il n'y a que les rues importantes. Il y a des croix ou des points un peu partout mais il faudrait voir à quoi ils correspondent. Pour les autres plans, la plupart n'ont pas de titres, alors, impossible de savoir ce que c'est.

— Faudra trouver, ponctua Mehrlicht.

— À part celui-là.

Dossantos tira un croquis vert qui s'étendait sur

deux A4. On y voyait clairement des zones, des déli-
mitations et son titre, inscrit au feutre noir en haut,
à droite.

— La Jungle !

18

Assis à son bureau, le commissaire Matiblout regardait son téléphone, silencieux. La petite machine carrée, qui d'ordinaire faisait frénétiquement clignoter ses loupiottes blanches et rouges comme pour lui annoncer la fin du monde, restait obstinément inerte. Le commissaire soupira. Ce procureur n'était pas de ses amis. Dans la valse des postes et des sièges à laquelle il avait assisté depuis les dernières élections, nombre de ses amis avaient disparu de l'organigramme du pouvoir, et les choses étaient devenues plus difficiles. Avant, lorsqu'il décrochait son téléphone, il savait qu'il appelait en territoire ami et que les choses se passaient toujours bien entre amis. Maintenant, il écoutait la tonalité avec appréhension, ne savait plus où il mettait les pieds. En général il était rapidement fixé.

Le procureur de la République l'avait écouté, longuement, lorsqu'il avait parlé du meurtre de ce SDF qui se révélait être Marc Crémieux, le journaliste, et lorsqu'il avait avancé que ses services n'étaient

pas à même de résoudre une affaire de cette envergure – qui était du ressort du Quai des Orfèvres, de
la brigade criminelle –, le procureur lui avait exprimé
toute sa confiance, en tentant de couper court. Le
commissaire Matiblout avait ensuite vigoureusement rappelé l'incendie criminel chez Crémieux,
qui était également du ressort de la Crim', et non
d'un commissariat de quartier. Le procureur lui avait
assuré qu'il sous-estimait sa valeur et celle de ses
personnels. Alors, le commissaire avait joué cartes
sur table : Crémieux avait déjà failli lui coûter sa
carrière lorsqu'il était à Saint-Denis et il ne voulait
pas que cette affaire refît surface et le rattrapât. Puis
il s'était tu. Il avait deviné le sourire du procureur
quand ce dernier lui avait dit : «Je sais tout cela,
commissaire», avant de lui souhaiter bon courage
pour la suite de l'enquête. Le téléphone avait alors
tinté à l'oreille du commissaire Matiblout pendant
un long moment. Puis il avait raccroché.

Ce procureur n'était pas de ses amis.

En repensant à cette conversation téléphonique,
Matiblout sentit un frisson lui parcourir la colonne
vertébrale. Il retira ses lunettes carrées et se passa les
mains sur le visage. La journée allait être longue. Il
regarda de nouveau le téléphone qui trônait, impassible, sur son bureau. Le commissaire ne s'était pas
avoué vaincu après le camouflet du procureur. Il
devait bien encore y avoir quelque part un ami qui
pouvait le tirer de ce guêpier. Il avait appelé ici et
là des amis, hier encore bien placés ou très en vue.

Mais il se heurtait souvent à des secrétaires déterminées ou à des collaborateurs intransigeants. Charles n'était pas joignable. Jean-Louis était très occupé, mais on lui transmettrait le message. Michèle n'avait pas été réélue et en souffrait grandement. Brice avait trouvé un siège de député européen. Claude n'avait pas obtenu de mandat et prenait des vacances méritées. Il avait tenté de contacter d'autres amis, moins bien placés peut-être à l'époque, mais certainement plus disponibles. En vain. Il avait laissé des messages.

Le commissaire Matiblout attrapa le cadre-photo qui lui faisait face, et le contempla un long moment. Un sourire se dessina sur son visage, à son insu. Dans un geste presque inconscient, sa main vint vérifier que sa rosette était bien là, à sa place. Il soupira et repositionna le cadre avec minutie. Il s'enfonça dans son fauteuil sans quitter la photo du regard. Et lui, se prit-il à penser, ne pourrait-il rien faire pour lui ?

Assis à son bureau, le commissaire Matiblout regarda son téléphone silencieux.

19

La Mégane blanche progressait à vive allure sur le boulevard Soult. Mehrlicht, à la place du mort, fumait comme un damné. Lâchant le volant d'une main, Dossantos ouvrit sa vitre.

— Tu peux pas t'arrêter de cloper deux minutes ?

Mehrlicht se racla la gorge dans un éboulis de galets.

— Non. Prends à droite, là. On va au lac de Saint-Mandé, pour commencer.

Dossantos gara le véhicule banalisé à l'orée du bois.

— Allez ! C'est l'heure de ta promenade ! lança Dossantos.

— Arrête ! Ça me défrise, la verdure. Il y a que les toubibs et les cordonniers pour te conseiller un tour en forêt, parce que c'est comme ça que t'attrapes la crève et que tu bousilles tes godasses, putain.

— C'est malin ! Arrête de grogner ! Ça va te faire du bien de respirer un peu.

— Et mon croupion, c'est de la volaille ?

— Hein ?

— Rien ! Faut pas limacer, c'est tout ! Bon ! Voyons cette carte…

Mehrlicht tira de la veste de son imperméable la carte de la Jungle dessinée par Crémieux. Il se tourna ensuite pour faire correspondre les quelques repères visibles. Il tendit tout à coup le bras en face de lui, vers la forêt.

— Alors, là-bas, on a la « zone des Nomades ». Après, c'est « les Lapins ».

— Pourquoi « les Lapins » ? s'enquit Dossantos.

— Parce que les miséreux, ils se multiplient comme les lapins, j'en sais rien, moi. Ensuite, t'as un point au milieu de nulle part, c'est l'adresse du Shaman. Tu le vois, là ?

Il désigna du doigt un point sur la carte.

— Ouaih, ouaih !

— De l'autre côté, t'as « les Îliens ». Tu savais qu'il y avait des gars qui vivaient sur le lac des Minimes, toi ? demanda soudain Mehrlicht.

— Non. Mais je ne savais pas non plus qu'il y avait des types qui vivaient dans les bois.

Mehrlicht opina du chef. Dossantos faisait parfois preuve de bon sens.

— Et la dernière zone : « le Palais du Gouverneur ».

Il partit d'un rire rauque et reprit :

— Comme quoi, on peut crever de faim et avoir de l'humour. Bon. On y va. On essaie les « Nomades » et on verra.

Ils passèrent sous les frondaisons abondantes des

chênes et des platanes, suivant une route goudron-
née interdite aux véhicules. Le temps était doux et le
soleil entachait par endroits l'ombre des sous-bois. Des
groupes de joggeurs passaient dans un sens ou dans
l'autre. Quelques mères ou nounous poussaient des lan-
daus, suivis de marmots à la marche hésitante. On criait
dans le petit square à l'orée du bois. Là-bas, un match
de volley-ball battait son plein. Il y avait aux abords
du bois une forte activité, souvent sportive. Mehrlicht
et Dossantos progressèrent plus avant sous les grands
arbres puis quittèrent la route bitumée. La végétation
se fit rapidement plus dense, et les badauds plus rares.
Leurs pas ouvraient derrière eux un léger sillon dans
les feuilles mortes. La clameur humaine fut rapidement remplacée par des gazouillis et le souffle léger
du vent dans les frondaisons. Mehrlicht et Dossantos,
silencieux, s'enfonçaient toujours dans le bois lorsqu'ils repérèrent dans un bosquet ce qui ressemblait
à une cabane. Pas une cabane d'enfant, de branches
et de feuilles, ouverte au vent. Un réel abri, en partie
camouflé par les branchages des arbres, un assemblage
de palettes, de planches et de gravats recouvert de
sacs plastiques et de larges bâches noires, censés en
garantir l'étanchéité à la pluie, au vent et au regard.
Une hutte primitive de l'ère de la pétrochimie. Une
fumée blanche s'échappait des branches, plus haut.

— C'est la « zone des Nomades », indiqua
Mehrlicht qui faisait le guide.

— Ils m'ont l'air d'être plutôt installés pour des
nomades, maugréa Dossantos.

111

Ils contournèrent la cahute, se baissèrent pour passer sous l'ample branche de sapin qui faisait office de portail, et se retrouvèrent soudain au milieu d'un campement de cabanes et de tentes. Une dizaine d'hommes étaient assis sur des bûches autour d'un feu où chauffait, en guise de marmite, un large pot de peinture. Quelques vêtements séchaient sur des cordes étirées entre les arbres. Une lampe éteinte était accrochée un peu plus haut sur une branche et reliée en contrebas à une batterie de voiture.

En apercevant les deux intrus, quatre d'entre eux se levèrent d'un bond.

— Police nationale ! menaça Dossantos.

L'un des types disparut en un éclair à travers les vêtements suspendus et les buissons. Mehrlicht leva les mains en signe d'apaisement.

— On veut juste vous poser une ou deux questions. Du calme !

Après un temps d'hésitation, l'un d'eux s'approcha. Il était plutôt petit, râblé, et portait un jean propre et une chemise à carreaux. Ses grosses joues rouges soulignaient des yeux très bleus qui perçaient sous des cheveux blonds en bataille.

— On voudrait vous montrer une photo, reprit Dossantos.

— Pas France. *Český*.

Il montrait son torse du pouce.

— Pas France. *Český*.

Il se tourna et désigna cinq hommes autour du feu.

— *Polski*.

Mehrlicht se tourna vers Dossantos :

— Tu parles *polski,* toi ?

— Moyen.

— Pareil.

Dossantos tira de la poche arrière de son jean la photo de Crémieux. Il la tendit à l'homme en montrant ses yeux à lui.

— Vu lui ? Vu ?

L'homme rougeaud fit *non* de la tête. Dossantos regarda les autres.

— Et vous ? Vu lui ? Vu ?

— Putain, ça veut rien dire ce que tu dis, commenta Mehrlicht.

Les hommes firent *non* de la tête à l'unisson.

— Merde !

Dossantos s'avouait vaincu.

— Ah ! Là, t'es plus clair ! On va essayer le Shaman.

Le visage du *Český* s'illumina.

— Shaman ? *Tam ! Tam !*

L'homme faisait des grands signes dans une direction.

— *Tam ?* Shaman ? *Tam ?* reprit Dossantos qui s'intéressait décidément aux langues vivantes.

— *Tam !*

Mehrlicht regardait la chorégraphie des deux hommes.

— Putain ! C'est le miracle de la Pentecôte ! Alléluia ! cria-t-il en levant les bras au ciel, feignant l'euphorie. Puis il se rembrunit : Allez ! On y va.

— *Ahoj,* Andel.

Une voix venait de s'élever par-delà la branche de sapin. Mehrlicht et Dossantos se retournèrent.

— *Ahoj, kapitàn*, répondit Andel.

Deux gendarmes en uniformes bleus et bombes à grenades, juchés sur leurs chevaux, regardaient la scène par-dessus la branche d'entrée.

— Gendarmerie nationale. Bonjour, messieurs.

— Bonjour. Police judiciaire, répondit Mehrlicht. On cherche des infos sur un type qui a traîné dans le coin.

Mehrlicht et Dossantos saluèrent Andel de la main et franchirent la branche de sapin. Les deux gendarmes mirent pied à terre et leurs serrèrent la main, tout en retenant les rennes de leurs chevaux.

— Capitaine Alighieri. Voici l'adjudant Huan. Comment peut-on vous aider?

— Je suis le capitaine Mehrlicht. Le lieutenant Dossantos. On a une photo.

Il la plaça sous le nez des deux gendarmes.

— Ce type s'est fait suriner par trois SDF, hier, à la gare de Lyon. Et, putain, on a de bonnes raisons de croire qu'il a traîné dans le coin.

Les deux gendarmes le regardèrent, relevant le juron, puis examinant la photo, firent un signe négatif de la tête.

— Non. Ça ne nous dit rien. Vous allez passer dans les villages?

— Les *villages*? répéta Mehrlicht, perplexe.

Dossantos intervint à cet instant pour bloquer le juron suivant:

114

— Vous pouvez nous expliquer ?

— Paris est une ville dangereuse, vous le savez mieux que moi. Ces gars qui dorment dehors se font tabasser, dépouiller, violer, que sais-je encore… Il y a une bonne dizaine d'années, les premiers sont venus s'installer ici. Ils ont monté des campements, se sont regroupés pour se prémunir des agressions d'autres groupes. Puis d'autres sont arrivés, amenés par la crise, le chômage. Français ou étrangers. Ils sont quelques centaines maintenant. À différents endroits du bois, on trouve des cabanes et des tentes… Une ville est en train de naître, ici, toujours en expansion.

Le gendarme accompagnait son exposé de grands gestes en différentes directions, comme s'il voyait à travers les arbres et le temps.

— Ils squattent l'espace public et personne ne fait rien ? Dossantos semblait indigné.

Les gendarmes sourirent en même temps.

— On nous demande de ne pas faire de vagues. Pendant qu'ils sont ici, ils ne sont pas bourrés et affalés en travers des trottoirs de Vincennes, Charenton, Saint-Maur… ou de Paris. Personne ne tient à les voir rappliquer en ville. C'est ce qui se passerait si on les virait.

— En plus, reprit l'adjudant, leur présence a fait baisser la criminalité dans le bois. Ça fait trop de témoins ! Même les clients des prostitués souhaitent être tranquilles… et vont ailleurs.

— Évidemment…, souffla Dossantos.

— Bon, de temps en temps, il y a une expulsion.

La mairie envoie la police et les bulldozers, et on rase un campement sous contrôle d'huissiers. Les associations d'aide au logement crient au scandale, mais ça envoie un message fort aux SDF du bois. La loi est là.

— Ah, quand même, commenta Dossantos, satisfait, à l'intention de Mehrlicht.

Le capitaine gendarme poursuivit :

— On a un bon contact avec les «Indigènes», comme on les appelle entre nous. On passe dans les différents villages pour voir si tout va bien. On repère les malades. On veille à ce qu'ils n'abîment pas le bois et évacuent leurs déchets dans des poubelles. Ils ont l'habitude de nous voir. Ils nous font plutôt confiance. Parfois, on règle quelques différends.

— Des bagarres ? s'enquit Dossantos.

— Oui, mais pas seulement. Des problèmes de partage d'eau. Des empiétements sur des territoires revendiqués par d'autres campements. Mais pas plus. Après, c'est leur cuisine.

— Des empiétements ? répéta Mehrlicht. Mais comment ils savent ?

Le gendarme sourit.

— Oh ! Ils savent très bien. Venez voir.

Entraînant son cheval par la bride, le gendarme fit quelques pas et s'arrêta au pied d'un grand chêne.

— Regardez là-haut.

Mehrlicht et Dossantos s'approchèrent, suivant le guide. À quelques mètres du sol, gravés à même le tronc, on pouvait distinguer d'étranges signes.

116

Certains ressemblaient à des lettres mais ne faisaient pas sens ensemble. D'autres étaient clairement des chiffres. Les derniers enfin ne ressemblaient à rien.

— Le «N» tout en haut vous indique qu'il s'agit ici d'un camp de nomades, comprenez «venus de loin», «pas français». Le triangle barré en dessous signifie qu'il n'y a pas de femmes dans leur groupe. La présence de femmes est souvent source de conflits entre les groupes.

— Depuis la nuit des temps, ponctua Mehrlicht en gloussant.

Dossantos écoutait, éberlué.

— Le «11» indique le nombre d'habitants du campement. Tout en dessous, le cercle et le «V» retourné, suivis d'un 4, indiquent que l'impôt du mois – le cercle – a été payé le 4 du mois, en corvée de bois – le «V».

— Un impôt? Quel impôt? demanda Dossantos.

— Putain! ponctua Mehrlicht, au grand désespoir de son collègue.

— L'impôt au Gouverneur! répliqua le capitaine, amusé, en le regardant droit dans les yeux pour se délecter de la réaction du colosse. Les «Indigènes» ont un chef qui édicte la loi du bois, les règles de vie, qui juge les affaires courantes de querelles, de vols…

— De basse et moyenne justices, commenta Mehrlicht.

— Exactement. Comme un seigneur du Moyen Âge. Et il perçoit donc l'impôt que tous doivent payer, sauf les femmes et les enfants.

Le militaire exultait, comme parvenu à la chute d'une bonne blague. Un silence se fit et le vent agita les branches au-dessus de leurs têtes.

— Parce qu'il y a des enfants ?

Dossantos sentait monter dans ses poings un besoin irrépressible de justice.

— Certains couples savent que leurs enfants leur seraient retirés si leur… situation venait à être connue. Il y a des gens ici qui ont un boulot, mais pas de logement, des familles expulsées dont les gamins continuent d'aller à l'école. Il y a même des sans-papiers sans domicile qui travaillent et qui payent des impôts ! Des vrais ! Les SDF salariés se sont regroupés dans un même village, plus au sud. On les appelle les « Lapins ». Pour plusieurs raisons : d'abord, ils ont les moyens d'avoir des clapiers avec de vrais lapins, et ils en donnent aux autres villages en échange des corvées de bois ou d'eau. Ensuite parce qu'avec le Palais, c'est le seul endroit où il y a des enfants. Et, depuis peu, parce que c'est le village qui grossit le plus vite. Ils travaillent mais ne peuvent pas se loger à Paris ou en banlieue. Alors, ils s'installent ici provisoirement. Puis le provisoire dure… Les différents maires ferment les yeux, le dossier sent la poudre. Et nous, on a des ordres…

Dossantos allait dire quelque chose de trop, alors, Mehrlicht le coupa avant :

— Et pour revenir à notre macchabée, d'après vous, il faudrait qu'on rencontre qui ?

— Votre… *victime* a été tuée en plein Paris, vous

118

disiez. Les gars d'ici vont rarement aussi loin. Il y a peu de chances pour que vous trouviez quelque chose. Le mieux serait de voir le docteur Banta, le Shaman. Il se déplace souvent de village en village et connaît tout le monde. On va vous amener à lui. On vous prévient quand même…

Le capitaine fit une pause. L'adjudant poursuivit :

— Le type est un peu dérangé. Beaucoup de gars ont un grain dans ces bois, mais lui…

— D'après les « Indigènes », il fait de la magie. Il peut même faire parler les morts, reprit le capitaine, goguenard.

— Faudrait qu'il bosse pour nous, commenta Mehrlicht. Ça aiderait pas mal !

Les gendarmes éclatèrent de rire.

— Il fait aussi *retour de l'être aimé* ou *l'affection retrouvée* ?

Mehrlicht les achevait. Dossantos les regardait rire, impassible.

— Ah ! Vous verrez ! C'est un personnage ! conclut le capitaine.

20

La Mégane blanche progressait à vive allure sur le quai Saint-Bernard. Ménard serrait le volant des deux mains et conduisait assez vite. Latour lui indiquait la route, détendue.

— Le mieux, c'est que tu me laisses faire, si ça ne t'ennuie pas, proposa Latour.

Ménard sourit et se détendit. La voiture décéléra.

— Alors là, non… Je veux dire… Pas du tout. Annoncer à sa femme qu'il est mort… Je préfère te laisser faire. Je dois même te dire que ça m'angoissait un peu… Je veux dire, de devoir le faire moi-même.

Elle sourit.

— OK ! On a le feu vert de Carrel pour l'emmener à l'identification de son mari. Et Mehrlicht préfère qu'on s'y colle tous les deux. Faudra juste y aller doucement. Tiens ! Prends à gauche, là.

Elle fit une courte pause, semblant chercher par où commencer.

— Tu sais… Mehrlicht est un gars chouette.

Il la regarda, dubitatif.

— Mickael m'a déjà fait l'article, je sais. Mais avec moi, c'est un connard ! Il me fait chier !

— Je vais lui en toucher un mot.

Sa voix était douce. Elle sourit de nouveau. Ménard reprit :

— Mouaih… Tiens, au fait, c'est quoi cette histoire de Julien Lepers qui revient de temps en temps ?

Elle sourit.

— Ah ! C'est une histoire qui fait rire tout le commissariat sauf Mehrlicht. Ça s'est passé avant que j'arrive… Mehrlicht est une vraie encyclopédie. D'ailleurs, tu as dû le voir, certains matins, il arrive avec un volume ou deux d'une encyclopédie. Remarque, en ce moment, il est sur le sudoku, plutôt… Certains collègues l'appellent *Google*. Bref… Il sait plein de trucs. Il y a quelques années, les gars du commissariat, il y avait Mickael déjà à l'époque… les gars du commissariat l'ont mis au défi d'aller à *Questions pour un champion*, l'émission de la 3, avec Lepers, puisqu'il la ramenait tout le temps sur tout. Ils lui ont organisé la sélection sur le Net, et hop ! Notre Mehrlicht est sélectionné !

— Non !

— Si ! Et il doit se présenter pour l'enregistrement d'une émission un mois après, un mardi matin. Tout le monde était au courant. Le commissaire de l'époque, qui suivait aussi le « défi Mehrlicht », lui file la demi-journée, et voilà Mehrlicht parti avec un collègue, Jacques, qui est aussi son meilleur pote, et Mickael. Parce que, bien sûr, il fallait des témoins pour le défi, vu qu'ils ne savaient pas quand ça allait être diffusé. Bref… ils vont à l'enregistrement de l'émission.

— Et ça a donné quoi ?

— L'après-midi, ils ont vu Jacques et Mickael arriver pleurant de rire et Mehrlicht qui insultait tout le monde.

— Qu'est-ce qui s'était passé ?

— À chaque question de Lepers, Mehrlicht avait la réponse. Mais il ne pouvait pas s'empêcher de lâcher un « putain », un « fais chier » ou un « bordel » quand il n'était pas le premier à répondre. À France 3, ils ont été obligés de refaire les prises, de couper. Lepers lui demandait de faire gaffe, de se contrôler. Mais il ne connaît pas Mehrlicht ! Au bout d'une heure…

Elle partit d'un rire chantant.

— Au bout d'une heure, Lepers a pété un câble et gueulait comme un putois qu'on lui faisait perdre son temps. Il a fait virer Mehrlicht du plateau par la sécurité. Mehrlicht était furieux, il l'insultait autant qu'il pouvait, braillait qu'il avait tout bon et que c'est pour ça qu'il le virait… Et les deux autres se marraient comme des baleines.

Ils riaient maintenant tous les deux.

— On parle encore pas mal de l'histoire, mais je te conseille de l'éviter !

— Je ne m'y risquerais pas, c'est clair ! assura Ménard.

— Reprends à gauche, là. Tu es de Lyon, c'est ça ?

— Caluire, ouaih. Je n'ai pas encore la carte de Paris bien en tête.

— Ça viendra. Tu veux y rester ?

— Je sais pas… Je veux dire… C'est un peu plus grand que Caluire ! Mais les grosses affaires sont là.

— Tu as encore le temps de voir, conclut-elle.

— Et toi ?

— Moi, j'y suis depuis un an. Et les jours ne se ressemblent pas. C'est ce que j'aime. Et j'aime bien bosser avec Mehrlicht. C'est un cynique, c'est sûr ! Prêt à cloper à en crever et à envoyer balader tout le monde en jurant comme un charretier. Mais c'est un type bien. Il n'y a pas de détours, pas de politique avec lui. Bon, il s'arrange un peu avec la loi… Mais ça tourne !

— Je m'entends mieux avec Mickael, reprit Ménard. Je sens qu'il a du métier… Et il est droit.

— Droit dans ses bottes, oui ! Un peu trop raide, si tu veux mon avis. Et il confond la loi et la justice. C'est tout dire… C'est là, au 34. Gare-toi.

Ménard ralentit et planta la voiture sur un bateau. Ils poussèrent la grande porte cochère de bois et pénétrèrent dans une cour intérieure pavée et fleurie. Une vigne vierge courait sur les façades et pendait au-dessus de la cour. Deux escaliers leur faisaient face.

— C'est coquet, commenta Latour. Je n'ai pas ça à Vitry !

Il sourit.

— Et encore ! Toi, tu n'as pas une paye de stagiaire !

— Oh ! Presque !

Ils passèrent les boîtes aux lettres et frappèrent à la porte de la loge de la gardienne. Un grand et gros bonhomme à moustache leur ouvrit. Latour tendit sa carte.

— Bonjour, monsieur, police judiciaire. On cherche Mme Crémieux.

— Escalier B, 3ᵉ gauche. Il y a un problème ? dit-il d'un ton bourru.

— Merci. Bonne journée.

Ils traversèrent la cour jusqu'à l'escalier B sous le regard inquisiteur du gardien, montèrent les trois étages et sonnèrent à la porte. La femme qui ouvrit avait la quarantaine et son port de tête lui conférait une certaine classe. Grande, brune et vêtue d'un ensemble de lin clair, elle souriait lorsqu'elle ouvrit la porte. Son sourire disparut à l'instant où elle vit Latour et Ménard.

— C'est Marc ?

Ses yeux s'étaient écarquillés d'effroi. Latour enchaîna :

— Police judiciaire, madame. Madame Crémieux ?

— Oui, oui ! Entrez !

Ils pénétrèrent dans une vaste entrée à la décoration moderne. De grandes toiles abstraites colorées recouvraient les murs blancs ou gris entre de hautes bibliothèques de bois noires. Un lustre métallique aux formes élancées décorait le plafond. La femme referma la porte. Latour se lança :

— Nous sommes porteurs de mauvaises nouvelles,

124

madame. Un corps a été retrouvé hier matin et nous avons de fortes raisons de penser qu'il s'agit de celui de votre mari. Nous souhaiterions que vous puissiez l'identifier.

La femme ne vacilla pas. Elle se tourna vers un petit coffre de bois et s'y assit au ralenti. Son regard s'était pétrifié et fixait l'invisible.

— Ça devait finir comme ça, souffla-t-elle. Que s'est-il passé ?

— Nous devons d'abord nous assurer de son identité. Pouvez-vous nous accompagner pour l'identification ?

— Oui, bien sûr.

Toujours au ralenti, comme sur un fil, la femme traversa l'entrée jusqu'à la porte, attrapa une veste, un sac à main suspendu à un portemanteau parapluie de bar, et ensemble ils quittèrent l'appartement.

21

Mehrlicht et Dossantos continuaient d'avancer dans la terre et les feuilles mortes, à la suite des deux gendarmes qui étaient remontés en selle. Leur progression était rythmée par le martèlement sourd des sabots contre la terre brune. Une odeur d'humus montait à leurs narines. Mehrlicht se lamentait en silence de l'état de ses chaussures.

— C'est là ! déclara soudain le premier gendarme.

Leur promenade à travers bois avait bien duré quinze minutes, et les gendarmes à cheval s'immobilisèrent devant un bosquet touffu.

— Attendez ! On va le prévenir.

Le capitaine appela :

— *Salminaandu, doktè Banta !*

Mehrlicht leva la tête et interpella le gendarme polyglotte :

— Me dites pas qu'il parle pas français, putain !

— C'est malin, dit Dossantos.

Le gendarme émit un rire bref et regarda son collègue.

— Oh si ! Il parle français. Entre autres !

Les branches du bosquet s'ébrouèrent en un instant théâtral avant de s'écarter. Un homme grand et filiforme parut soudain. Il portait un long boubou multicolore sur lequel étaient minutieusement cousus de petits cailloux et morceaux de bois. Sa tête était couverte d'un kofia rouge sombre auquel s'accrochaient une dizaine de petites lanières qui battaient contre son front. Son visage noir était taché d'une multitude de points de peinture blanche et or qui lui donnaient un air de léopard. À son cou pendait une croix de bois. Il fit quelques pas en s'appuyant sur son long bâton tordu et salua de l'autre main, révélant une torsade de papier aluminium qui courait le long de son bras gauche.

— *Salminaandu, kapiten !*

— Ces hommes sont de la police, *doktè*. Ils voudraient te poser quelques questions.

Le grand homme se tourna vers eux et les toisa de ses deux mètres, posant sur eux deux gros yeux noirs injectés de sang.

— Entrez, dit enfin le Shaman d'une voix grave en faisant rouler le « r » comme s'il était coincé dans un ventilateur.

Il fit volte-face et, écartant deux larges branches, pénétra dans le bosquet.

— Au revoir ! leur lancèrent les gendarmes qui s'éloignaient déjà en riant sous cape. D'un signe de la main, l'adjudant indiqua une direction.

— Si vous voulez voir le Gouverneur, continuez plein est !

Mehrlicht et Dossantos, recroquevillés, s'engagèrent dans la végétation touffue à la suite du Shaman. Les ronces s'accrochaient à leurs cheveux, à leurs vêtements, à leurs chaussures. Les branches et les racines barraient leur progression. Derrière Dossantos, Mehrlicht tentait de retirer la toile d'araignée qui lui collait au visage. Dossantos manqua de trébucher et jura. Le Shaman devant eux avançait sans peine et les distançait déjà.

— Tu vas trop vite, Shaman. Attends, putain !

Mehrlicht peinait autant que le colosse à progresser dans la forêt malgré son gabarit de reptile.

— Nous y sommes, souffla le Shaman, d'une voix de basse.

Ils débouchèrent effectivement dans une large clairière sans issue. Les arbres et les buissons semblaient s'être écartés pour permettre à cet homme d'y installer une sorte de vaste tipi de feuilles et d'écorces brunes et, attenante, une cabane de branchages. Les branches et ramures au-dessus de leurs têtes formaient une voûte ouverte où s'écoulaient la lumière irisée du soleil et une bise tiède qui animait à tous endroits de petits mobiles morbides suspendus aux frondaisons : des crânes de rongeurs, des plumes grisâtres, des cailloux terreux et différents pliages de feuilles tournoyaient au ralenti au bout de fines lianes que le vent berçait. Sur la gauche de la clairière avait été érigée une haute croix chrétienne formée de deux troncs épais, sur laquelle on avait ciselé et peint des formes animales et humaines. Sur un petit autel fleuri au pied de la croix reposaient deux petits récipients, un cierge blanc en partie consumé, un morceau de pain et un véritable crâne humain.

La mécanique de Dossantos était bien huilée.

— Article 225 tiret 17 du code pénal : toute atteinte...

Mehrlicht lui attrapa le bras et lui parla tout bas :

— Tout doux, Mickael. C'est pas lui qu'on cherche. C'est le meurtrier, tu te rappelles ?

Dossantos se mit à murmurer à son tour :

— Ce type a un crâne humain !

— Oui, j'ai vu, putain ! Et il se fait appeler « docteur ». Tu vas le boucler pour *exercice illégal de la médecine* ?

Dossantos baissa les yeux pour scruter la tête de grenouille de Mehrlicht. Il détestait ces moments de dérapages où la police ne faisait plus appliquer la loi. Il n'y avait pas de compromis, seulement des compromissions. Il leva les yeux et observa le Shaman. L'homme regardait les deux policiers sans bouger. Ses pieds nus dépassaient de son boubou.

— C'est bon, soupira-t-il. On fait à ta façon.

Le Shaman se détourna d'eux et tira la bâche qui couvrait l'ouverture du tipi.

— Entrez, répéta-t-il.

— On a juste quelques quest...

Sans attendre la fin de la phrase, le Shaman passa sous la tente.

— Putain ! grogna Mehrlicht.

Dossantos et Mehrlicht s'approchèrent de l'entrée

et passèrent la tête à l'intérieur, hésitant à y entrer. Un remugle animal s'échappait de cet antre. L'homme s'était accroupi à même la terre battue et leur indiquait un tronc de bois devant lui. Ses genoux remontaient de chaque côté de son buste et il avait ramené entre eux ses deux longs bras décorés. Dans la pénombre, on distinguait quelques cageots le long de la paroi, qui rassemblaient des fioles troubles, des liquides inconnus et des poudres cendrées. Une couche végétale lui faisait face qui conservait la forme du dernier corps à s'y être attardé. Des hauteurs pendaient des herbes desséchées et des sachets scellés aux contenus inquiétants. La lumière qui tombait d'une ouverture dans le plafond dessinait dans cette pénombre, au centre de la pièce, un épais cône brillant où dansaient une myriade de poussières et d'insectes extatiques. Au fond, une ouverture dans la toile menait à une annexe, la cabane : ses appartements, à n'en pas douter.

— C'est l'heure de consulter, dit Mehrlicht.

Dossantos ne sourcilla pas. Les deux policiers pénétrèrent dans l'abri et s'installèrent sur le tronc qui faisait face au Shaman. Lorsqu'ils furent assis, l'homme alluma une épaisse bougie bleue qu'il semblait avoir fabriquée lui-même et qui était posée à même le sol devant lui. Une fine fumée s'éleva bientôt entre le Shaman et les deux policiers. Le silence se fit.

— Qu'est-ce que tu cherches ? demanda soudain le Shaman qui avait un sens affaibli de l'étiquette.

Mehrlicht se tortilla pour extraire la photo de sa poche, et la tendit.

— On cherche les meurtriers de ce type. On pense qu'il a traîné dans le coin. On voudrait en savoir plus.

Le Shaman saisit la photo, la regarda rapidement et, en la rendant, déclara d'une voix monocorde et caverneuse :

— C'est l'Instituteur. Il faisait l'école aux enfants du Palais, il y a encore trois semaines. Et puis, un matin, il est parti. Aujourd'hui, il n'est plus là. *Aduuna ko leere leere.*

Il attrapa la croix autour de son cou, l'embrassa, puis, par-delà la fumée qui commençait à envahir le lieu, il approcha son visage et plongea son regard dans celui de Mehrlicht.

— Il a écouté les voix du Baron Samedi et de la Grande Brigitte, et la clé du puits de l'abîme lui fut donnée. Mais Anansi s'est jouée de lui et a tissé sa toile. *O fawaa alamaani.*

— Hein ?

Les yeux de Mehrlicht allaient et venaient du docteur Banta à Dossantos. De toute évidence, il espérait une traduction par ce dernier, mais le colosse, sans bouger, observait le Shaman d'un regard froid.

— *Mo anndaa goro juday si yakka.* Il a joué avec le feu sans le savoir. Le moustique n'est jamais raisonnable.

— Le feu ? Quel feu, putain ?

— Le feu de la terre, mon frère !

Ses « r » coulaient de sa bouche comme de la lave, mi-liquide mi-solide. Il continuait de fixer Mehrlicht.

— La gueule brûlante de la terre s'ouvrira pour

avaler les bourreaux. Il montera du puits une fumée, comme la fumée d'une grande fournaise ; et le soleil et l'air seront obscurcis par la fumée du puits. Et toi, policier, tu crieras : « Elle est tombée, elle est tombée, Babylone la grande, mère des prostituées et des abominations de la terre ! Elle est devenue une habitation de démons, un repaire de tout esprit impur, un repaire de tout oiseau impur et odieux, parce que toutes les nations ont bu du vin de la fureur de son impudicité, et que les rois de la terre se sont livrés avec elle à l'impudicité, et que les marchands de la terre se sont enrichis par la puissance de son luxe. Elle sera consumée par le feu. Car il est puissant, le Seigneur Dieu qui l'a jugée. »

L'homme avait déplié ses bras immenses et levait les mains vers le ciel, son visage tacheté tendu vers le puits de lumière.

— Qui l'a tué ? Tu le sais ? demanda Mehrlicht.

— Oui.

Le Shaman baissa les bras et le dévisagea de ses yeux obscurs. La fumée bleutée était maintenant dense.

— Celui qui l'a tué habite le reflet du miroir où personne ne regarde.

— Bon, moi, je me casse, dit Dossantos en se levant. Tu viens ?

Le Shaman poursuivait, imperturbable, ne lâchant pas Mehrlicht des yeux :

— Celui qui l'a tué écoute Ogu Feray et Shango, c'est le grand Coësre. Il tient les rênes des feux de la terre et il crie vengeance. Vengeance ! Et malheur ! Malheur ! La grande ville, Babylone, Babel, la ville puissante ! En une seule heure viendra ton jugement ! Mais vous, policiers, où serez-vous quand sonnera l'heure des fous ?

Mehrlicht écoutait toujours la litanie chaotique du Shaman quand Dossantos éclata :

— Mais ferme-la ! hurla-t-il.

Le Shaman s'interrompit et leva les yeux vers lui.

— Tu marches sous le ciel, tu ne sais pas pourquoi. À chaque combat, c'est toi que tu foudroies. Tu es droit comme un « i » et gras comme une fatma ! Ahahahah !

Il partit d'un rire grave et inextinguible, révélant de larges dents blanches.

— Tu vas la fermer, beugla Dossantos, tandis que sa main entrait dans la poche gauche de sa veste bleue.

Mehrlicht se leva d'un bond.

— OK. On se barre ! On se barre !

Il poussa le colosse à l'extérieur de la tente sous les rires caverneux du Shaman, et ils firent quelques pas. Dossantos soufflait comme un bœuf et passait sa main dans ses cheveux ras, le regard dans le vague. Les veines de son cou semblaient distendues.

— Excuse-moi, Daniel… Je ne sais pas ce qui m'a pris. Tout son charabia… Son délire… La fumée… Ça m'est monté à la tête, je te jure !

— Bon, on y va, de toute façon.

Ils tentèrent de trouver une issue pour quitter cette

clairière, écartant une branche, fouillant un taillis, essayant ailleurs, en vain. Ils se retournèrent vers le tipi. Le Shaman était là, impavide, qui les regardait. Lentement, il leva un doigt indiquant un point dans la palissade végétale. Dossantos s'y engouffra sans un mot. Mehrlicht sortit à sa suite après avoir lâché un timide «merci».

22

Latour et Ménard suivaient la femme de Crémieux dans l'escalier qui menait à son appartement. L'identification s'était plutôt bien passée. Latour en avait vu, des veuves accablées et des veufs éplorés, se mollifier comme des méduses à la vue de l'être aimé sur la table d'inox, se raidir au contraire et fuir la salle en couinant. Elle en avait vu des crises de nerfs, des cheveux arrachés, des rognures d'ongle, des geysers de larmes et des torrents de bave. Même des manifestations d'un désir charnel pour le cadavre quand les vivants couvraient les morts de baisers et de caresses lascives. Elle en avait entendu des hurlements de bête blessée, des promesses tardives et des souvenirs en sursis, quand tout prenait sens trop tard ou n'en avait plus. La mort, ça secoue les humeurs, ça bouscule les molécules. On est peu de chose. Jeanne Crémieux avait regardé le visage de son mari, avait hoché la tête et fermé les yeux pendant quelques minutes. Une larme avait coulé sur sa joue, qu'elle avait effacée de l'index. Latour lui avait alors proposé de l'aider à signer les différents documents administratifs, parce que même mort, on se doit d'être en règle, puis l'avait ramenée. Sur le chemin du retour, le lieutenant lui avait demandé l'autorisation de jeter un œil sur les affaires de Marc, à son bureau, à son ordinateur, parce que l'enquête ne faisait que commencer. Jeanne Crémieux avait accepté, en les remerciant même. Mais arrivée devant sa porte, elle s'arrêta d'un coup, comme paralysée. Latour et Ménard comprirent vite ce qui se passait. La porte d'entrée, entrouverte, portait les marques grises d'un pied-de-biche, et les gonds d'acier tordus montraient combien le nom de l'outil était incongru. Latour tira son arme de son cuir noir et invita le lieutenant Ménard à l'imiter. Elle passa la première et poussa la porte du pied, pointant son Glock 26 à hauteur de poitrine. La vaste entrée était sens dessus dessous. Les hautes bibliothèques de bois avaient été renversées et le sol était recouvert de livres et de magazines. Le portemanteau parapluie, couché au sol, avait déversé pêle-mêle gilets et manteaux. Le coffre avait été retourné et vidé. Seules les toiles aux murs avaient été épargnées.

— François, tu couvres l'entrée et tu ne quittes pas Mme Crémieux, OK?

— OK, OK! souffla Ménard, qui serrait trop fort son Sig-Sauer.

Latour entra dans l'appartement silencieux. Les interventions de ce type étaient un exercice courant à l'École de police. Mais depuis qu'elle était sur le terrain, elle n'avait jamais sorti son arme en situation. Et elle remarquait maintenant combien le stress infirmait la valeur pédagogique de l'exercice. Elle passa rapidement de l'entrée à un couloir blanc qui donnait sur quatre pièces. Elle progressait vite, marquant des pauses régulières pour sonder le silence. Dans chaque pièce, elle découvrit le même chaos. Toutes les armoires, tous les buffets, tous les coffres avaient été scrupuleusement retournés, renversés, fouillés. Les canapés avaient été éventrés alors que les fauteuils étaient intacts. Les placards avaient été vidés alors que l'on n'avait touché ni table ni chaise. Latour pivota, enchaînant les pièces. Elle sentait battre son pouls dans sa gorge mais termina bientôt le tour de l'appartement vide. Elle revint vers l'entrée.

— François, il n'y a personne. Ne tire pas, c'est moi ! cria-t-elle à son jeune collègue dont elle ne doutait pas qu'il l'aurait criblée de plomb par mégarde.

Ménard s'assura de bien l'identifier avant de baisser son arme. Latour rengaina la sienne et attrapa les épaules de Jeanne Crémieux.

— Votre appartement a été cambriolé. Je suis désolée. Une équipe va arriver et enregistrer votre plainte. Venez vous asseoir.

Elle fit un signe de tête à Ménard qui comprit et sortit son portable. Jeanne Crémieux serrait les bords de sa veste comme si elle avait froid. Elle avança lentement dans son appartement, balançant le regard de droite et de gauche, enjambant des vêtements, des livres, des bibelots, des souvenirs jetés au sol, piétinés, en vrac. Latour la suivait. Jeanne Crémieux s'assit au milieu de son salon dévasté et se mit à pleurer.

— Nous allons nous occuper de tout ça, Mme Crémieux.

La femme leva les yeux et rencontra le regard bleu et chaud de Latour qui lui souriait.

— Vous avez de la famille qui pourrait vous héberger ? reprit Latour.

— J'ai une sœur, oui. En Alsace.

— Eh bien, je crois que vous devriez prendre quelques jours pour aller la voir.

— Oui. Je dois prévenir les parents de Marc, aussi. Ils habitent Paris. Pour l'enterrement…

Les deux femmes se turent. Jeanne Crémieux reprit :

— Vous croyez que c'est lié, tout ça ? Je veux dire…

— Je ne sais pas. Je pense que oui.

— Une voiture est en route, indiqua Ménard en faisant irruption.

— Est-ce que vous avez une idée de ce qu'ils cherchaient ? Votre mari aurait rapporté quelque chose à la maison ? Un objet de valeur ?

— Non… Non, vraiment, non.

— Votre mari avait reçu une visite, récemment ? Un courrier ? Un colis ?

— Non. Non. Attendez… Mon mari a reçu un coup de téléphone en juin. Il s'agissait d'un ancien contact à lui, un SDF qu'il avait connu dans les bidonvilles…

138

À Saint-Denis, je crois. C'est ce coup de fil qui a tout déclenché.

Jeanne Crémieux lançait à Latour un regard désespéré. Le lieutenant tenta d'enchaîner :

— Vous savez qui l'a appelé ?

— Oui ! Un homme qu'il appelait Pierrot la Danseuse. Je m'en souviens parce que Marc m'avait expliqué que ce gars travaillait au noir sur un chantier et qu'une poutre d'acier lui était tombée sur la jambe. Le patron lui avait payé sa semaine et l'avait viré. Cet homme avait gardé une sérieuse claudication, était devenu SDF… et avait écopé de ce surnom douteux. Après le coup de fil de ce… Pierrot, Marc était tout excité. Il m'a dit qu'il devait repartir enquêter. Il a pris un studio… À chaque enquête, il faisait cela. Il avait peur de ramener des histoires ici, à la maison…

Elle fondit de nouveau en larmes à cette évocation. Latour posa la main sur l'épaule de la veuve qui sortait un mouchoir de son sac.

— Marc a rappelé courant août pour me dire qu'il allait bien, qu'il était sur « un gros coup », mais qu'il ne reviendrait pas avant début septembre. Je… je l'attendais ces jours-ci.

Latour marqua une pause.

— J'ai remarqué un ordinateur dans la pièce du fond. Est-ce que votre mari l'utilisait ?

— Très peu. Il avait son propre ordinateur portable. Mais si vous voulez regarder, je vous en prie, c'est son bureau.

— Je m'en occupe, dit Ménard en quittant l'embrasure de la porte.

Les bruits dans l'escalier leur indiquèrent que l'équipe de bleus était arrivée.

— Ils arrivent. Ils vont enregistrer votre plainte, dit Latour.

Jeanne Crémieux leva les yeux.

— Ne partez pas, mademoiselle. Je…

Latour lui sourit.

— Je ne vais nulle part. Vous devez appeler vos beaux-parents et votre sœur. Je vais chercher le téléphone.

Un policier appela à la porte.

— Par ici, répondit Latour.

Elle présenta l'équipe en uniforme, puis, prenant leur chef à part, lui demanda d'être particulièrement patient. Elle s'engagea ensuite dans le long couloir blanc et rejoignit Ménard. Il avait déposé sa veste noire sur le dossier de sa chaise, s'était installé au petit bureau et pianotait devant l'écran. La pièce était un champ de bataille, mais l'ordinateur n'avait pas été touché.

— Tu as quelque chose ?

— Je n'ai pas le mot de passe pour voir ses mails. Mais j'ai regardé son historique de navigation. Ses dernières recherches portent sur Napoléon III, le bois de Vincennes… Sûrement les feuilles qu'on a trouvées dans son studio. Il a dû les imprimer là-dessus, en partie.

Sans quitter l'écran des yeux, il fit un signe de tête

140

en direction d'une imprimante chromée qui gisait sur le flanc parmi les livres sur le sol. Puis il approcha un doigt de l'écran et reprit :

— Et un type… Rodolphe Malasingne. Il est chercheur en sociologie à la Sorbonne. Crémieux a cherché des photos mais il n'y en a qu'une… qui remonte à quatre ans. Il a regardé ce que le gars a publié, aussi.

— Tu peux faire une copie ?

Ménard se tourna vers elle.

— Ce n'est pas très légal, ça…

— Elle nous a donné l'autorisation, non ? dit Latour dans un sourire qui en disait long sur sa mauvaise foi.

Ménard baissa les yeux, puis regarda de nouveau l'écran.

— OK. Je m'en occupe.

— Bon, vois ce que tu trouves d'autre. Je vois le gardien et j'appelle Mehrlicht. Après, on y va.

23

— Je te jure, Daniel, je ne comprends pas.

Dossantos regardait le sol jonché de feuilles mortes qu'il écrasait lourdement à chaque pas. Mehrlicht le suivait, tout en inscrivant des mots dans un petit carnet.

— De toute façon, Crémieux a quitté les lieux depuis trois semaines. On trouvera que pouic ici tant qu'on n'aura pas vu le Gouverneur. D'abord, Crémieux se fait passer pour un clodo et devient l'Instituteur chez le Gouverneur. Au bout de quelque temps, il quitte le Palais. La question, c'est : où il est allé, putain ? Il faisait des allers-retours entre son studio et un endroit où il pionçait. Et c'était pas ici. Il a mis les deux pieds dans les emmerdes. Et pour prouver que ça porte pas bonheur, il se fait mataver d'un coup de ya dans le baquet.

— Quoi ?

— Il se fait…

Mehrlicht chercha le mot un instant en mimant, et reprit :

— Il se fait…

142

— Poignarder. OK, acheva Dossantos. Tu notes quoi, là ?

— J'essaie de me souvenir de ce qu'a déballé le Shaman.

Dossantos le toisa, sceptique.

— Tu plaisantes ? Ce type doit être interné. Il n'y a pas une phrase qui tenait debout.

— C'était l'Apocalypse, ignare. La Bible.

— Il récitait la Bible, là ?

— Oui. L'Apocalypse, le dernier livre. T'as lu la Bible, toi, païen ?

Dossantos fit une moue qui trahissait combien, pour lui, la question était aberrante.

— Non ! J'ai lu le début du *Da Vinci Code*, mais ça m'a vite fait chier.

Mehrlicht le dévisagea. Dossantos s'arrêta net.

— Quoi ? demanda Dossantos.

— Rien. J'ai rien dit, répondit Mehrlicht en ramenant les yeux sur son petit carnet à spirale tandis qu'il dépassait le colosse.

— Mais t'en penses pas moins. Parce que tu connais l'Encyclopédie ? C'est ça ? Moi, j'ai lu tout le code pénal. Et pas qu'une fois, encore. Tu l'as lu, toi, le code pénal ?

— Je l'ai parcouru, ouaih !

Dossantos rattrapa Mehrlicht.

— Bah moi, je l'ai lu ! En entier ! Et je ne te juge pas, moi !

— Tu t'énerves encore, là, Mickael. J'ai rien dit, putain !

Il y eut un silence. Le vent s'était tu et les oiseaux se gardaient d'interférer avec les engueulades des hommes.

— « *Mais moi les dingues, j'les soigne, j'm'en vais lui faire une ordonnance, et une sévère, j'vais lui montrer qui c'est Raoul* », menaça soudain Bernard Blier.

— Merde ! C'est mon portable. Attends…

Mehrlicht s'arrêta et tira le petit appareil de sa poche de veste. La voix de Bernard Blier emplit de nouveau le bois silencieux :

— « *Mais moi les dingues, j'les soigne…* »

— Mehrlicht. Oui, Sophie… Bon… Tu peux me tutoyer… Ouaih… C'est jamais facile… Quoi ? Putain… Et vous avez croisé personne en bas, dans l'escalier ? Putain… Et t'as une idée ? Ouaih… Deux types en costume ? Bon, il a rien vu d'autre de sa loge ?… Et tu as vérifié ? Bon. Je sais pas ce qu'on va en faire… OK… Oui ? Vous rapportez l'ordinateur… Je m'en fous ! Tu dis qu'on le lui ramène bientôt. C'est ça ! Hein ? C'est qui ? Bon… Envoie Ménard au Fichier… Ouaih, tu restes, et je te grelotte… Je dis, je te rappelle. À tout à l'heure !

Il raccrocha et se racla la gorge. Les deux hommes se remirent en marche, progressant toujours vers l'est.

— La mère Crémieux a identifié son mari chez Carrel. Mais quand ils l'ont raccompagnée, l'appart avait été visité… et sans les patins ! Façon bûcheron, plutôt !

Il sortit une gitane et l'alluma.

— Le gardien a vu deux types en costume qui ont demandé à voir un voisin du quatrième. Sauf que le voisin en question les a jamais vus.

— Et qu'est-ce qu'ils ont pris ?

— La mère Crémieux est dans les choux, alors, c'est pas facile à dire. Mais ils ont trouvé quelque chose sur l'ordinateur. On retrouve Ménard au burlingue. J'ai des trucs à vérifier à prop.

— *« Y'a des impulsifs qui téléphonent, d'autres qui se déplacent »*, interrompit Horst Frank tout en inflexions germaniques.

Mehrlicht regarda l'écran de son téléphone.

— Putain ! C'est Matiblout ! Il va me faire couiner le bigot toutes les dix minutes.

Il éteignit la machine et la rangea dans la poche de son imperméable beige en bougonnant.

— Je le verrai quand on y sera.

— C'est quoi, ta sonnerie ?

Mehrlicht sourit. Une giclée de gitane s'échappa de son rictus.

— Ah ! C'est mon fils, Jean-Luc, qui m'a mis ça. C'est une application qui te passe des répliques de films d'Audiard à la place de la sonnerie. Ça change à chaque fois, putain ! Je me marre comme une baleine !

— Allons-y, dit Dossantos en ouvrant la marche pour éviter tout commentaire.

— Attends ! On part vers l'est. Le gendarme a dit que le Palais du Gouverneur était à l'est.

— Je ne sais pas. C'est toi, l'ancien scout !

Mehrlicht chercha le soleil à travers les frondaisons.

— C'est par là.

Ils marchèrent sans un mot pendant près d'une demi-heure. La végétation se faisait plus dense et les sentiers plus rares. Ils avançaient maintenant dans les feuilles mortes et les pousses de chêne. Le feuillage au-dessus de leurs têtes était plus abondant dans cette partie du bois et occultait par endroits la lumière du soleil, jetant une ombre épaisse sur le sol mou. Un oiseau hurla quelque part et se tut à jamais.

— On va presque regretter la compagnie des gardes champêtres de tout à l'heure, dit Mehrlicht.

La plaisanterie sembla plaire à Dossantos qui émit un rire bref. Ce n'était pas courant, un rire de Dossantos. Mais dans la police se foutre des gendarmes était un consensus national.

— C'est malin, dit le colosse.

— Houhou! Cruchot!

Ils progressèrent plus avant. Mehrlicht leva la main en direction d'un large tronc.

— Regarde! On approche.

À deux mètres du sol, le tronc était scarifié d'un «W», de huit bâtons, d'un V, d'un triangle, d'un rond entouré d'un autre rond, d'un F, d'un X suivi de deux chiffres: 4 et 2.

— Quarante-deux! On se bouscule pour vivre au Palais! commenta Mehrlicht. En plus, ils ont des femmes!

— Et du bois, le «V», ajouta Dossantos.

— Ouaih! Et le rond entouré… Ça doit vouloir dire Centre des impôts du bois de Vincennes.

146

— C'est sûr ! Pour le reste…

— C'est toi le linguiste, Mickael !

— Non, je ne vois pas !

— Bah ! On verra bien ce qu'on trouvera.

Ils dépassèrent le tronc et continuèrent leur chemin. Un sifflement retentit soudain, suivi d'un autre plus lointain. Les deux policiers levèrent la tête. Là-haut, dans les branchages, un enfant de huit ans, peut-être dix, s'agitait et s'empressait de descendre.

— Un guetteur ? proposa Dossantos.

— On dirait bien. Hé ! Petit ! appela Mehrlicht.

L'enfant toucha le sol et déguerpit aussitôt dans un buisson.

— Mais qu'est-ce qu'on fait, là ? demanda Dossantos, excédé. On ne va pas lui courir après dans les bois, quand même… On se croirait dans *Lost*.

— Hein ?

— C'est une série… Peu importe !

— On est plus très loin, je pense, répondit Mehrlicht. Et puis, me dis pas que t'as peur de courir, un athlète comme toi…

Dossantos ne répliqua pas. Ce n'est certainement pas avec Mehrlicht qu'il allait parler de condition physique, de fréquences cardiaques ou d'efforts explosifs. Leur simple évocation tuerait net l'homme-grenouille qui venait de se recoller une gitane dans la bouche. Dossantos le regardait et un souvenir d'enfant lui revint. Il était en colonie de vacances en Vendée. Il devait avoir douze ou treize ans. Un copain qui fumait en cachette avait un jour mis une cigarette dans la bouche d'une grenouille au bord d'un étang. Le groupe des gamins s'était approché pour ne pas perdre une miette du spectacle improvisé. La bestiole s'était mise à aspirer la fumée en continu et à gonfler, gonfler, jusqu'à éclater dans un nuage de fumée. Dossantos aurait pu croire à un numéro de magie en voyant la grenouille disparaître dans un tel nuage, mais un morceau des viscères de l'animal avait giclé sur sa joue. Plus que le tour de magie, la joue tachée de sang de Dossantos avait provoqué l'hilarité du groupe qui avait déjà l'habitude de rire à mots couverts de son embonpoint. Il s'était essuyé la joue sans un mot et avait regardé le sang sur ses doigts. Il avait ensuite relevé la tête, s'était avancé vers le fumeur-prestidigitateur et lui avait cassé la figure.

Dossantos regardait Mehrlicht, mais ce dernier n'explosa pas.

— Tiens ! Le comité d'accueil du Gouverneur !

Quatre hommes parurent entre les branches, qui s'approchèrent lentement. Ils étaient vêtus de jeans et de treillis tachés de terre. Leurs cheveux en bataille leur donnaient un air sauvage, peut-être un peu agressif, mais moins que les solides bâtons que trois d'entre eux tenaient en main. Il ne s'agissait plus d'enfants. Chacun d'eux devait avoir vu venir et partir son cinquantième printemps depuis plus ou moins longtemps. Le quatrième claudiquait devant et ne portait aucun gourdin. Il était plutôt petit et voûté. Sa grosse tête hérissée de cheveux roux semblait tenir de

148

guingois. Son œil gauche obstrué et son nez tétraèdre achevaient de faire de cet homme un monstre. Une bosse entre ses épaules lui aurait fait remporter tous les castings pour le rôle de Quasimodo.

— Sûrement le chef du protocole ! plaisanta Mehrlicht sans sourire.

Machinalement, Dossantos recula sa jambe droite.

— En tout cas, reprit Mehrlicht, je crois que j'ai compris le sens des bâtons gravés sur l'arbre…

Dossantos grogna, mais ne l'écoutait plus. Lorsque les quatre hommes parvinrent à cinq mètres d'eux, Mehrlicht enchaîna :

— Bonjour ! Police. On voudrait parler au Gouverneur.

Il perçut immédiatement tout le ridicule de sa phrase. L'homme lui sourit, exhibant une rangée de dents cassées et noirâtres.

— Le Gouverneur ne reçoit pas en ce moment. Nous sommes désolés. Repassez plus tard !

Le type continuait de sourire. Mehrlicht se demanda si Dossantos connaissait un article du code pénal qui interdisait le port des dents pourries. Les trois hommes derrière l'édenté s'étaient déployés de chaque côté. Mehrlicht sentait le colosse se tendre.

— On peut repasser dans la journée, mais avec un car de CRS. Eux aussi, ils jouent du bâton. Des virtuoses, même.

Il marqua une pause afin de laisser l'Édenté digérer ses menaces. Dossantos se réjouit secrètement. Mehrlicht redonnait à la force publique le droit qui lui incombait. Le silence se figea. Les deux hommes se toisaient. Alors, Mehrlicht reprit :

— On veut juste lui poser quelques questions à propos d'un type qui s'est fait buter à Paris. Ensuite, on repartira et vous nous reverrez plus.

L'Édenté réfléchit. Le vent balaya les cimes qui oscillèrent un instant.

— D'accord ! dit l'Édenté, mais quand il vous dira de partir, vous partirez. Sans insister.

— D'accord, dit Mehrlicht.

L'Édenté s'arrêta de nouveau. Il attrapa son menton fourchu et réfléchit encore un instant. C'était de toute évidence un penseur.

— Aussi… Les gens qui passent cette porte bénéficient du droit d'asile du Gouverneur. La police ne doit pas… les inquiéter.

Dossantos ouvrit la bouche, mais Mehrlicht lui prit le bras, et sourit au monstre.

— D'accord, conclut-il.

L'Édenté tourna sur ses talons et ouvrit la marche en clopinant. Dossantos et Mehrlicht lui emboîtèrent le pas. Les trois gars de la garde du Palais fermaient la marche. Ils progressèrent à travers l'épaisse végétation pendant quelques minutes. De toute évidence, les forestiers municipaux ne venaient pas débroussailler cette partie du bois. On n'y voyait pas à trois mètres. Arrivé à un certain point, l'Édenté siffla curieusement. Le même sifflement lui répondit. Alors, les buissons devant eux s'écartèrent, déplacés par d'autres gens, révélant une haute palissade de bois qui semblait circulaire. Des troncs d'une dizaine de centimètres de diamètre avaient été ébranchés et liés entre eux pour former un mur de près de quatre mètres de haut que dépassaient, à l'intérieur, des hommes et des femmes certainement juchés sur un chemin de ronde. Deux vastes portes interdisaient l'accès. Le chef du protocole s'immobilisa et s'adressa à une femme qui se tenait près des portes, là-haut :

— C'est la police. Ils veulent voir le Gouverneur.

La femme se détourna et donna l'ordre d'ouvrir le portail de bois. Les portes grincèrent et révélèrent bientôt un véritable village de tentes et de huttes, assemblages hétéroclites de feuillages, de branchages et de bâches plastiques, agencés plus ou moins régulièrement autour d'une large place où trônait un robinet municipal. L'Édenté les invita à entrer et les deux policiers passèrent les portes. Les habitants des lieux se rapprochaient pour voir les intrus. Leurs vêtements étaient souvent dépareillés mais paraissaient propres et en bon état. Un groupe d'enfants courut à leur rencontre mais s'arrêta à bonne distance. Ces étrangers faisaient peur. Mehrlicht était soufflé par l'existence même de ce village fortifié aux portes de Paris. Il lui semblait que l'on vivait ici à l'écart du temps et de la grande ville, dans un Moyen Âge reconstitué et paisible. Il ne tarda pas à remarquer que la population du lieu était massivement constituée de femmes. Il en compta une quinzaine, et une dizaine d'enfants. Les hommes étaient une dizaine au plus, et beaucoup avaient dépassé la soixantaine. Peut-être les hommes les plus valides travaillaient-ils à l'extérieur. Peut-être ne voyait-il sur cette place qu'une partie de la population. Peut-être la misère les faisait-elle paraître plus vieux.

Il fut extirpé de sa rêverie par l'Édenté.

— Par ici, dit-il en désignant une hutte plus haute et plus imposante que les autres. Elle semblait également plus colorée. L'encadrement de l'entrée principale avait été peint en vert et rouge, et des guirlandes de fleurs pendaient de chaque côté. Si l'on devinait là une réelle intention de décoration et de grandeur, le mot « Palais » n'en restait pas moins excessif.

Mehrlicht regarda Dossantos, lequel scrutait le sol, les mâchoires contractées. Cette zone de non-droit le rendait visiblement malade.

— C'est ici. Entrez !

Le chef du protocole venait de tirer à lui la large toile qui servait de porte. Les deux policiers se baissèrent pour y entrer. À l'intérieur, la lumière s'écoulait lentement dans la seule pièce de l'habitation, filtrée en hauteur par une bâche plastique opalescente. Le sol mou était recouvert de tapis et de moquettes colorés. Dans la pénombre, Mehrlicht et Dossantos discernèrent sur les murs, entre des affiches publicitaires et des pages de magazines, des photos jaunies, des portraits couleur, qui représentaient sans doute les habitants du village ou ceux qui y étaient un jour passés, apportant avec eux les affaires d'une autre vie, vêtements, livres et photos. Au centre de la pièce, à quelques mètres devant eux, un vieil homme au visage rayé était assis dans un fauteuil tout aussi ancien, que l'on avait surélevé d'un mètre pour le prestige et recouvert de tissus pour le confort. Il portait un pantalon de toile brune et un tee-shirt clair. Quelques anneaux décoraient ses mains. Le vieil homme arborait fièrement une épaisse barbe poivre et sel qui tombait sur sa poitrine et dont il jouait d'un revers de la main. De chaque côté, un homme debout, équipé d'un bâton, se tenait prêt à rappeler aux plus distraits des visiteurs le respect qui était dû à leur interlocuteur.

L'Édenté s'approcha du Gouverneur pour lui parler à l'oreille.

— Bonjour, messieurs. J'apprends que la police souhaite me voir. Je suis très étonné. Nous avons les meilleures relations avec les gendarmes et la loi.

Le vieil homme semblait sincèrement surpris.

— Bonjour, Gouverneur, dit Mehrlicht. On cherche des tuyaux sur un type qui a créché ici et qui s'est fait buter depuis. Un type que vous appelez l'Instituteur, je crois.

Le vieux se rembrunit et chercha le soutien de son Édenté. Mehrlicht s'approcha pour lui tendre la photo. L'un des gardes s'interposa, saisit la photo et la transmit au Gouverneur qui la prit et l'inspecta.

— C'est bien lui ! dit le vieux en rendant la photo. Il est resté avec nous quelques semaines. Il apprenait à lire et à compter aux enfants. Puis un jour, il a décidé de partir.

— Sans raison ? demanda Mehrlicht.

— Non. Il est parti comme ça ! répondit le vieux.

— Les autres aussi ? demanda Dossantos qui n'avait pas dit un mot depuis un moment.

Mehrlicht voyait que Dossantos en était arrivé à la même conclusion que lui. Il comprenait aussi que le colosse comptait en faire état à sa manière, de celles que la rhétorique réprouve. Le vieux arrêta soudain de caresser sa barbe.

— Excusez-moi ? dit-il, sans que l'on pût dire si c'était la question qu'il ne comprenait pas ou si c'était le ton du jeune policier qui le faisait tiquer.

— Lieutenant Dossantos. Police nationale, dit Dossantos en accentuant chaque syllabe du dernier mot. À l'entrée de votre camp, les signes indiquent que vous êtes quarante-deux. Où sont les autres ? Où sont les hommes de moins de cinquante ans ?

Le vieux détourna les yeux et sourit faiblement, mal à l'aise.

— Chacun est libre, ici. Les gens vont et viennent. L'Instituteur a certainement trouvé mieux à faire ailleurs. Et il est parti.

— Tu mens, répliqua froidement Dossantos.

— Mickael, putain ! Du calme ! tenta Mehrlicht en attrapant le colosse par le bras.

— Comment osez-vous ? hurla le Gouverneur.

Les deux gardes se regardaient, regardaient le Gouverneur, indécis quant à leur réaction.

— *Comment j'ose ?* hurla Dossantos. Mais je représente la loi de la République française, connard ! Et toi et ta petite loi de merde de tyran qui rackette

154

tous ces pauvres gars, plus miséreux que toi, qui parlent même pas français, je vais te dire ce que j'en fais.

Il tira de l'arrière de son jean une paire de menottes qu'il brandit haut.

— Je vous mets au trou ! brailla-t-il en postillonnant.

— Mickael, mais arrête ! Tu débloques, là ! coassa Mehrlicht en venant se placer devant le colosse.

— Mais ce type se fout de nous ! On va se laisser balader combien de temps par les Shamans et les Gouverneurs ? Moi, j'en ai marre de fermer les yeux.

Les deux gardes s'étaient rapprochés l'un de l'autre devant le Gouverneur, et toisaient le colosse d'un air menaçant, brandissant leurs bâtons devant eux.

— Parce que tu veux me bastonner, toi, maintenant ? s'enquit Dossantos en apostrophant l'un d'eux.

— On s'en va, on s'en va, reprit Mehrlicht tant à l'intention du Gouverneur que de Dossantos.

— C'est ça ! Et on reviendra, crois-moi ! lança Dossantos au Gouverneur qui se levait maintenant de son trône.

Les deux policiers sortirent de la hutte. Dossantos marchait devant en direction de la grande porte qui était restée ouverte le temps d'accueillir les deux policiers, et Mehrlicht le suivait en lui faisant presser le pas.

— Tu vas encore me dire que je devais la fermer, c'est ça ? demanda Dossantos.

— C'est un peu ça l'idée, ouaih ! Mais pas maintenant.

Ils avaient à peine passé la porte que l'Édenté les héla. Ils se retournèrent pour voir ce petit homme roux claudiquer avec empressement jusqu'à eux. Il s'adressa à Mehrlicht :

— Je voudrais vous parler. Seul à seul.

Dossantos regarda Mehrlicht qui lui fit un signe de tête.

— Tu cries s'il y a un souci, dit le colosse en passant les hautes portes de la palissade.

L'Édenté lança des regards inquiets de droite et de gauche de son œil unique et s'assura de ne pas être entendu par les siens. Il commença enfin :

— Ce que je vais vous dire ne doit pas s'ébruiter. Vous ne devez en parler à personne.

— Je vous écoute.

— Garantissez-moi d'abord que votre… collègue ne reviendra arrêter personne.

— Je vais faire mon possible, dit Mehrlicht.

L'Édenté ne semblait pas savoir par où commencer.

— Voilà : l'Instituteur n'a pas été le premier ni le dernier à partir. Beaucoup de nos jeunes gars valides ont quitté le Palais.

Mehrlicht fronça les sourcils et fixa l'œil du monstre.

— Quand ?

L'Édenté réfléchit un instant en saisissant son menton.

— Il y a quelques semaines.

— Pour aller où ? s'enquit Mehrlicht.

— Je… je ne sais pas. Pour un autre campement, j'imagine. Mais ils ont quitté le bois, c'est sûr. Le Gouverneur a envoyé des gars vérifier dans les différents villages. Rien, ni chez les « Lapins », ni chez les « Nomades ». Évidemment, rien chez les « Îliens ».

— C'est quoi, les « Îliens » ? s'enquit Mehrlicht.

L'Édenté le regarda.

— C'est un groupe qui a décidé de vivre comme des sauvages, de chasse et de pêche. Ils sont une dizaine mais ils n'ont pas de contact avec les autres villages. Ils sont particulièrement fous, si vous voulez mon avis.

— Et ils ne seraient pas là-bas, vos gars ? demanda Mehrlicht.

L'Édenté écarquilla l'œil.

— Aucune chance ! En plus, les gendarmes les surveillent de près à cause de la pêche et de la chasse. Si le groupe avait grossi, ils auraient déjà été expulsés… Non, je vous le dis, c'est sûr. Quand ces gars ont quitté le Palais, ils ont quitté le bois.

Le monstre se tut de nouveau puis reprit, inquiet :

— Vous ne pouvez parler de ça à personne. Le Gouverneur tient à garder tout ça secret. Si l'on savait le Palais sans défense…

Mehrlicht lui coupa la parole :

— Vous seriez attaqués. Pire : personne paierait plus l'impôt.

L'Édenté ne goûta pas l'ironie.

— Le Gouverneur abrite des femmes et des enfants dans son Palais.

— J'ai compris. Bon. Ils ont quitté le bois. OK. Mais pour aller où, tous ces gars ?

— Je vous l'ai dit, je n'en sais rien. Ils sont partis presque tous en même temps, en l'espace d'une semaine. Et sans rien dire.

— Je vois. Combien ?

L'Édenté parut surpris.

— Combien quoi ?

— Combien sont partis ?

Le type baissa l'œil, comme l'enfant qui avoue une bêtise.

— Vingt-quatre ! souffla-t-il.

— Ah ! Quand même !

— Si vous les retrouvez, bien sûr, vous pouvez leur dire que le Gouverneur ne leur en veut pas et qu'ils sont les bienvenus.

Mehrlicht le regarda, croyant à une blague, mais l'Édenté semblait sérieusement envisager ce dénouement.

— Bien sûr. Je ferai ça. Merci pour toutes ces infos. Et désolé pour mon collègue. Il est à cran.

— J'ai vu, oui. Assurez-vous juste qu'il ne revienne pas.

— Je m'en occupe. Au revoir, conclut Mehrlicht.

Il salua le chef du protocole et alla rejoindre Dossantos. Les portes derrière lui se refermèrent dans un grincement aigu et les buissons glissèrent de nouveau pour masquer l'entrée. Mehrlicht alluma une cigarette et se dirigea vers Dossantos qui le regardait approcher.

— C'est l'heure du savon, c'est ça ? demanda ce dernier.

— Tu leur as filé les pétoches. Le chef du protocole a presque tout balancé. Tous les jeunes gars du coin ont déserté presque ensemble pour aller vers une destination inconnue. Reste à savoir où ils sont allés…

— C'est grâce à moi, en fait ?

Dossantos s'illuminait tout à coup.

— Toi, il va falloir que tu arrêtes de me péter entre les doigts chaque fois que tu croises la misère.

— Mais ce n'est pas la misère. On interroge des gens qui enfreignent la loi sciemment, et on doit fermer les yeux sous prétexte qu'on vient les voir pour un autre délit, commis par quelqu'un d'autre. Je ne suis pas d'accord. Il n'y a pas de zone de non-droit.

— Bien sûr que si ! T'as trop écouté les mastars du Kärcher, c'est tout.

— Hein ?

— Je dis que la loi, on la balance pas sur la ville au Kärcher, c'est un travail d'impressionnistes… de pointillistes, même. Par petites touches. Notre macchab en est une. On peut pas passer tous les gonzes indélicats à la bascule à charlot, ou leur coller une quetsche dans la théière. C'est pas le Chili, ici.

— Tu m'as perdu, là, dit Dossantos.

— Je sais, répondit Mehrlicht. Parfois, je m'y perds aussi.

— *« La justice, c'est comme la Sainte Vierge, si on la voit pas de temps en temps, le doute s'installe »*, conclut Philippe Noiret.

Mehrlicht attrapa son portable et scruta l'écran lumineux.

— C'est encore Matiblout. C'est plus des fourmis qu'il a dans le froc, c'est la marabunta. Allez! On rentre.

Il coupa son téléphone.

24

Il devait être 15 h 30. Lorsqu'ils entrèrent dans leur bureau, Mehrlicht et Dossantos tombèrent en arrêt. Assise sur le siège du colosse se tenait une femme brune élancée en col roulé noir, d'une trentaine d'années. Ses cheveux tombaient sur ses épaules en cascades bouclées et semblaient sertir son fin visage pâle où irradiait un sourire écarlate. Confortablement installée, elle compulsait lentement les tas de feuilles sauvées de l'incendie. Ses yeux noirs aux cils infinis s'écarquillèrent quand les deux hommes pénétrèrent dans le bureau. Voyant leur surprise, la femme baissa les yeux. Elle décroisa ses jambes dans un feulement de nylon et se leva. Ses jambes étaient tellement longues qu'elles disparaissaient tout là-haut sous sa courte jupe noire. Dossantos sentit une variation de son rythme cardiaque.

— Je suis le capitaine Gilda Zelle, de la DRPJ. Le commissaire ne vous a pas prévenus ?

Mehrlicht se ressaisit le premier et se racla la gorge.

— Pas encore, non.

Il lui tendit la main et enchaîna :

— Mais c'est un plaisir. Le Quai des Orfèvres nous envoie un coup de main ?

Elle prit sa main avec la grâce d'une ballerine et sourit.

— Crémieux était un *people* à sa manière, alors… On a estimé en haut lieu que la Crim' devait s'en mêler…

— Un coup de main est toujours le bienvenu. Le lieutenant Dossantos.

Mehrlicht se décala pour laisser place au colosse. Dossantos serra la main de la jeune femme avec motivation, toutes canines dehors, en courbant légèrement le dos. Elle lui sourit. Mehrlicht reprit :

— Le reste de l'équipe va arriver. On pourrait…

La porte s'ouvrit subitement. Le lieutenant Ménard entra à vive allure puis ralentit en voyant la nouvelle venue.

— Ah ! Inspecteur Ménard !

— Le commissaire Matiblout veut vous voir de toute urgence, capitaine.

— Je suis sûr qu'il veut nous annoncer votre arrivée, capitaine Zelle. Allons-y !

Ils traversèrent tous les quatre le long couloir qui menait au bureau de Matiblout. Mehrlicht en profita pour présenter « l'inspecteur Ménard ». Ils frappèrent et entrèrent dans le bureau. Comme à l'accoutumée, le petit homme trapu était assis derrière son bureau. Mehrlicht essaya de se remémorer la dernière fois qu'il l'avait vu debout. En vain.

— Ah ! Les présentations sont faites, je vois. À la bonne heure ! Capitaine Mehrlicht, un petit coup de main ne fait jamais de mal.

— Je disais la même chose, patron.

Le commissaire Matiblout retira ses grosses lunettes carrées et les déposa devant lui.

— Bon ! Je pense qu'il serait sage à ce stade de l'enquête de faire un point pour le capitaine Zelle. On vous écoute !

— Hier matin, la BAC nous appelle. Il y a un mac... un mort sur les voies à quelques centaines de mètres de la gare de Lyon. C'est un clochard qui a été suriné par trois autres, si on en croit quatre ouvriers témoins de la scène. On a interrogé dans le coin avec mes gars et on a pu localiser une rue où le clodo passait régulièrement. En interrogeant les commerçants avec la photo de la victime, ils ont reconnu Crémieux, le journaleux... liste. Et nous ont filé sa crèche... Enfin, sa...

— On a compris, continuez ! coupa le commissaire.

— Le studio, rue de Bercy, avait cramé à notre arrivée, mais on a récupéré des paperasses. Pas d'ordinateur, pas de téléphone. D'après les pompiers, c'est un accident domestique, mais ils ont un doute. En cherchant dans les papiers, on s'est aperçu que ça parlait surtout de Napoléon III et du bois de Vincennes. On a d'abord pensé convoquer Napoléon III pour le cuisiner, mais on s'est dit que ça ferait des vagues.

— Capitaine, s'il vous plaît..., gronda Matiblout.

— On est allé grenouiller dans le bois avec la photo. Crémieux y a passé plusieurs semaines en clodo, dans des campements de clodos, avant de se barrer il y a trois semaines pour aller on sait pas où. On sait juste que la bignole portugaise l'a revu ces derniers jours, donc qu'il était vivant, et que certainement il fouillait ailleurs.

Il fit une pause, puis se tourna vers Matiblout.

— Je peux fumer dans votre bureau, patron ?

— Non, c'est interdit. Ça s'appelle la loi Évin !

Mehrlicht se racla la gorge, déçu.

— Pendant ce temps, Latour et Ménard ont emmené la mère Crém... la femme de la victime pour l'identification. Quand ils sont revenus, l'appart avait été visité. On sait pas s'il manque quelque chose, mais moi, comme le pompier, j'opterais pour le cambriolage accidentel.

Tous pouffèrent. Dossantos grimaça avec un temps de retard.

— Pour finir, sur l'ordinateur des Crémieux, on a trouvé ses dernières recherches. D'après sa bergère... sa femme, Crémieux a été rencardé par un SDF, Pierrot la Danseuse, en juin dernier. C'est ça qui a déclenché son enquête en sous-marin. Et sa dernière recherche à l'époque concerne un certain Rodolphe Malasingne, un étudiant. Vous savez tout !

Matiblout soupira :

— Bon. Il faut accélérer tout cela, n'est-ce pas ? Vous êtes à la traîne.

Ils observaient tous Matiblout en silence.

— Il y a un meurtre. Bon. Vous logez Crémieux. Son studio a été incendié. Vous interrogez sa femme. Son appartement est cambriolé. Vous êtes à la traîne. Il faut anticiper. On n'est pas là pour compter les morts. Ce n'est pas cela, le travail de police. Vous devez prendre ces gars de vitesse. Ils cherchent quelque chose ? Quoi ? L'ont-ils trouvé ? Si oui, que vont-ils en faire ? Sinon, où vont-ils chercher ? On ne peut plus se permettre d'être distancés. On doit passer devant. Pour commencer, vous me trouvez la Danseuse et ce… Malasingne.

— J'ai les infos sur Malasingne, tenta Ménard.

Tous les regards convergèrent vers le jeune homme aux cheveux en pétard.

— À la bonne heure, lieutenant Ménard ! On vous écoute !

— Le type était chercheur en sociologie à la Sorbonne. Pas de condamnation, rien. Il y a quatre ans, pour quelle raison, on n'en sait rien, il a disparu. Aujourd'hui, on ne sait pas où il est. On n'a rien d'autre…

Le silence se fit compact.

— Vous n'avez rien, en somme ! Bon. Capitaine ?

Mehrlicht s'était rapproché de la porte et préparait son départ, une gitane à la main.

— Oui, patron ?

— En 2002, on a eu mille cent dix-neuf homicides au niveau national. En 2010, on en était à six cent soixante-quinze. Une baisse qui est due à un excellent travail de police. Je compte sur vous. Et vous me mettez tout ça par écrit pour demain matin. Au travail !

La petite troupe quitta le bureau. Mehrlicht bondissait en tous sens.

— Mais Ménard ! Pourquoi tu lui dis que t'as rien ? Faut jamais dire que t'as rien, putain ! Faut dire que *l'enquête avance* ! Que *c'est une question d'heures* ! Tu vois pas que Matiblout, il a le Sarkomètre qui lui clignote dans la calebasse, là ? Tu vas nous le tuer, à ce rythme ! Bon, vous finissez de fouiller ce tas de papiers brûlés. Vous m'appelez la Sorbonne et vous me trouvez un des copains de l'étudiant disparu, là, Ma… Ma comment ?

— Malasingne.

— Voilà ! Un copain inscrit, un collègue, un parent, veaux, vaches, cochons, je m'en tape le coquillard, un type qui peut nous rencarder, putain !

Il se reprit, voyant friser l'œil du capitaine Zelle :

— Excusez-moi, capitaine, je suis un animal. Je m'emporte.

Elle lui sourit.

— Ce n'est pas grave, capitaine. C'est juste que je ne vous comprends pas toujours.

— On en est tous là…, coupa Dossantos.

Mehrlicht toisa son collègue et gagna l'escalier à la hâte.

— Capitaine ?

La voix de Ménard semblait hésitante et se nimbait d'un léger écho.

166

— Quoi ? tonna Mehrlicht.

— C'est le téléphone. C'est…

— Inspecteur Ménard ?

— Oui, capitaine.

— Tu sais ce que c'est, cet endroit ?

— C'est… Je veux dire… C'est les toilettes.

— Exactement, inspecteur Ménard ! Les toilettes, les chiottes, les gogues, les tartisses, les chichemanes, les cagouinsses… Les *water-closets*… Les W-C, quoi !

Il y eut un court silence.

— Inspecteur Ménard ?

— Oui, capitaine ?

— Je suis en train de pisser, inspecteur Ménard.

— Oui, capitaine.

— Et à mon âge avancé, c'est ce qui se rapproche le plus d'une sexualité, tu comprends ?

— Ou… Oui, bien sûr, je comprends.

— Inspecteur Ménard ?

— Oui, capitaine ?

— Est-ce que ça t'ennuie si j'ai une sexualité sans toi ? loin de toi ?

— Non, non, bien sûr, capitaine.

— Merci, inspecteur Ménard. J'en ai pour une minute.

Ménard allait refermer la porte lorsqu'il se ravisa.

— Mais… capitaine ! C'est la concierge portugaise. Je viens de l'avoir au téléphone. Elle a appelé le commissariat.

— Putain, inspecteur Ménard. Tu pouvais pas la cracher, ta Valda.

Mehrlicht se rhabilla et s'arracha de l'urinoir. Il gagna la porte des toilettes, croisant Ménard.

— Qu'est-ce qu'elle a dit ?

Ménard lui emboîta le pas.

— Elle était en train d'arroser les plantes, et dans un des bacs à fleurs de la cour, elle a trouvé un fusil.

25

Il ne dormait pas. Ce n'était pas juste dû à l'excitation ou à l'expectative. Il n'aurait pu dire quand il avait vraiment dormi pour la dernière fois. Maintenant, il somnolait, sa conscience balançant entre le réel et le rêve, de l'un vers l'autre, comme une pierre en ricochets, sans jamais disparaître sous l'onde. Il se satisfaisait de ce sommeil altéré parce qu'il pouvait ainsi rester sur ses gardes, mais surtout parce qu'il croyait régulièrement être enfin libéré de ces atroces cauchemars qui l'avaient rongé ces trois dernières années. En fait, ceux-ci finissaient toujours par revenir.

Il entendit approcher le groupe d'hommes bien avant qu'ils ne franchissent le seuil de la petite salle ronde où il se reposait. Il pivota et s'assit pour les attendre. La flamme de la torche fixée au mur lançait une lueur rougeâtre dans la pièce de pierre. Il reconnut immédiatement ses visiteurs. Le Sergent, Filoche et le Poinçonneur s'avançaient avec effort, semblant traîner un gros sac noir qu'ils lâchèrent à ses pieds. Il vit alors un homme entortillé dans ses guenilles sombres, qui se recroquevillait pour se relever à quatre pattes. Le Poinçonneur l'attrapa par les cheveux et, l'amenant à genoux, exposa son visage à la lumière du feu. Un filet de sang noir s'échappait de son nez cassé et s'écoulait le long de sa lèvre fendue. La peau de ses arcades et de ses pommettes bâillait par endroits, écorchée ou déchirée. L'homme haletait, soufflant devant lui une bave rougie. Son nez, ou ce qu'il en restait, produisait par instant un ronflement sourd.

— *Il tentait de partir, on l'a rattrapé de justesse*, expliqua le Poinçonneur dans la Langue Juste.

— *Il dit qu'il est flic*, compléta Filoche, *et qu'ils savent tout.*

Assis sur sa couverture, il les écouta et sourit. Il posa sur l'homme son regard bleu et reprit en français :

— Vous êtes policier ?

Le prisonnier haletait toujours mais ne le quittait pas des yeux.

— Lieutenant Lisbon. Renseignement intérieur.

Il reporta son regard bleu vers ses trois complices, mais avant qu'il n'eût pu dire quoi que ce fût, le prisonnier reprit la parole, plus fort, révélant deux dents cassées :

— *Ce projet est une folie. Combien de gens vont mourir ? Il est encore temps de tout arrêter.*

Il l'écoutait, le regardait postillonner son sang, quand un éclair passa dans ses yeux clairs. Il se leva d'un bond et lança son poing maigre contre le visage du prisonnier. Celui-ci hurla. Alors, il le frappa à nouveau, et encore et encore, en criant à son tour :

— Comment oses-tu employer la Langue Juste, toi qui es le fer de lance de leur système ? Comment oses-tu ?

Il se ressaisit lentement et reprit son souffle en essuyant sur son pantalon le sang qui tachait ses phalanges. La tête de l'homme pendait en avant. Un jus épais et sombre dégouttait de sa bouche.

— *Poinçonneur, tu sais ce que tu as à faire*, conclut-il, les chassant d'un revers de main, retournant déjà vers sa couverture.

Les trois hommes empoignèrent le corps inerte et le traînèrent vers une autre salle.

26

Le deux tons de la Mégane leur cassait les oreilles, mais Mehrlicht voulait faire vite. Il avait laissé Ménard et Dossantos s'occuper du tas de papiers et de l'ordinateur de Crémieux, et n'avait pu refuser la proposition du capitaine Zelle de l'accompagner. Latour commençait à manquer. Il attrapa son téléphone d'une main sans quitter la route des yeux et l'appela :

— Mehrlicht. T'en es où, là ? braillat-il pour couvrir le deux tons.

— Je suis toujours chez Mme Crémieux, capitaine. Elle a appelé les parents de son mari. Ça va aller. Au passage, ils n'ont pas vu leur fils depuis deux mois. Elle a appelé sa sœur aussi, en Alsace.

— Écoute, Sophie, j'ai besoin de toi, là, OK ? Alors, l'aide aux victimes, c'est ton rayon, on est d'accord. Mais faut qu'on aplatisse nos surineurs, putain !

— Je sais, capitaine.

— Quoi ? Parle plus fort ! J'ai le deux tons à fond les ballons.

— J'ai dit : je sais, cria-t-elle soudain.

Mehrlicht se colla le téléphone à l'oreille. Latour parlait maintenant plus bas :

— Mais je crois vraiment que je sers à quelque chose ici. Elle a besoin d'un soutien.

Un silence se fit. Mehrlicht sentit monter en lui quelque chose qui lui déplut mais qu'il ne put contenir :

— Si tu veux aider les victimes, démissionne et passe le concours d'infirmière. Pour l'instant, il est quatre heures et des brouettes, t'arrêtes de me les briser et tu rappliques au burlingue pour aider les copains. Si cette affaire te pose un problème, je connais un toubib qui peut t'aider. Il reçoit dans le bois de Vincennes.

Il raccrocha et rangea son appareil dans son imper.

— À chaque fois, elle me la joue en trémolo, *pizzicato* et *sotto voce.*

Le capitaine Zelle eut un sourire gêné.

— C'est de la police de proximité, en contact avec le citoyen, tenta-t-elle, prenant la défense d'une collègue qu'elle ne connaissait pas.

Mehrlicht ignora son commentaire.

— La police, ça arrête les méchants. Si possible avant qu'il y ait des victimes.

— Ce n'est pas un peu vieux jeu comme point de vue ?

Elle sourit pour adoucir son commentaire.

— Je sais pas. C'est le mien.

Ils se turent. Le capitaine Zelle décroisa et recroisa ses jambes infinies. Ses bas noirs semblaient soyeux. Mehrlicht écarta cette pensée.

— C'est votre tenue de terrain, là?

Elle se mit à rire en rejetant la tête en arrière.

— Non, pas vraiment. Je devais faire de l'administratif aujourd'hui, et on m'a envoyée chez vous.
Mais je mettrai un jean, demain!

— Non, non!

Mehrlicht perçut soudain qu'il devait donner l'impression de lui faire du gringue. À n'en pas douter,
cette belle femme de trente-cinq ans au plus méritait
qu'on lui en fît, mais la situation était embarrassante.
Il se racla la gorge.

— Je veux dire, vous faites ce que vous voulez.

Elle rit de nouveau.

— Bien, capitaine. J'écouterai votre conseil.

Il gara la voiture devant le 40 de la rue de Bercy,
s'échouant sur le bateau. Les portes avaient à peine
claqué que déjà la gardienne arrivait à petits pas
pressés. Elle lançait les mains en l'air comme pour
supplier Dieu d'enrayer la fin du monde.

— Bonjour! Oh là là! Bonjour, madame.

— Qu'est-ce qui se passe? demanda Mehrlicht.

— Je vous ai appelés tout de suite dès que je l'ai
trouvé. Et je l'ai rangé très vite dans la loge. Parce
que c'est très dangereux.

— Vous avez très bien fait, madame Da Cruz.
Montrez-nous ça!

La gardienne les entraîna jusque dans son appartement en rez-de-chaussée, en leur montrant en chemin
l'emplacement exact où elle avait découvert l'objet,
l'un des bacs à fleurs en ciment qui garnissaient la

cour. L'endroit était presque en face de la porte du studio de Crémieux. Il avait dû se débarrasser de son paquet à la hâte, faisant un détour minimum pour ne pas être rattrapé avec.

Sur la table de la salle à manger que recouvrait une toile cirée fleurie et colorée gisait un long morceau d'étoffe sale, lambeau d'un rideau antique ou d'un linceul de seconde main.

— C'était dans la terre du deuxième bac à fleurs. Le tissu, il est tout sale, alors je l'avais pas vu avant.

Elle gardait ses distances de crainte que le contenu ne lui sautât à la figure. Mehrlicht et le capitaine Zelle s'approchèrent. Mehrlicht tendit un doigt jaune orangé vers le tissu et en écarta les pans. Il s'agissait effectivement d'un fusil. L'arme faisait environ un mètre trente et dépassait de chaque côté de la table. Son long corps de bois sombre et poli contrastait avec le métal étincelant de l'acier où étaient gravés le lieu et la date de fabrication : MANUFACTURE IMPERIALE DE CHATELLERAULT 1866. Le fusil, en dépit de son âge, semblait neuf.

— C'est une arme de collection ? tenta le capitaine Zelle.

— Je crois que c'est un Chassepot, dit Mehrlicht dont le nez effleurait presque la crosse.

Elle le regarda avec surprise.

— Vous êtes amateur d'armes aussi ?

— Non. De bouquins. Mais je connais les grands noms de la quincaillerie française : le Chassepot, le Gras, le Lebel, le Berthier… En 1866, Napoléon III fait adopter le Chassepot à toute son armée parce que c'est le plus moderne. M'en demandez pas plus !

— Je suis très impressionnée, capitaine.

Il ne se lassait pas de la sentir feuler à ses côtés.

— Vous l'emmenez, hein ? reprit Mme Da Cruz. Avec les enfants, c'est très dangereux, le fusil. Moi, je veux pas du fusil dans ma maison. C'est trop dangereux.

— Ne vous inquiétez pas, madame Da Cruz. On l'emporte, déclara le capitaine Zelle.

— Ah ! Vous êtes gentille ! Parce que les enfants, ils fouillent partout, et après…

La gardienne tira l'un des pans de tissu et le rabattit. Le capitaine Zelle s'approcha pour l'aider.

— *« Touche pas au grisbi, salope ! »* hurla Francis Blanche, totalement ivre.

Le visage de Mehrlicht s'empourpra dans l'instant. Les deux femmes, abasourdies, se figèrent et le fixèrent du regard.

— Désolé. C'est mon portable, dit Mehrlicht. C'est une application…

— *« Touche pas… »*

— Désolé !

Mehrlicht décrocha en sortant d'un pas rapide. De l'autre main, il dégaina une cigarette qu'il alluma.

— Mehrlicht ! dit-il, furieux et fumeux.

— Euh… C'est le lieutenant Ménard… Et… Je veux dire… Je vous dérange ?

— Non, mais… Vas-y… Je t'écoute, putain !

— J'ai trouvé un prof… Jean-Denis Gaillard… Il a

connu Malasingne. Il donne des cours à la Sorbonne. Il y est en ce moment, dans la salle… F744… Il y est jusqu'à 18 heures. Il attend votre coup de fil ou votre arrivée.

— Bien joué, inspecteur Ménard. Jean-Denis Gaillard. F744. Autre chose ?

— Non ! Mickael est sur les papiers.

— OK ! Il est 17 heures. Sophie est là ?

— Euh… Non… Pas encore.

— Dis à Dossantos que ce soir, il est sur le pont. Inspecteur Ménard, ce soir, tu fais ta première planque. Tu me trouves l'adresse et le bigot des parents du père Crémieux.

— Et le bigot… D'accord, capitaine.

— Tu te rencardes pour voir s'il y a d'autres Crémieux dans la région parisienne, et si c'est de la famille. Je rappelle quand j'arrive à la Sorbonne.

— Compris, capitaine.

— Ah ! Un dernier truc ! Dis aux autres qu'on a trouvé la béquille de Crémieux.

Lorsqu'il raccrocha, le capitaine Zelle sortait de l'appartement de la gardienne.

— Encore merci ! lui dit-elle.

— Au revoir, lança Mehrlicht.

La gardienne lui fit signe de la main. Le capitaine Zelle et Mehrlicht retournèrent à la voiture.

— Laissez-moi porter ça, lui dit-il.

Elle lui tendit le drap.

— Je suis désolé ! Vraiment !

— Vous n'auriez pas à l'être si vous n'aviez pas

une sonnerie de téléphone qui traite les femmes de «salope».

— C'est Audiard! protesta-t-il, en retenant au vol un «putain» qui aurait été fatal à leur collaboration.

Ils passèrent la porte d'entrée.

— Vous avez raison. Je vais changer ça.

Il passa côté conducteur et déposa le fusil dans le coffre avant de s'asseoir derrière le volant. Elle monta et attacha sa ceinture. Il serra la sienne.

— On va à la Sorbonne. On va voir un certain Gaillard, un prof qui a connu Malasingne. Je vous préviens, il faut y aller fissa. Tenez-vous bien!

— Et c'est vous qui me demandez de me tenir bien? demanda-t-elle, ironique.

Le deux tons ouvrit la danse, suivi d'un crissement de pneus. De zigzags en cascades, de rugissements de moteur en couinements de freins, ils remontèrent les quais de Seine jusqu'au pont d'Austerlitz puis contournèrent le Jardin des Plantes et le campus de Jussieu jusqu'à la rue des Écoles. Ils se garèrent en bas de la rue de la Sorbonne. Mehrlicht sauta de la voiture, et sortit une gitane et son portable.

— Mehrlicht. Latour est là?

— Oui, elle vient d'arriver, capitaine, dit Ménard.

— Parfait! T'as trouvé ce que je t'ai demandé?

— Euh… Oui. J'ai l'adresse des parents. Ils habitent 15, rue de la Terrasse.

— Eh ben! c'est pas la crise pour tout le monde! commenta Mehrlicht.

— C'est dans le XVIIᵉ…

— Excuse-moi, inspecteur Ménard, mais je sais où est la rue de la Terrasse. Je suis un Parigot pur beurre. T'étais pas né que je faisais déjà le marché rue Montorgueil et que je traînais mes savates dans les troquets de Ménilmontant. Qu'est-ce que tu dis de ça ?

Ménard soupira mais ne répondit pas.

— J'ai une trentaine d'autres réponses au Fichier pour «Crémieux». Des magasins de vêtements, un avocat… Ils ne sont pas de la famille.

— Bien joué, inspecteur Ménard. Dossantos et toi, vous vous mettez en route et vous allez planquer devant l'immeuble des parents. Une fois en bas, vous les appelez juste pour voir si tout va bien. Vu que nos gars cherchent quelque chose et qu'on l'a, on peut espérer qu'ils vont tenter de fouiller la crèche des vieux. Passe-moi Sophie !

— Je vous écoute, dit Latour sur un ton qui révélait assez clairement qu'elle avait peu goûté leur dernier échange.

— Tu t'occupes des papiers, tu finis le tri. Tu me prépares un topo.

— Mais… On part en planque, là, non ?

— Non. Ménard et Dossantos savent pas lire, ça prend un temps fou. Tu t'occupes des papiers.

— Ça veut dire quoi, exactement, capitaine ? Je suis punie ? Je vais au coin ?

Sa voix était dure mais Mehrlicht préféra éviter le conflit.

— C'est ça. À demain.

Il raccrocha et rejoignit le capitaine Zelle. Ils se dirigèrent vers l'entrée de l'université.

— Vous me baladez un peu comme une valise, capitaine Mehrlicht.

— Oh ! Je vous laisse vous installer, prendre la température. Si vous avez des conseils…

— Je suis assez d'accord avec vous. Je pense que nous devrions nous concentrer sur ce Malasingne puisque, à ce qu'il semble, Marc Crémieux enquêtait sur lui avant d'être assassiné. C'est une piste qu'il faut explorer. Mais vous devriez mettre l'équipe sur la Danseuse, plutôt que sur les Crémieux et leurs éventuels visiteurs.

Mehrlicht la dévisagea, fronçant le sourcil.

— Ah ! Et pourquoi ?

Elle hésita.

— Eh bien ! Vous misez beaucoup sur un événement à faible probabilité. Malasingne et la Danseuse existent bien, eux. En les faisant parler, on gagnerait du temps.

— Vous voulez déjà repartir ? lui demanda-t-il soudain.

Elle eut l'air surpris.

— Pas du tout. C'est une enquête captivante. Mais je dois montrer patte blanche comme vous. On me demande des résultats. Mes chefs aussi ont le Sarkomètre qui clignote, comme vous dites.

— Vous avez pas l'air d'une femme qui a la trouille de ses chefs.

Elle rit et baissa les yeux pour clore la discussion.

Ils remontèrent la rue de la Sorbonne et débouchèrent place de la Sorbonne. La pierre claire des fontaines qui crachaient leurs jets d'eau verticaux rayonnait sous le soleil et s'harmonisait avec l'illustre bâtiment. La massive Sorbonne, colosse de pierres jaunies, trônait sur cette place où s'agglutinaient des hordes de touristes en tongs venus du monde entier voir de leurs yeux le symbole flamboyant du savoir à la française. Ils avaient eu l'espoir d'y entrer, de visiter sa chapelle, d'arpenter sa cour d'honneur, peut-être même de gravir les marches des tours ou de contempler Paris du haut de l'observatoire. Ils avaient rêvé d'y respirer l'air qui avait inspiré Érasme, Boileau, Balzac, Simone de Beauvoir, ou, plus récemment, Pol Pot et Benoît XVI. Vigipirate avait criblé de balles leurs naïfs espoirs, et ils restaient dehors, sur le trottoir.

Mehrlicht et le capitaine Zelle s'approchèrent des deux vigiles qui, en veste bleue et cravate noire, gardaient l'entrée. Une foule d'étudiants se pressaient, exhibant leurs cartes et ouvrant leurs sacs. Quand leur tour vint, Mehrlicht aussi sortit sa carte.

— Bonjour. Police judiciaire. On a rendez-vous avec monsieur Gaillard en salle F744.

Le vigile détailla la carte du regard et, semblant valider son authenticité, s'écarta d'un pas.

— Vous allez tout droit jusqu'au bout, ensuite vous tournez à gauche et prenez l'escalier tout de suite à votre droite. Vous montez au deuxième. Dans le couloir de droite, c'est la première porte à gauche.

Le vigile les oublia dans l'instant et vérifia d'autres cartes. Les deux capitaines passèrent l'immense porte de bois et pénétrèrent dans un couloir sombre aux plafonds ouvragés. Les étudiants, plus ou moins jeunes, y évoluaient en groupes, en masse et au ralenti, dans un brouhaha de cour de récré. Mehrlicht et le capitaine Zelle se frayèrent un chemin dans la lumière dorée qui filtrait par les rares fenêtres ou tombaient des bulbes électriques au-dessus de leurs têtes. La solennité des lieux contrastait avec la foule multicolore et criarde qui s'y pressait. Mehrlicht sourit. Peut-être avait-il inconsciemment imaginé qu'il croiserait là des érudits en toge devisant en grec ou en latin.

— Vous saviez qu'au XIIIe siècle, c'était un collège de théologie qui accueillait principalement des pauvres ? demanda-t-il soudain au capitaine Zelle.

— Ah oui ?

— Il n'accueillait qu'une vingtaine d'étudiants à l'époque, reprit Mehrlicht qui venait d'être bousculé par un grand rouquin coiffé d'un casque audio rose. On dit qu'aujourd'hui tous les pays du monde ont au moins un de leurs ressortissants qui étudie ici.

— Vraiment ?

Elle semblait surprise et intéressée. Mehrlicht compléta donc son exposé :

— C'est ce qui se dit… Si c'est vrai, ça doit être un sacré bordel pour se comprendre.

— Comme vous dites ! conclut-elle en souriant.

Les indications du vigile les menèrent à un escalier de marbre clair, puis à une porte de bois à laquelle ils frappèrent. N'obtenant pas de réponse, ils entrèrent dans une petite pièce aux murs jaunis et à la moquette grise tachée. Mehrlicht se figea un instant pour observer l'endroit : il croyait reconnaître son bureau. L'envers du décor était terrifiant et suintait la misère. Quelques étagères de guingois parsemées de livres défraîchis et de feuilles volantes, camouflaient sans succès un pan de mur craquelé. Deux tables en contreplaqué et leurs quatre chaises rayées, lot sans doute obtenu lors d'un déstockage chez BUT à l'acmé artistique des années 1970, constituaient le seul mobilier de cette salle censée recevoir le gratin de la pensée française et internationale. Un ronflement irrégulier s'échappait d'un vieil ordinateur dont l'apparence aurait tué Steve Jobs une seconde fois. Assis à l'une des tables, un homme d'une trentaine d'années, portant costume bleu et cravate claire, s'affairait à coups de Bic rouge sur un tas de copies. Une large mèche de ses cheveux châtains retombait sur le côté droit de sa tête et couvrait en partie la monture en écaille de ses lunettes.

— Bonjour, monsieur. Nous sommes officiers de police et nous avons rendez-vous avec M. Gaillard, lui dit le capitaine Zelle.

L'homme fit un bond. Il ne les avait visiblement pas entendus entrer. Il se leva aussitôt en retirant ses lunettes.

— Je vous attendais. Je vous en prie, asseyez-vous, leur dit-il tout en désignant les chaises près de lui. Il leur serra la main et se rassit, tout en écartant les pans de sa veste pour ne pas la froisser.

— J'ai eu un choc, je dois vous le dire, en entendant le nom de Rodolphe de la bouche du policier qui m'a appelé. C'est un nom qui m'a ramené quelques années en arrière. Pour de tristes souvenirs.

— Vous pouvez nous en dire plus sur cette époque ? s'enquit le capitaine Zelle.

— Bien sûr ! Nous nous sommes rencontrés, Rodolphe et moi, en octobre 2001. Il m'est facile de m'en souvenir. Je venais de monter à Paris pour rédiger ma thèse de doctorat. Rodolphe, lui, avait fait toutes ses études de sociologie à la Sorbonne. Nous nous voyions donc régulièrement, notamment aux séminaires de l'école doctorale. Nous sommes devenus assez proches. La rédaction d'une thèse est un travail d'ermite, plutôt éprouvant, et il est bon d'avoir quelqu'un à qui en parler. Quand ce quelqu'un traverse la même épreuve en même temps, c'est idéal. On peut vider son sac sans avoir l'air de passer pour un fainéant ou un imposteur. Et on n'a pas vraiment le temps de commencer une psychanalyse ! Nous étions dans la même situation et cela nous a rapprochés.

— Vous vous êtes perdus de vue ensuite ? demanda Mehrlicht en sortant son petit carnet à spirale.

— Nous nous sommes vus régulièrement, pendant plusieurs années, jusqu'à sa soutenance, même un peu après. Rodolphe a fait une thèse époustouflante. Elle a d'ailleurs eu un retentissement conséquent sur les recherches en sociologie en France et à l'étranger. Si je me souviens bien, elle a été traduite dans six langues. La soutenance a été un bijou.

Tout l'amphithéâtre Richelieu retenait son souffle, buvant ses paroles… enfin… les trente personnes qui étaient présentes. La sociologie française est un petit monde… Rodolphe a vraiment eu son heure de gloire ce jour-là.

Il fit une pause, comme pour se remémorer les détails de l'époque.

— Et puis… Rodolphe a essayé d'obtenir un poste de maître de conférences pendant les quatre ans qui ont suivi. Son rêve absolu, bien sûr, c'était de devenir enseignant-chercheur en Sorbonne. Autant vous dire qu'en cette période de suppressions de postes, il ne fait pas bon arriver sur le marché du travail. Les places sont chères. Je voyais toujours Rodolphe à cette époque. Je n'avais pas encore soutenu et j'appréciais vraiment ces moments de… catharsis. Et je crois que lui aussi. En plus, il venait de perdre le dernier membre de sa famille, un oncle, je crois, qu'il adorait. Bref. Il n'allait pas fort. Il avait postulé en province, avait envoyé des dizaines de dossiers. Il n'avait obtenu qu'une ou deux auditions où il n'était même pas classé dans les trois premiers. Ce n'était pas tant qu'on ne connaissait pas son travail, ou qu'on ne l'estimait pas compétent, non. Mais il y avait toujours le «poulain local», le pur produit du cru, celui que le professeur local, le ponte, désigne comme son successeur, son élève depuis dix ans, son disciple. D'aucuns diraient *sa marionnette* qui permet à celui qui part de rester aux manettes. Indépendamment de la compétence des autres candidats… Rodolphe l'a vite compris. Il faisait de la figuration. La déception était d'autant plus forte qu'il avait été reconnu par ses pairs et que sa thèse restait un ouvrage de référence. Pour tout vous dire, il avait obtenu quatre heures de travaux dirigés en Sorbonne. Quatre heures hebdomadaires de travail… et de salaire ! Sa copine de l'époque avait terminé ses études quelques années plus tôt et avait trouvé un boulot grâce auquel ils vivaient tous les deux. Son travail à lui… ou plutôt le fait qu'il n'en trouve pas après ces années d'efforts, mettait leur couple à rude épreuve. Et puis… Il y a eu un poste…

La porte de la salle s'ouvrit. Un homme d'une soixantaine d'années en costume gris entra. Par-dessus ses fines lunettes métalliques, il jeta un œil furtif vers la table où étaient installés les deux policiers et leur interlocuteur, et marmonna quelque chose à leur intention.

— Bonjour, monsieur le professeur, lui répondit l'universitaire avec force déférence et un sourire vacillant, en se levant.

L'homme se retourna à peine, gêné, grogna et leur tourna le dos pour chambouler quelques tas de feuilles sur une étagère. Mehrlicht voulut reprendre :

— Vous nous disiez qu'il y avait un poste, répéta Mehrlicht avant de se racler la gorge.

De la main, l'universitaire fit au policier le signe de se taire. Il fallait attendre d'être de nouveau seuls. Les murs avaient des oreilles. Chacun devait mesurer ses paroles. L'homme grommela et quitta la salle.

L'universitaire se rassit, en écartant de nouveau les deux pans de sa veste.

— Il n'est pas bon de critiquer cette bonne vieille Sorbonne. Elle est la vitrine de l'Université française, en France et à l'étranger. Ses membres influents ont donc une certaine immunité... Ai-je dit « impunité » ?

Il sourit avec douceur et poursuivit :

— Il y a eu ce poste ici même. Rodolphe ne savait même pas qu'un poste se libérait en sociologie dans sa branche. Son directeur de thèse lui-même est tombé des nues en apprenant qu'un de ses collègues ouvrait un poste. Pour un poulain local. Et ce n'était pas Rodolphe, mais le fils d'un professeur en Sorbonne, en géographie ! Papa, géographe influent, faisait entrer par la grande porte fiston, sociologue qui venait de soutenir une thèse obscure. L'affaire a fait quelques vagues, bien sûr. Les soutiens se sont vite organisés au nom de l'accès démocratique aux postes, du respect des compétences, de l'abjection du népotisme... Bref. Le comité de sélection a été réuni. Il s'agit de l'ensemble des maîtres de conférences et des professeurs chargés de sélectionner les candidats à auditionner et d'en élire un. Dans un souci de transparence et d'équité, cinquante pour cent de ces enseignants viennent de l'université qui recrute, et cinquante pour cent d'autres universités. Dans les faits, ceux qui recrutent essaient de faire entrer les copains venant d'autres universités pour verrouiller la sélection, en s'engageant à faire la même chose le jour où les autres recruteront à leur tour.

— Évidemment, cela n'a pas vraiment l'air démocratique, vu comme cela, commenta le capitaine Zelle.

— Je peux vous dire que certains ont intrigué dans tous les coins, promettant une promotion à droite, rappelant une faveur passée à gauche.

— Vous pouvez pas prouver tout ça ? tenta Mehrlicht.

L'universitaire s'arrêta net.

— Non, bien sûr. Personne ne le peut. Et personne ne le veut. La moindre tentative contre l'institution, et c'est le bannissement de cette même institution, la fin d'une carrière. J'ai la chance de faire une heure trente de travaux dirigés, ici. Je fais aussi quatre heures à Arras. Oh ! C'est sûr, je n'en vis pas ; je donne vingt-deux heures de cours d'histoire, de géographie, de philosophie et de sciences économiques et sociales à Acadomia. En plus, tous ces déplacements me tuent. Mais j'ai la chance d'avoir un pied à l'intérieur, et, qui sait, d'être le prochain candidat local, le poulain. S'il y a un poste…

Son visage s'éclaira d'un sourire et ses yeux se plissèrent comme s'il allait pleurer.

— Et Malasingne, alors ? reprit Mehrlicht qui n'avait pas de cœur.

— Il a été classé deuxième. Le fiston a été élu. Et les choses sont allées de Charybde en Scylla pour Rodolphe. Le rêve est devenu cauchemar. Devenu indésirable en Sorbonne, il a perdu ses heures de cours. Sa copine de l'époque l'a quitté. Il ne décolérait plus, parlait de tribunal administratif, voulait faire rendre gorge à toute la Sorbonne, aux politiques, au gouvernement, à toute la société… Il était plein de rage et de mépris pour tout le monde. «Ces moutons, ces esclaves», répétait-il… Très vite, il a cessé de répondre à mes coups de fil. Je dois avouer qu'ils se sont espacés. Je rendais ma thèse à ce moment-là, et… Et puis, il était obsédé, obsédé par ce qu'il appelait le *complot*. L'élection qu'il venait de perdre faisait résonance avec son travail de recherche.

— Il travaillait sur quoi? demanda Mehrlicht.

— Ah! Il travaillait sur les techniques de manipulations des masses! dit l'universitaire en se délectant de chacun de ses mots.

— C'est-à-dire?

— C'est un peu long. Vous devriez lire sa thèse. En gros, il s'agit des moyens d'influence dont un individu ou un groupe d'individus peut user pour manipuler les opinions et les actions d'un groupe d'individus à des fins économiques, politiques ou stratégiques. Il s'est intéressé à l'histoire de ces moyens, à leur évolution, et surtout à leurs applications sociales et militaires en proposant des alternatives aux techniques connues et employées. Un énorme travail d'une qualité remarquable!

Le capitaine Zelle se pencha vers Mehrlicht.

— Le reste de l'équipe nous attend. Je crois que nous en savons assez.

— Vous avez raison, capitaine.

Il se racla la gorge et reprit plus fort:

— Vous avez revu Rodolphe Malasingne après ça ?

L'universitaire toussa.

— Oui, une seule fois. Peut-être quatre ou cinq mois plus tard. Je sortais de l'université et je l'ai vu à une dizaine de mètres de l'entrée. C'était un jeudi. Il était debout au milieu de la place de la Sorbonne, immobile… hagard, en plein soleil. Sa barbe avait poussé. Ses cheveux aussi. Il semblait… sale. Ses vêtements étaient tachés, déchirés. Il. Il avait l'air fou. Il regardait fixement la façade de ses grands yeux bleus comme s'il voulait l'aspirer et l'emporter avec lui. Je me suis tourné et j'ai levé les yeux. J'ai eu l'impression qu'il regardait l'horloge… Comme il le faisait, avant, dans la cour d'honneur tous les jeudis. Il y passait des heures… Seul…

Il retira ses lunettes et fit mine de les nettoyer.

— Je suis parti rapidement. Je ne l'ai jamais revu.

Il releva la tête et réajusta ses lunettes.

— Nous vous remercions pour ces informations, conclut le capitaine Zelle en se levant. Il l'imita et se leva à son tour pour lui serrer la main. Mehrlicht fit de même et lui demanda ses coordonnées téléphoniques pour les besoins de l'enquête avant de ranger son carnet.

— N'hésitez pas à m'appeler si vous le retrouvez, reprit l'homme en costume. J'aimerais vraiment le revoir.

— L'affaire suit son cours, conclut le capitaine Zelle.

L'homme les raccompagna jusqu'à la porte de la salle et l'ouvrit. Le capitaine Zelle sortit la première. Mehrlicht s'arrêta tout à coup et se retourna vers l'homme.

— Vous pouvez me dire où je peux trouver son bouquin ?

— La thèse de Rodolphe ? Elle a été publiée aux PUPS, la maison d'édition de l'université. C'est une version condensée, bien sûr. Vous trouverez ça au 28, rue Serpente. C'est à côté.

— Et c'est possible de voir l'original ?

— Bien sûr ! Il y en a un exemplaire à la bibliothèque Serpente, la bibliothèque des thèses, comme pour toutes les thèses soutenues en Sorbonne. C'est la même adresse, 28, rue Serpente.

Il indiquait une direction avec l'index.

— Merci. Et la cour d'honneur, c'est par où ? ajouta Mehrlicht.

— Vous redescendez et… Le mieux est encore que je vous y accompagne. Je dois juste ranger ces copies.

Mehrlicht le remercia. L'universitaire fit demi-tour et alla enfourner la liasse de feuilles dans son petit cartable de cuir, laissant les deux policiers patienter dans le couloir.

— Vous connaissez l'histoire de la Sorbonne, vous lisez des thèses de sociologie. Capitaine, vous êtes vraiment un homme surprenant, ronronna le capitaine Zelle.

— Simple curiosité. J'aimerais en savoir un peu

plus sur notre bonhomme. Et c'est à côté ! Et tant qu'on y est, j'en profite pour voir cette fameuse cour d'honneur.

Le jeune enseignant revint vers eux en refermant sa veste. Il tira la porte derrière lui avec une précaution de majordome et les entraîna à travers les galeries de la prestigieuse université. Les couloirs étaient étonnamment différents les uns des autres, peints de jaune ou de blanc, pavés ou carrelés. Il semblait que ces salles et ces couloirs étaient gérés indépendamment, sans concertation. Mehrlicht en fit la remarque.

— C'est effectivement le cas, confirma le jeune homme. Certains espaces dépendent du département de lettres, d'autres de celui d'histoire… Chacun fait ce qu'il veut !

Ils débouchèrent à la lumière dans la vaste cour intérieure, en passant sous les étroites arcades de pierre. Le sol au pavage régulier était légèrement concave, comme s'il s'était insensiblement enfoncé avec le temps.

— De gros travaux sont bientôt prévus, en plus de ceux que vous avez déjà vus. La vieille Sorbonne commence à ployer sous le poids de ses sept cent cinquante ans. Le sous-sol doit être remblayé pour éviter l'effondrement. Pour l'instant le chantier concerne la surface, la façade, les couloirs.

Ils firent quelques pas dans la cour d'honneur. Le soleil de cette fin d'été continuait de chauffer les pavés, et quelques étudiants assis à l'entour profitaient de ses douceurs. De l'autre côté de la cour, deux statues d'hommes assis encadraient un large escalier de pierre montant jusqu'à l'ancienne chapelle : à gauche, un homme barbu, le front large, en costume et partiellement drapé dans son lourd manteau, regardait les badauds qui passaient devant lui en contrebas ; il tenait un rouleau de papier dans la main droite. À droite, l'autre homme, dans un large manteau également, contemplait interdit ce qui ressemblait à une pomme.

— Hugo et Pasteur, commenta l'enseignant qui continuait son tour du propriétaire avec une passion palpable. Hugo pour les lettres, Pasteur pour les sciences.

Mehrlicht se racla la gorge et se mit à chantonner :

Mai mai mai Paris
Je repère en passant Hugo dans la Sorbonne
Et l'odeur d'eau-de-vie de la vieille bonbonne
Aux lisières du soir, mi-manne, mi-mendiant
Je plonge vers un pont où penche un étudiant.

— Vous chantez très bien, dit le capitaine Zelle. C'est de vous ?

Mehrlicht sourit, flatté.

— J'aimerais. Nougaro.

Il se racla la gorge de nouveau.

— On peut pas fumer, ici, j'imagine…

— Non, c'est interdit, effectivement.

Mehrlicht se racla la gorge et sentait l'envie monter lentement, inexorablement.

— Rodolphe passait des heures devant la statue de Hugo, face à la chapelle. C'était un fanatique absolu. Je suis sûr qu'il connaissait *Les Contemplations* et *La Légende des siècles* par cœur. Tous les jeudis à seize heures, avant de rentrer chez lui, il se posait devant Hugo et restait là, à réfléchir. Je l'ai même vu discuter avec la statue, parfois, en ami.

Ils restèrent un instant silencieux, à détailler les statues et l'horloge de la chapelle.

— Nous n'allons pas vous ennuyer plus longtemps, monsieur Gaillard, finit par dire le capitaine Zelle.

— Je vous tiens au courant si on a quelque chose, ajouta Mehrlicht. Merci.

Ils serrèrent la main du jeune homme et se dirigèrent vers la sortie. Mehrlicht sortit une cigarette et pressa le pas. Un instinct animal le guidait à travers les couloirs et ils parvinrent rapidement à la sortie. Ils débouchèrent au soleil sur la place de la Sorbonne. Mehrlicht alluma sa gitane et l'aspira à plusieurs reprises au point de disparaître par instants dans un nuage de fumée. Le capitaine Zelle le regardait, silencieuse. Mehrlicht se retourna et leva la tête. Il traversa soudain la rue et se retourna de nouveau. L'horloge en plein centre de la façade, là-haut, indiquait 18 h 20. Le cadran noir et blanc était entouré de deux statues de femmes, vêtues de toges légères et dotées de sceptres, qui se regardaient l'une l'autre.

— La Science et la Vérité, grommela Mehrlicht.

Le capitaine Zelle laissa passer une voiture et le

194

rejoignit. Sans un mot, elle regarda l'horloge avec Mehrlicht.

— Il pensait à quoi, d'après vous ? demanda Mehrlicht.

Elle parut surprise.

— Qui donc ?

— Malasingne, en fixant l'horloge, là-haut.

Elle leva la tête.

— Je pense qu'il ruminait contre l'institution qui ne l'avait pas reconnu. Il se voyait déjà en chaire à la Sorbonne, son «rêve absolu», et la déception a été de taille lorsqu'il n'a pas eu le poste. Quant au délire de persécution, le *complot*, il était fragilisé par une situation familiale délicate puisqu'il venait de perdre le dernier membre de sa famille. Sa situation amoureuse n'était guère meilleure. J'imagine qu'en faisant un tel bilan, il est plus facile de croire à un complot, de se trouver un ennemi, que de se prendre en main pour rebondir…

— *Rebondir ?*

Mehrlicht la dévisageait.

— Oui ! Réagir ! Aller de l'avant.

— Le gars a tout perdu à ce moment-là, putain ! Il allait repartir en sifflotant ?

Elle fronça les sourcils et sa bouche rouge se rétracta en une petite moue. Ce ton lui déplaisait. Il s'en aperçut et fit une pause pour disparaître de nouveau dans la fumée, comme la pieuvre crache son encre.

— Désolé. Je jure. C'est comme ça. C'est de naissance.

Il dissipa la fumée d'un revers de main et poursuivit :

— Le gars rêve d'un poste à la Sorbonne, il se retrouve en poste à vie à Acadomia. Le rêve en prend un coup, non ? Il perd tout, il se retrouve clodo. Mais il revient. Assez souvent, faut croire, puisque son copain le voit un jour… Ou c'est un coup de pot.

Il s'arrêta et la regarda comme pour y lire la suite de son propos. Il désigna tout à coup l'édifice du doigt.

— Son rêve est là, dans la pierre. Et il revient le voir, le toucher. Il peut plus y entrer à cause des vigiles, alors, il reste dehors et il rêve.

Elle soupira :

— Très bien. En quoi cela concerne-t-il notre affaire qui reste le meurtre de Crémieux ?

— Crémieux s'est fait buter en recherchant ce type. S'il s'est redéguisé en clodo, c'est pas pour enquêter sur les conditions de vie des clodos, cette fois, mais pour trouver un type qui l'est devenu. Pour trouver Malasingne.

Il tira de nouveau sur son mégot et l'envoya d'une pichenette rebondir dans le caniveau. Il souffla la fumée avant de reprendre :

— Je pense qu'il l'a trouvé. Je pense que c'est pour ça qu'il est mort.

— Ça se tient. Mais cela ne nous fait pas beaucoup avancer.

— Vous avez raison. En route !

Ils descendirent la rue de la Sorbonne jusqu'à leur véhicule.

— Nous allons rue de la Terrasse, c'est bien ça ? proposa le capitaine Zelle en choisissant d'office la place du conducteur.

— Ouaih… Oui, dit Mehrlicht. Mais d'abord, on passe rue Serpente pour que j'achète le bouquin.

Elle le regarda, un sourire en coin.

— Vous êtes entêté.

— Vous êtes perspicace.

27

La lumière du jour descendait lentement sur la rue de la Terrasse. La chance avait voulu que Dossantos trouvât rapidement une place en face de l'immeuble des Crémieux. De la voiture, Ménard et lui avaient une vue imprenable sur la large porte cochère, sur le trottoir, la cabine téléphonique, spécimen en voie d'extinction, et les voitures qui y étaient stationnées. L'immeuble semblait récent mais cossu. Les balcons y étaient fleuris et rangés.

— On ne peut pas être mieux placés, là, dit Dossantos, satisfait. Maintenant, on planque comme dans *Engrenages*. Tu regardes la télé un peu ?

— Pas trop. Pas le temps.

— Ah…

Ménard avait appelé les Crémieux dès leur arrivée, comme l'avait demandé Mehrlicht, feignant un appel de contrôle d'EDF. D'abord aimable, Georges Crémieux avait durci le ton devant l'insistance de son interlocuteur à lui faire relever ses compteurs. Ce n'était pas le moment. Le vieil homme avait

raccroché. Les deux policiers s'étaient alors installés, Ménard sortant un sandwich d'un sac plastique,
Dossantos attrapant un Tupperware dans son sac de
sport noir. Ménard avait fait la grimace.

— Tu ne manges que ça ? Du riz et du blanc
d'œuf ?

— Oui ! Sucre lent et protéines. Pas de matières
grasses. Voilà l'athlète !

Il étendit les bras pour contracter ses biceps mais
comprit vite qu'il n'avait pas la place.

— Poids et vitesse. Pour un maximum de dégâts à
l'impact. Mais le poids peut limiter la vitesse. Alors,
il ne faut que du muscle, pas un gramme de gras. Un
serpent peut lancer une attaque à une vitesse de deux
mètres cinquante par seconde. Tu trouves que c'est
rapide ?

Dossantos s'était figé et le regardait. Ménard sourit, embarrassé.

— J'imagine, oui… Je ne sais pas.

— Un homme entraîné attaque à plus de dix mètres
secondes. T'imagines ?

Les yeux du colosse luisaient légèrement et le
fixaient toujours.

— C'est impressionnant. C'est sûr !

— Je m'entraîne pour ça : vitesse, puissance. À ça,
tu ajoutes technique et contrôle, et tu es invincible.

— Et tu es invincible ?

— Bien sûr !

Ils rirent à gorge déployée.

— Tu viendras un jour. Tu verras si ça te plaît. Il

faut être fort pour défendre les faibles. Et défendre nos citoyens, c'est le métier que tu as choisi.

— Pourquoi pas…, mentit Ménard.

— Je devais y aller ce soir aussi, mais bon. On a du boulot.

— Tu crois qu'on va rester là toute la nuit ?

— On verra avec Mehrlicht. Il est bientôt 19 heures. Il ne devrait plus tarder. Le veinard ! J'aime bien son nouveau binôme !

— C'est clair. Elle a un petit côté chatte de salon qui me plaît bien aussi !

Dossantos mit la radio du central en veilleuse pour écouter les derniers tubes de la chanson globale, les pubs qui conseillaient d'acheter n'importe quoi et, si possible, en masse, et le flash info de dix-neuf heures d'une radio FM : la pollution connaissait un pic en cette rentrée, comme aux autres rentrées, la CGT appelait à une grève nationale contre le gel des salaires dans tous les secteurs, grève qui risquait de peu mobiliser l'opinion, un navire avait dégazé au large de la Bretagne mais l'enquête était en cours, le moral des Français était plutôt bon, l'homme qui s'était échappé de prison la veille avait bénéficié de complicités internes parmi les personnels pénitentiaires, un incendie avait éclaté de nuit dans une grande surface parisienne, le second cette semaine, ce qui relançait le débat sur les normes électriques, le soldat français blessé la veille au Tchad était hors de danger, Obama sommait les banques de limiter les parachutes dorés, le temps resterait radieux et chaud ces prochains jours, ce qui était véritablement une aubaine pour les Capricornes et les Poissons.

— Ça va mieux avec Mehrlicht depuis ce matin ?

— Je fais le boulot. Je ne réponds pas quand il me cherche. Je fais le stagiaire. Voilà !

— Tu as raison. Ne fais pas de vagues ! Combien de jours il te reste pour finir ton stage ?

— Cinq. Et je repars à l'école pour trois semai…

Dossantos l'interrompit d'un coup de coude et pointa le trottoir opposé du menton. Un homme d'une trentaine d'années, brun, le cheveu court, vêtu d'un costume anthracite, venait d'entrer dans la cabine téléphonique à proximité de la porte cochère.

— On a du mouvement.

— Sûrement un type du quartier, vu son costume, tenta Ménard.

— Ouaih… Le gardien chez Crémieux a bien parlé de deux types en costume ?

Les deux policiers se turent pendant que l'homme composait un numéro.

— Pourquoi il n'appelle pas de chez lui s'il est du quartier ? se demandait Dossantos à voix haute.

— Il rend visite à quelqu'un, un copain, répondit Ménard.

— Ouaih…

Il reprit :

— Un beau costume et pas de portable…

— Il l'a perdu ou oublié chez lui, para Ménard. Et il appelle pour demander le code.

— Ouaih…

Le type raccrocha. Après quelques secondes, il fit un signe de la main. Dossantos et Ménard regardèrent ensemble au bout de la rue. Un second type en costume sombre apparut. Ses cheveux formaient une masse brune et frisée. Il remonta la rue jusqu'à la porte cochère, passa devant la cabine téléphonique sans regarder l'autre type et vint se placer devant les interphones. Les deux policiers se baissèrent dans la voiture.

— Je suis toujours parano, tu crois ? demanda Dossantos.

— Non, là, je crois qu'il se passe un truc. Qu'est-ce qu'on fait ?

— On attend et on voit la suite. Cheveux noirs et frisés… Ce n'est pas ce qu'ont dit les gars qui ont trouvé Crémieux ?

— Si, je me souviens. Tu as raison.

Pendant près de dix longues minutes, les deux types restèrent en position. L'un feignant d'être en communication dans la cabine, l'autre lisant et relisant les noms sur l'interphone. Dossantos et Ménard les observaient toujours. Un taxi remonta la rue en warning et s'arrêta devant l'immeuble des Crémieux.

— Ils ont réussi à les faire sortir, j'y crois pas ! grogna Dossantos.

Ils restèrent encore quelques longues secondes à observer les deux types. Puis Dossantos dit :

— J'y vais !

— Hein ?

— Ils vont entrer dans l'immeuble et on sera cuits.

J'y vais et tu me rejoins quand je suis au contact. Tu t'occupes du gars dans la cabine.

Ménard resta un instant sans voix, le souffle coupé.

— OK !

Dossantos ouvrit lentement la portière et sortit de la voiture en restant baissé. Accroupi, il longea la rangée de voitures afin de s'éloigner de son propre véhicule. Il voyait les deux types à travers les vitres. Ils n'avaient pas bougé. Dossantos continua de s'éloigner. Il voulait se relever sans avoir l'air d'apparaître. Mais soudain, la porte cochère s'ouvrit et un couple âgé en sortit. L'homme aux interphones les salua et retint la porte. Dossantos se releva et traversa la rue d'un pas rapide, les mains dans les poches en direction de la porte. L'homme de la cabine téléphonique le repéra et le suivit du regard, tout en faisant semblant de poursuivre sa conversation. Les Crémieux montèrent rapidement dans le taxi qui démarra. Dossantos dépassa la cabine et approcha de la porte. Le type en costume était entré et retenait la porte. Dossantos s'immobilisa devant les interphones et y chercha un nom. Le type de la cabine attendit un temps, et voyant que l'homme en polo blanc tardait à trouver ce qu'il cherchait, il sortit de la cabine pour rejoindre son comparse. Il arriva à la porte. Dossantos se tenait maintenant entre celui qui tenait la porte et celui qui arrivait. Il se tourna alors vers la porte, remercia celui qui la tenait et pénétra dans l'immeuble au moment où il entendit la voix de Ménard :

— Police judiciaire ! Bonjour, messieurs !

Dossantos, dans le hall d'entrée, eut à peine le temps de se retourner que déjà le type qui tenait la porte lui fonçait dessus, bras en avant, pour le pousser au sol. Le colosse saisit un bras et projeta son agresseur par-dessus lui. L'homme retomba lourdement mais se releva et fit de nouveau face. La porte d'entrée s'était refermée derrière le policier dans un claquement sec. L'homme ne trouverait aucune issue tant que le colosse serait debout. Alors, il tira un couteau de sa ceinture. Il chercha un instant dans les yeux du large type en polo blanc un peu de peur ou même un moment de doute. Dossantos ne sourcilla pas lorsqu'il bloqua le coup et que son coude percuta le menton de l'homme ; celui-ci tomba au sol comme une feuille qui, présomptueuse, a tenté de résister à l'automne. Dossantos se précipita vers la porte et l'ouvrit. Ni Ménard ni l'autre type n'étaient en vue. Il fit un pas et, tout en gardant un pied dans la porte, regarda de chaque côté de la rue. Ménard approchait en courant.

— Le con... Il m'a percuté, je suis tombé. J'ai essayé de le rattraper mais... Je suis revenu t'aider.

— Mais pourquoi tu as gueulé « police » ? On n'avait rien contre ces types !

Dossantos entra dans l'immeuble en réajustant sa veste bleue. Le type était au sol, encore inconscient. Il en profita pour lui passer les menottes.

— Je suis désolé. Je croyais... Il fallait vérifier leurs papiers, non ?

— Et après, ça les aurait empêchés de cambrioler les Crémieux, tu crois ?

— Je suis désolé, répéta Ménard.

— Ce n'est pas grave. Ça sert à ça, un stage, non ?
À faire des conneries.

Dossantos revint à l'intérieur de l'immeuble. Il
ramassa le couteau, le rangea dans sa ceinture, et
gifla le type qui ouvrit un œil.

— Debout ! On va au poste, il faut qu'on parle.

Le type planta un regard noir dans les yeux de
Dossantos. Ses cheveux noirs frisés rebiquaient légèrement après la bagarre.

— Lâchez-moi. J'ai rien fait, protesta-t-il.

Dossantos approcha son visage et le colla presque
à celui du type.

— Il va me falloir un peu de temps pour te faire
la liste de tous les articles du code pénal que tu as
enfreints aujourd'hui. On fera ça au poste.

Ménard et Dossantos relevèrent l'homme et l'ame-
nèrent à l'arrière de la voiture.

— Je vais monter derrière, avec lui, dit Dossantos.
Toi, tu conduis. Mais d'abord, j'appelle Mehrlicht.

28

Sophie Latour se calmait petit à petit. Mehrlicht l'avait encore affectée à la tâche ingrate que tout le monde fuyait. Ce n'était pas qu'il l'eût en grippe pour quelque motif. Il savait que si elle passait effectivement beaucoup de temps avec les victimes, elle en ressortait toujours quelque chose, un détail, une anecdote qui finalement faisait avancer l'enquête. Ce n'était pas cela. Le problème était véritablement que Mehrlicht ne pouvait pas comprendre qu'on ait pu un jour penser recruter des femmes dans la police. Le débat sur la parité, l'appel à l'égalité des sexes, les revendications des femmes avaient bien eu lieu, mais pas dans le monde où vivait Mehrlicht. C'était un peu comme si son cerveau était dans l'incapacité d'appréhender pareil concept. Ainsi, le concept n'existait pas. Il n'y avait pas de problème. Mehrlicht et Dossantos allaient sur le terrain. Elle s'occupait des victimes, passait les coups de fil, vérifiait les caméras et lisait les centaines de feuilles de papier. Elle avait bien tenté à plusieurs reprises de le lui expliquer. Il ne niait pas. Il ne comprenait vraiment pas. Elle faisait partie des *gars*. Jusqu'à un certain point. Elle avait plus ou moins accepté cet état de fait, surtout parce qu'elle apprenait beaucoup sur le métier à son contact. Mais cela ne lui évitait ni les rechutes, les moments de franche colère, ni l'exaspération. Mehrlicht était loin. Il vivait dans un autre monde et n'entendait rien à ses demandes à elle. Mais il insistait pour qu'elle le tutoie. Elle n'y parviendrait jamais. Peut-être parce qu'elle s'y refusait.

Elle se frotta les yeux et se remit au travail. Les tas devant elle devenaient plus clairs. Crémieux avait réuni de nombreuses notes sur Napoléon III, extraits de livres, pages de sites web, commentaires personnels qui couvraient une période courant de 1860 à 1894, sans qu'elle pût dire pourquoi... Le lien avec son assassinat, s'il y en avait un, restait obscur. Crémieux avait composé une sorte de mosaïque où transparaissait un empereur érudit et raffiné, un scientifique, un architecte, un archéologue qui avait été l'instigateur des grands travaux du baron Haussmann à Paris. On y voyait aussi un homme malade qui dès 1863 souffrait de violentes douleurs au bas-ventre et craignait de ne pouvoir tenir les rênes de son empire suffisamment longtemps pour les transmettre à son fils alors âgé de sept ans. Une autre facette montrait un humaniste qui refusa la guerre de 1870 envers et contre tous, avant d'y être acculé pour asseoir son pouvoir. Enfin, on y voyait une « légende noire » forgée en particulier par Victor Hugo, son ennemi intime, qui opposait ce « Napoléon le petit », ce « Césarion » ridicule au grand Napoléon Iᵉʳ.

Latour avait fini le premier tas. Le personnage était attachant et agréable. L'atelier lecture improvisé par Mehrlicht l'était beaucoup moins. Elle sentit la colère remonter et se passa les deux mains de chaque côté de la tête, plongeant ses doigts diaphanes dans sa chevelure rousse. Elle jeta un œil las au reste des feuilles. Son regard glissa sur le papier et remonta jusqu'à la fenêtre. Elle se demanda ce que faisait Jebril. Elle l'imaginait assis dans la cuisine en train d'ânonner les textes surannés d'un album de *Martine*, ou un article du *Libération* de la veille. Elle sourit. Il parlait de mieux en mieux français, mais l'accent restait terrifiant. Tellement guttural. Il s'en voulait de ne pas maîtriser le français et chaque soir ils travaillaient ensemble. Elle se souvenait de la première fois qu'ils s'étaient rencontrés. Lui n'avait pas dit un mot, elle seule avait parlé. Elle se tenait sur le trottoir du boulevard Richard-Lenoir, devant un cordon de CRS. Ils encadraient une manifestation de sans-papiers. Le cortège d'hommes – il y avait peu de femmes – progressait lentement vers la Bastille en criant, en chantant. Certains jouaient de la musique. La manifestation était calme. Ils demandaient aux autorités le droit de circuler, de travailler, d'être libres. C'est alors qu'un type à la chevelure ébouriffée et sombre, un grand type barbu en jean et veste de laine noire, était sorti de la foule et s'était dirigé vers les CRS. On avait senti la tension monter d'un cran du côté de la loi. Le type était-il fou ? Il s'était dirigé aussitôt vers elle, fixant son regard au sien. Elle n'avait pas bougé. Parvenu à un mètre d'elle, il avait tendu une main fermée, puis l'avait ouverte, révélant une petite fleur confectionnée par pliage d'un ticket de métro. Il n'avait rien dit. Il avait juste souri. Elle avait vu pour la première fois en cet instant le gris profond de ses yeux, et leur douceur. Il était resté planté là, attendant qu'elle prît la fleur. Les CRS derrière elle s'étaient ébroués, impatients. Alors, elle avait dit :

— Embarquez-le !

Elle rit en y repensant et porta la main à sa bouche comme pour prévenir un cri après une bêtise. Mais ce qu'elle appelait *bêtise* avait plutôt mal tourné à l'époque. Les CRS l'avaient empoigné et menotté. Il s'était rapidement retrouvé dans l'un des fourgons en partance pour le dépôt. L'incident semblait clos. En fait, il ne l'était pas. Latour avait eu beau retourner la scène dans sa tête, la revoir, la chasser pour la voir revenir… Les faits restaient les mêmes : elle avait fait coffrer un type qui lui offrait une fleur. Et ce type allait bientôt être transféré vers un centre de rétention avant d'être chartérisé *manu militari* par Marianne vers une contrée lointaine où il n'était certainement pas le bienvenu. Qu'il n'avait même peut-être jamais vue. Parce qu'il lui offrait une fleur. Son estomac s'était rapidement transformé en corde à nœuds et elle avait sauté dans le véhicule de fonction. Elle avait foncé au dépôt et avait raconté n'importe quoi, que ce type devait être libéré parce que… parce que! Parce que c'était un témoin! Et un indic! Et que c'était important! Et qu'elle s'en chargeait. Les fonctionnaires du dépôt n'avaient pas insisté. Ils avaient plus craint cette femme à demi folle que leur hiérarchie. Et puis, vu que le type n'était pas encore enregistré… Elle avait remercié les collègues et était ressortie avec lui. Sur le trottoir, elle avait pris son courage à deux mains et lui avait dit qu'elle était désolée, mais qu'il n'avait pas été prudent, aussi, que les CRS, ça ne rigole pas. Il avait souri et avait dit *merci* avec un accent improbable. Il avait alors mis la main dans sa poche, avait ressorti la petite fleur de papier et la lui avait tendue. D'abord embarrassée, elle avait souri à son tour et l'avait acceptée. Elle avait ensuite proposé de le rapprocher de Bastille et l'avait déposé à proximité du commissariat du XIIe arrondissement où elle devait rendre le véhicule de fonction. Ils s'étaient quittés là. Le soir, elle avait beaucoup repensé à lui, à la journée. Le lendemain, en sortant du commissariat, elle l'avait revu. Il se tenait contre un mur en face du commissariat où il l'avait attendue presque toute la journée. Elle était allée le voir pour lui dire de ne pas rester là, qu'il allait être arrêté. Il lui avait alors proposé de boire un café en récitant une phrase qu'il avait, semblait-il, apprise par cœur. Son effort l'avait fait rire, ses yeux l'avaient encore émue. Elle avait refusé ce jour-là, le lendemain également. Le surlendemain, elle avait capitulé et était allée boire un café avec lui. La discussion avait été difficile mais elle s'était montrée patiente. Il lui avait fait comprendre qu'il avait été infirmier en Tchétchénie et qu'il avait fui avant de se retrouver lui-même sur un brancard de fortune. Maintenant, il était en France et il n'était rien. Si, un *sans-papiers*. Il espérait un visa pour passer en Grande-Bretagne, sans beaucoup d'espoir. Il avait proposé de la revoir le jour suivant. Elle avait accepté. Il était venu avec un bouquet de fleurs en tickets de métro. Elle avait ri. Ils avaient discuté jusqu'au soir, jusqu'à la fermeture du café, et s'étaient promis de se revoir le lendemain. Le jour suivant, il lui avait apporté de vraies fleurs. Elle l'avait invité à dîner chez elle. Ils ne s'étaient plus quittés depuis. Cela faisait quatre mois, quatre mois pendant lesquels elle avait lutté avec sa conscience, son supposé devoir, tandis qu'elle hébergeait un sans-papiers, l'abject *délit de solidarité*. Tant qu'ils restaient discrets, ils ne risquaient rien. Et elle avait des papiers pour deux. Mais il avait fallu qu'elle parle à Dossantos de son voisin, qu'elle jette le doute, la suspicion. Elle se mordit la lèvre. Comment avait-elle pu être aussi bête ? Elle voyait déjà l'intervention de la police dans son immeuble. Une fouille. Une interpellation de Jebril à qui l'on demandait s'il avait des papiers... Des papiers... Elle ramena les yeux vers les tas, soupira, et attrapa une nouvelle feuille.

29

La voiture banalisée filait à travers les rues parisiennes. Mehrlicht avait saisi la poignée au-dessus de sa tête et fixait la route.

— Vous conduisez toujours comme ça? demanda-t-il.

— Que voulez-vous dire?

— Je veux dire que j'ai la place du mort, faudrait faire gaffe!

Elle sourit.

— Détendez-vous! J'ai mon permis. Il m'a fallu quatre ans pour l'avoir, mais je l'ai eu.

— Quatre ans? C'est vrai?

Il se racla la gorge.

— Non, répondit-elle, mais cela doit vous conforter dans vos opinions machistes.

— Machiste? Mais je suis pas machiste pour un rond, vous rigolez? Vous avez voulu conduire, il y a pas de problème.

Elle le regarda.

— Vous transpirez, là, non?

— Regardez la route, putain ! On va mourir !

Il fit mine de tourner la tête vers l'extérieur pour se mordre les lèvres. Il ne cherchait pas à être aimable. Mais il devait s'assurer d'être convenable. Elle reprit d'une voix douce :

— Vous n'utilisez que ce mot-là comme juron ? Et vous ne vous interrogez pas ?

— Sur quoi ?

Elle soupira et se tut. Il ne dit rien non plus. Un silence électrique emplit la voiture pendant de longues minutes.

Il reprit :

— Dans le Sud, ils disent « putain ». Et personne dit rien !

— Oublions cela, voulez-vous ? C'est à quel numéro de la rue de la Terrasse ?

— Au 15.

Ils se turent de nouveau. Mehrlicht ouvrit le petit sac plastique qu'il avait sur les genoux et en tira l'épais livre noir qu'il venait d'acquérir rue Serpente.

— Ils avaient que ça, lança Mehrlicht en guise de présentation du livre.

— C'est la thèse de Malasingne ? demanda-t-elle, peu intéressée.

Il se racla la gorge.

— Oui et non. C'est la version publiée. Raccourcie. J'ai demandé à voir l'original.

— Très bien.

— Ils l'avaient pas.

Il la fixait, attendant sa réaction. Elle s'en aperçut.

— Pourquoi me regardez-vous comme cela ? demanda-t-elle, surprise.

— C'est quand même bizarre, non ? Ils gardent toutes les thèses là-bas. Ils m'ont expliqué. Sous trois formes : papier, microfilmée et numérique. Plus la thèse publiée qui est un condensé.

— Et ? s'enquit le capitaine Zelle, par politesse.

De toute évidence, la démonstration lui semblait un peu longue et sans intérêt.

— Bah ! aucune trace. Ils ont que ça, conclut Mehrlicht.

Elle réfléchit un instant.

— Je ne sais pas si vous êtes déjà allé aux archives de la police, à la préfecture, mais on s'y perd. C'est le lot des archives, si vous me permettez.

Elle se tut et sourit. Il regarda devant lui et se racla la gorge.

— Ça vous ennuie si je clope, là ?

— Ouvrez votre vitre.

— Merci.

— « *Conduire dans Paris, c'est une question de vocabulaire* », dit tout à coup Max Révol.

Mehrlicht tira son portable.

— Cette citation-ci est amusante, en revanche, commenta le capitaine Zelle.

— Mehrlicht.

— C'est Mickael. On a interpellé un type en costume chez les Crémieux. Ils étaient deux. Ils ont fait partir les parents et allaient visiter l'appart. Puis ils ont attaqué deux agents de la force publique. Il y en a un qui s'est barré. Le deuxième est menotté dans la voiture.

— Que du bonheur ! Tu le ramènes à la boutique et tu convoques le gardien de la mère Crémieux pour l'identification. T'envoies une voiture le chercher, ça ira plus vite. J'arrive.

Il regarda le capitaine Zelle.

— On arrive.

Il raccrocha.

30

Cela faisait maintenant deux heures qu'ils l'inter-rogeaient, et le type restait droit dans son costume, impassible. Sa mâchoire carrée et ses pommettes saillantes lui faisaient un visage tout en angles, qui contrastait avec la boule de cheveux noirs et frisés autour de son crâne. Ses yeux fixes étaient tout aussi noirs. On aurait dit monsieur Tout-le-monde, si l'on omettait les stigmates de la rue : ses joues étaient creu-sées et grisâtres comme les cernes sous ses yeux. Sa peau était burinée comme s'il avait passé sa vie en mer avec des tonneaux de rhum pour seules provisions. Ses mains étaient rayées et dures comme de la pierre. Il les avait probablement lavées, mais n'avait pu faire disparaître la crasse bleutée de ses ongles. Il semblait avoir un peu moins de cinquante ans, mais devait en avoir un peu plus de trente. Il était resté de marbre lorsqu'on lui avait parlé d'avocat commis d'office, et n'avait pas exprimé le souhait de téléphoner. Le gardien de l'immeuble de Jeanne Crémieux, un cer-tain Pipemot, plutôt mal nommé, avait formellement reconnu l'homme en costume et s'était déclaré prêt à témoigner devant toutes les cours de justice connues de Paris à La Haye. C'était bien l'un des deux types qui étaient venus cet après-midi-là. Deux des ouvriers de la SNCF étaient passés, mais n'avaient pu être catégoriques dans leur identification. Les agresseurs étaient loin, portaient d'autres vêtements. Il y avait bien les cheveux, mais… Mehrlicht et son équipe attendaient beaucoup des autres ouvriers. Le couteau qu'il avait tenté d'introduire dans Dossantos avait été envoyé chez Carrel afin que ce dernier pût déterminer s'il s'agissait de l'arme qui avait tué Crémieux. *A priori*, le légiste semblait corroborer cette hypothèse. L'homme en costume avait écouté les officiers de police lui répéter ces faits, à tour de rôle, mais il ne lâchait rien. À peine avait-il tiqué lorsqu'on lui avait signifié que la montre-bracelet qu'il avait au poignet droit portait un numéro de série qui la reliait directement à l'un des supermarchés dont on avait parlé ces derniers jours. Mehrlicht lui avait demandé comment une montre qui avait disparu dans l'incendie accidentel d'un supermarché pouvait se retrouver à son poignet. Comment il se faisait que son costume était de la marque de ceux qui étaient vendus dans ce même supermarché, tout comme ses chaussures. L'homme, impénétrable, avait gardé les deux mains sur ses genoux, rapprochées à cause des menottes, et avait juste haussé les épaules. Il regardait attentivement chacun de ses interlocuteurs, montrant même parfois un certain intérêt pour leurs propos. Il s'appelait Martial Ferrand. C'est du moins ce que disait sa carte d'identité, bien qu'elle fût périmée depuis quelques années. Il avait trente-huit ans et était né en Bretagne, à Brest. Il n'avait rien sur lui si ce n'étaient cette carte d'identité, un billet de cinq euros et deux petites clés métalliques dont l'une semblait être un passe où était gravé « Morris – Ville de Paris ».

Dossantos était debout contre le mur. Mehrlicht regardait la carte d'identité, assis en face du type chevelu, à côté du capitaine Zelle qui ne disait rien. Entre eux deux ronronnait un caméscope qui enregistrait la garde à vue.

— Ferrand ! C'est ton vrai nom, ça ? demanda Mehrlicht.

— Oui. Et c'est ma carte d'identité.

— Et tu habites toujours à Brest ? demanda Dossantos.

— Non, j'ai déménagé. Je cherche un appartement à acheter à Paris.

— Ah oui ? Tu sais que le marché de l'immobilier est en crise. Les prix se sont envolés, coupa Dossantos.

— Je sais. Pouvez-vous arrêter de me tutoyer ?

— Il tutoie toujours les gars qui ont essayé de le poignarder. C'est un sentimental. Faut croire que ça crée des liens, ironisa Mehrlicht sans sourire.

— C'est votre version des faits.

Mehrlicht regarda l'homme au costume et s'approcha.

— Explique-nous ça !

— J'ai entendu dire qu'un appartement était à vendre dans l'immeuble. J'ai voulu le visiter et j'ai été attaqué par deux individus. Votre collègue, après m'avoir assommé, m'a menotté, et à mon réveil il m'a annoncé sa qualité de policier.

— Tu oublies un élément : il a inventé une histoire de couteau, certainement trouvé sur les lieux.

— Je ne comprends rien à cette histoire de couteau, répondit-il.

— Et ton complice qui a bousculé notre collègue ? demanda Dossantos.

— Je n'ai pas de *complice* lorsque je visite des appartements, railla Ferrand tout en remettant en place les plis de son pantalon.

Mehrlicht fit une pause et réattaqua. Il savait que le travail de sape prendrait des heures. De toute manière, l'histoire du type ne tenait pas.

— Tu travailles dans quoi, monsieur Ferrand ?

L'homme goûta le « monsieur » et sourit.

— Je suis rentier.

— C'est une veine, ça, putain ! Et tu habites où, en ce moment ?

— À l'hôtel. J'essaie de changer tous les jours. Ça dépayse.

La porte s'ouvrit et Ménard passa la tête. Il fit un signe à Mehrlicht qui se leva et sortit. Dossantos s'approcha de Ferrand pour prendre la suite et s'installa à côté du capitaine Zelle. Mehrlicht referma la porte derrière lui.

— Tu as quelque chose, inspecteur Ménard.

— Oui, je l'ai trouvé.

Ménard semblait content de lui.

— Martial Ferrand. Il était cadre chez Carrefour, il y a six ans. Il a démissionné après une plainte de l'inspection du travail contre lui. Il n'a pas retrouvé de boulot. Ce type était SDF il y a quatre ans. J'ai retrouvé trace de son carnet de circulation. La commune de rattachement est Paris.

Ménard tira de son dossier une feuille où figurait tout l'état civil de l'homme ainsi qu'un portrait. C'était bien le Ferrand qui était en garde à vue, on le reconnaissait bien même s'il semblait avoir quinze ans de moins. La date au bas du document indiquait que la photo avait été faite quatre ans plus tôt.

Ménard poursuivit:

— Depuis trois ans, il n'a fait viser son carnet par aucune autorité. Il a disparu.

Mehrlicht soupira:

— On préfère coller une amende à un SDF quand on le retrouve plutôt que de lancer un avis de recherche quand il disparaît... Ce type m'a quand même l'air de péter le feu pour un SDF disparu. C'est quoi sa dernière apparition officielle?

— Il a dormi dans un foyer près de Belleville. Il avait donné ça comme adresse aux derniers contrôles.

— Tu t'occupes de ça. Tu appelles ou tu vas là-bas et tu te rencardes sur Ferrand et Malasingne.

— Sophie... Le lieutenant Latour voulait vous voir à propos des papiers.

— Je passerai tout à l'heure. Tiens! Dis-lui de

commander des pizzas pour tout le monde. Là, je retourne à la tambouille pour faire dégoiser Ferrand. Tu m'appelles quand t'as les infos. Après, tu fonces au page.

Le front de Ménard se fronça.

— Au *page*?

— Au pieu. Tu vas au lit. Demain, on attaque tôt.

— OK!

Ménard fit demi-tour et s'éloignait lorsque Mehrlicht l'apostropha:

— Inspecteur Ménard. C'est du bon boulot!

Ménard se retourna, surpris.

— Oui. Je veux dire. Merci, capitaine.

Mehrlicht rouvrit la porte de la salle où l'on interrogeait Ferrand. Dossantos était debout à côté de lui, les deux poings sur la table. Il récitait un article du code pénal. La tête baissée, Ferrand regardait la table, las.

— Ça veut dire que tu as voulu assassiner un flic, tu comprends?

L'homme releva la tête quand Mehrlicht vint se rasseoir sur sa chaise.

— Reprenons, Ferrand. Tu nous parlais de tes rentes.

— Je n'ai rien à vous dire sur ma situation financière.

— Moi, je peux te parler de ta situation financière, si tu veux, lui murmura Mehrlicht.

Ferrand resta silencieux. Il dévisageait l'homme à tête de grenouille qui, étriqué dans son vieux costume marron et sa cravate beige, s'agitait et coassait devant lui.

— On a trouvé ton carnet de circulation. T'es un clodo, Ferrand. Depuis plus de cinq ans, t'es à la rue. Tu te promènes avec un costard piqué dans un Carrefour.

Ferrand le fixait toujours.

— Alors, je me pose deux questions, Ferrand. La première, c'est pourquoi t'as buté Crémieux ? La deuxième, c'est pourquoi tu portes des frusques et des breloques qui ont *a priori* brûlé dans l'incendie d'origine accidentelle d'un Carrefour ? Qu'est-ce que t'en dis ?

— J'aimerais vous aider mais je pense qu'il s'agit d'un malentendu. Je n'ai tué personne.

— Tu es victime de nombreux malentendus, on dirait, soupira Mehrlicht.

L'homme secoua la tête en signe d'incompréhension.

— C'est à cause d'un malentendu que tu as été identifié par plusieurs témoins comme étant celui qui a cassé chez les Crémieux seniors et qui a suriné Crémieux junior gare de Lyon.

— Je ne connais personne de ce nom, déclara l'homme.

Mehrlicht lui colla la photo de la victime sous le nez. Il fit mine de la regarder.

— Non ! Je vous assure.

— C'est à cause d'un malentendu que tu as l'arme du crime dans les mains le jour suivant.

— Je vous l'ai dit, je n'ai jamais eu de couteau.

— C'est à cause d'un malentendu que tu as été viré de chez Carrefour.

Ferrand baissa les yeux, touché, puis fixa de nouveau Mehrlicht.

— J'ai démissionné. Vous êtes mal informé.

— Ah oui ? T'as peut-être raison. Nous verrons ce que dit ton ancien employeur.

Le regard de Ferrand se figea dans le vide. Il semblait involontairement se remémorer des événements lointains. Mehrlicht le laissa se souvenir un instant, puis, le voyant absent, revint à la charge :

— Pour la première question, je crois que j'ai un début de réponse.

Ferrand sembla se réveiller et le regarda. Mehrlicht se leva et sortit de la pièce. Il revint une minute plus tard et déposa sur la table un long morceau de tissu blanc qu'il ouvrit. Un éclair de panique passa dans les yeux de Ferrand lorsqu'il vit le fusil.

— Ah ! Je savais que ça te dirait quelque chose, triompha Mehrlicht.

L'homme remit son masque d'indifférence. Mehrlicht planta ses deux poings sur la table, reposant de tout son poids, et fixa Ferrand dans les yeux avec le plaisir de l'enfant qui arrache ses ailes à une mouche.

— Crémieux a piqué ça quelque part. Toi et tes deux copains, vous avez voulu le récupérer. Vous avez retrouvé Crémieux au petit matin, et vous l'avez suivi jusqu'à son studio. Vous avez compris que c'était pas

223

un clodo. Mais vous avez pas retrouvé le fusil. Alors, vous avez essayé de l'amener quelque part… Pour le faire parler ou pour l'amener à quelqu'un. Mais vous tombez nez à nez avec les ouvriers sur les rails, alors, vous le butez. Après, la nuit suivante, pour éviter de retomber sur des témoins, vous retournez au studio. Vous fouillez tout, mais vous trouvez toujours pas le fusil. Vous maquillez un incendie et vous vous barrez. Pas de cul : le feu est neutralisé et on retrouve tous les documents…

L'homme leva la tête comme s'il avait reçu une décharge électrique.

— Ah ! Tu t'y attendais pas à celle-là, putain !

— Capitaine, s'il vous plaît. La garde à vue est filmée, interrompit le capitaine Zelle.

Mehrlicht la regarda. Il comprit qu'elle pensait qu'il en disait trop.

— Allez ! Je vous le laisse. Je vais fumer un clope.

Ferrand le regarda gagner la porte.

— Vous allez me garder combien de temps ?

Mehrlicht se tourna vers Dossantos, qui enchaîna :

— La garde à vue peut durer jusqu'à soixante-douze heures dans le cadre de crime, de meurtre commis en bande organisée prévu par l'alinéa 8 de l'article 221 tiret 4 du code pénal.

— Voilà ! T'as ta réponse. Tu vois, ça nous laisse encore du temps pour rigoler, dit le petit homme en rajustant sa veste.

Mehrlicht quitta la salle, laissant Dossantos et le capitaine Zelle prendre la suite. Il grognait.

L'interrogatoire ne donnait rien. Dans le couloir, il dégaina son portable et composa le numéro de Carrel :

— Mehrlicht. Dis-moi, j'ai une faveur à te demander. Non, non. Rien de buccal. Je voulais savoir si tu peux passer voir Jacques tout à l'heure. Je suis coincé au turbin. Super ! Il y a autre chose. Tu peux lui dégoter une bouteille de côte-rôtie ? C'est moi qui rince. Super. Salut… Allô, allô, Régis ? Ouaih, j'oubliais. Pour le couteau, t'as du neuf ? Les RG ? Putain ! Tu peux m'envoyer une copie ? Non ! Un Mars non plus. Dis-moi, il est temps que tu te retrouves une nana vivante, elles te suffisent plus, tes macchabs. OK. Je te rappelle. Tu embrasses Jacques pour moi. Salut.

Il entra dans le bureau pour prendre l'un de ses paquets de gitanes de secours dans son tiroir et vit par la fenêtre que la nuit était déjà noire. Latour était toujours assise et lisait les documents de Crémieux. Elle leva les yeux lorsqu'il entra mais ne dit rien.

— Il ne s'allonge pas, ce con ! grogna Mehrlicht. Si Carrel identifie le couteau, on peut le déférer, mais il nous manque plein d'infos, putain. Et ce fusil Chassepot, c'est quoi, le rapport ?

Elle soupira, semblant tempérer provisoirement sa colère.

— J'ai quelque chose sur le Chassepot dans les pages de Crémieux.

Mehrlicht se redressa et porta une cigarette à sa bouche.

— Ah ? Et ça dit quoi ?

Elle manipula les tas un instant tandis que

Mehrlicht approchait de la fenêtre entrouverte. Il alluma sa cigarette.

— Je l'ai : *fusil d'infanterie Chassepot Modèle 1866. Il fut adopté le 30 août 1866 par l'Armée Impériale sur décision de Napoléon III. L'empereur lui-même avait passé commande de deux mille sept cents exemplaires pour sa garde rapprochée. C'était un fusil moderne. Un des premiers à fonctionner avec des cartouches. Une cartouche contenait six grammes de poudre noire enveloppée dans une gaine de cellulose et...*

— OK ! OK ! On a peut-être pas besoin de tous ces détails.

— Moi, je vous lis ce que Crémieux a noté sur le Chassepot.

— Il y a autre chose à part la technique ?

— Oui... Attendez. Il a noté qu'il voulait rencontrer un type... Un conservateur du musée de l'Armée. Il devait le voir pour obtenir plus d'informations sur ce type de fusil. Mais il n'y a pas son nom.

— Bon ! On ira demain à l'ouverture. Qu'est-ce qu'il y a d'autre ?

— C'est tout pour le Chassepot. Il y a des infos sur Napoléon III. Ça va de 1860 à 1894.

— Il se passe quoi, en 1860 ?

— Attendez, je vérifie...

Elle farfouilla de nouveau dans son tas de feuilles.

— J'ai pris des notes. En 1860, Napoléon III et son fils descendent visiter les catacombes. *C'était une visite très courue à l'époque. Les bourgeois et*

les aristocrates descendaient dans les catacombes
pour se faire peur, pour voir des crânes. Avant eux...

— OK ! Bon ! Et 1894 ? Parce que si je me souviens bien, Napoléon III clabote en Angleterre en 1873. Je me goure ?

Elle le regarda, impressionnée.

— Non, non ! C'est bien ça ! En 1894, c'est la loi sur le tout-à-l'égout. *Toutes les eaux usagées doivent être évacuées vers le nouveau réseau d'égouts afin de...*

Mehrlicht se figea et pâlit.

— Putain ! Les égouts !

Mehrlicht fouilla dans le tas de feuilles et attrapa ce que Dossantos avait appelé « le plan incomplet de Paris ». Il le déplia devant lui, sur le bureau de Ménard.

— C'est pas un plan incomplet. C'est le plan des égouts de Paris, putain ! Les galeries ont été creusées sous les rues créées par Haussmann. Crémieux a quitté la Jungle parce qu'il a découvert que Malasingne est quelque part dans les égouts.

— Vous croyez ?

Latour se leva pour venir voir le plan que Mehrlicht étalait frénétiquement sur le bureau.

— La clé de Ferrand ! Morris ! C'est un passe d'entrée des colonnes Morris. Certaines donnent accès au réseau d'égouts, putain !

— Et les croix noires sur le plan ? Crémieux a indiqué quoi, d'après vous ?

— Il y a qu'à vérifier les adresses. Regarde sur le truc de l'inspecteur Ménard, là. Le plan anglais.

— Street View ?

— Ouaih ! Tiens ! Il y a quoi 1, rue de Penthièvre, dans le VIIIe ?

— Avec un « h » ?

— Ouaih.

Latour tapota l'adresse sur son ordinateur.

— C'est une superette. Un Franprix.

— Et 67, rue Montorgueil dans le IIe ?

— Un supermarché aussi. Un Marché U.

— Putain ! tonna Mehrlicht.

Il balaya la carte du doigt, passant de croix en croix jusqu'à un point noir.

— 280, rue de Paris à Montreuil ?

— C'est un hypermarché Carrefour. Attendez… C'est celui où il y a eu un incendie accidentel il y a quelques jours.

Mehrlicht sourit.

— D'origine accidentelle, corrigea-t-il.

Il retraversa la carte d'est en ouest jusqu'à un large point rouge.

— Et… Merde ! Il y a pas d'adresse. Métro La Défense, t'as un truc ?

— Attendez, je regarde…

— Tu veux pas me tutoyer, c'est pas vrai, ça !

— 15, parvis de La Défense, j'ai le centre commercial Les Quatre Temps.

— Ouaih.

— Je revérifie, mais je ne trouve pas trace d'un incendie ou d'un casse.

— Pourquoi celui-là est rouge ?

— C'est le prochain ?

La porte du bureau s'ouvrit tout à coup. Dossantos parut et semblait paniqué :

— Viens ! On a un problème.

Mehrlicht et Latour quittèrent le bureau à la suite de Dossantos qui, à grandes enjambées, regagna la salle où l'on interrogeait Ferrand. La porte était ouverte. Le capitaine Zelle faisait face à deux hommes et une femme qui encadraient le suspect. Le commissaire Matiblout était là également, visiblement embarrassé.

— C'est nous qui avons appréhendé le suspect, monsieur le commissaire. Nous n'avons pas fini de l'interroger, s'insurgeait-elle.

L'un des hommes, un grand balaise dont la coupe de cheveux laissait transparaître son amertume de ne pas être parachutiste, et son treillis kaki sa volonté de faire croire qu'il l'était, restait inflexible.

— Nous nous occupons de cette affaire maintenant. Le suspect vient avec nous.

— C'est qui « nous » ? s'enquit Mehrlicht. Le IIIe Reich ?

L'homme aux cheveux courts posa ses yeux clairs sur le petit homme-grenouille, et resta impassible.

— Capitaine Mehrlicht, je vous en prie, intervint le commissaire Matiblout, tout engoncé dans son costume. Le commissaire Di Castillo et ses collègues sont des fonctionnaires des RG… Enfin, de la DCRI. Et la guerre des polices, c'est au cinéma.

Mehrlicht ignora le faux parachutiste et vint se planter devant le commissaire Matiblout.

— On leur donnera Ferrand quand on en aura fini avec lui.

— Nous avons fourni les documents pour le prendre en charge dès maintenant, capitaine. Le suspect ne vous concerne plus, reprit le commissaire Di Castillo du haut de son mètre quatre-vingt-cinq, en empoignant le bras de Ferrand.

— Mais votre équipe est maintenue sur l'affaire Crémieux, capitaine, déclara Matiblout, comme si c'était Noël. Nous transmettrons nos progrès au Renseignement intérieur, promit-il immédiatement à l'*Übermensch* parce que c'était aussi Noël pour lui. Matiblout pensait pouvoir satisfaire tout le monde.

— Le « FBI à la française »... On s'y croirait, putain ! jura Mehrlicht.

Les trois officiers passèrent la porte, emmenant Ferrand. Mehrlicht allait ajouter quelque chose, mais Matiblout le prit de vitesse.

— La police est une grande famille dont les membres se respectent tous.

— Gardez vos formules pour votre pot de départ, commissaire. Vous venez de gagner vos galons pour le ministère. Vous auriez juste pu prévenir, au lieu de dégoiser en loucedé. En tout cas, s'emplâtrer l'œil de bronze, ça se fait pas en famille. C'est malsain.

— Quoi ?

Mehrlicht quitta la pièce dans un raclement de gorge tonitruant. Matiblout interrogea Dossantos du regard. Celui-ci haussa les épaules, partageant la confusion du commissaire et l'écœurement de

Mehrlicht. Puis il quitta la salle suivi de Latour et du capitaine Zelle, plantant le commissaire là, tout penaud, qui desserra d'un geste lent son nœud de cravate. Réunis dans leur bureau, l'humeur acariâtre, ils restèrent à se regarder sans trouver de mots. Mehrlicht rompit le silence :

— Il est 10 heures passées. Rentrez chez vous. On reprendra tout ça demain.

31

Pour aller au centre d'hébergement, à Belleville, Ménard avait pris le métro. Il n'avait pas osé prendre une voiture banalisée. Une éraflure et c'étaient des piles de formulaires à remplir, plus de feuilles que Crémieux aurait pu en remplir en trois vies. Mais il se sentait léger pour la première fois depuis longtemps. Il faisait enfin ce qu'il avait toujours voulu faire : il enquêtait. Enfin. Toute sa vie, aussi loin qu'il se souvenait, ses parents l'avaient encouragé, dans l'étroite mesure de leurs capacités, à poursuivre ses études et à *devenir quelqu'un*, ce qui dans leur esprit, signifiait médecin ou commissaire. Ils avaient tenu une petite boulangerie à Caluire et s'étaient usés à la faire marcher pendant plus de quarante ans. Son père, avec bienveillance, avait chaque fois éconduit le moindre intérêt de son fils pour son travail au fournil. « C'est un métier, disait-il, mais ce n'est pas une vie. » Ses parents avaient tout fait pour que leur fils unique ne reprît jamais l'affaire et l'avaient d'ailleurs vendue dès leur retraite sonnée. François Ménard détestait l'école et avait été condamné à y rester. Plusieurs fois, il avait essayé de donner son avis, en vain. Les parents savent bien ce qui est bon pour leurs enfants et leur sourire affectueux avait annihilé toute désobéissance. Ses résultats en mathématiques et en sciences avaient rapidement amené ses parents à oublier la carrière médicale qu'ils lui destinaient. Il serait donc commissaire. Sa mère épluchait les programmes du ciné-club local à la recherche de films noirs, de classiques du film d'investigation ou des premiers thrillers. Plus tard, son père lui avait mis en main ses premiers polars : gamin, il avait découvert Agatha Christie, Conan Doyle, puis Boileau-Narcejac, mais ces lectures d'enfant l'avaient vite lassé et acculé au roman noir. Du sang, du mystère, du suspense… Ses parents l'avaient enfin convaincu ; c'était là le métier qu'il voulait faire. Il poursuivit de molles études jusqu'au bac, qu'il obtint sans lauriers, puis commença le droit sans plaisir. Il passa les années et les diplômes sous le regard fier mais vigilant de ses parents. Puis vint l'année où il se présenta aux concours de lieutenant de police et de commissaire de police. S'il se réjouit de réussir le concours de lieutenant, ses parents s'horrifièrent de son échec à celui de commissaire. Après la stupeur vinrent les cris d'incompréhension et les reproches, puis l'amertume rentrée. Le rêve familial s'effondrait. L'intégration à l'École de police permit à François Ménard de mettre enfin de la distance entre son avenir et leur déception. L'école, encore. Puis l'annonce du premier stage était venue et il avait demandé Lille ou Brest; en somme, d'être loin. Il avait obtenu Paris et Mehrlicht.

Assis sur un strapontin dans le wagon de métro, Ménard se mordit la joue en repensant à cet accès de colère qu'il avait eu, dans le bureau, le matin même. Il ne comprenait pas ce qui s'était passé, pourquoi il avait soudainement perdu le contrôle. Cela n'était jamais arrivé auparavant. C'était nouveau. Comme ce sentiment de légèreté qu'il éprouvait depuis qu'on lui confiait vraiment une partie de l'enquête.

Ménard descendit à la station Belleville et remonta la rue jonchée de détritus, chaussures dépareillées et emballages de piles, vieilles couvertures et vêtements tachés, que quelques camelots improvisés étalaient quotidiennement à même le sol sur plusieurs dizaines de mètres de trottoir. Chaque jour, un marché illégal s'organisait ici, un bazar misérable où, contre quelques centimes, les plus pauvres s'échangeaient leurs futiles trouvailles arrachées aux poubelles de la ville ou grappillées sous les étalages des marchés officiels. Chaque jour, on tentait ici de vendre tout ce qui pouvait l'être pour améliorer sa survie, avant l'arrivée de la police. Puis la force publique surgissait à vélo. Comme une envolée de pigeons, vendeurs et troqueurs se dissipaient alors dans un tumulte de cris; ils disparaissaient dans les ruelles adjacentes, emportant à la hâte le gros de leurs marchandises et abandonnant à regret leurs dérisoires invendus aux derniers glaneurs. Ménard suivit le sentier d'asphalte qui serpentait entre les tas de fripes et de frocs, et se présenta à la porte du

234

centre d'hébergement à 22 h 30. Il s'attendait évidemment à trouver une porte close, à voir s'ouvrir un judas laissant apparaître le visage plissé et prognathe d'un gardien acrimonieux qui, sans attendre la moindre parole du visiteur, commencerait à arguer de l'heure de fermeture, de l'importance du règlement, à coups de « C'est comme ça et pas autrement, sinon, c'est le bazar » et de « Vous vous rendez compte, si tout le monde faisait comme vous ? ». Le discours-type, en somme, du vigile auquel on donne une fonction et une once de pouvoir. Au contraire, lorsqu'il arriva, il trouva une porte ouverte sur laquelle était inscrit en lettres bleues *Maison du partage, Armée du Salut*. Ménard entra timidement dans un grand hall blanc au sol couvert d'un lino gris. Un homme brun d'une soixantaine d'années bien tassées, à large moustache et à binocles rondes, leva la tête derrière son comptoir et vint aussitôt à la rencontre du policier. Ménard remarqua immédiatement la petite croix métallique épinglée à sa chemise au niveau de la poitrine.

— Soyez le bienvenu, lui dit l'homme d'une voix chaleureuse en lui tendant la main.

Ménard lui serra la main et sortit sa carte de police.

— Bonsoir. Je suis le lieutenant Ménard, de la police judiciaire. Je mène une enquête sur un homme qui a séjourné chez vous il y a de ça quatre ans. Savez-vous qui pourrait me renseigner, s'il vous plaît ?

L'homme ouvrit les bras.

— Je suis Claude ou le père Claude, prêtre-ouvrier depuis 1976, assistant social depuis 1989 et ici depuis

1992. Je pense pouvoir vous renseigner ! Mais venez vous asseoir !

Le prêtre l'entraîna jusqu'à une table rectangulaire où ils s'installèrent face à face. Ménard était surpris de voir un prêtre en vêtements civils, mais il s'avoua ne rien connaître aux usages religieux en général.

— Vous n'avez pas grand monde ce soir, on dirait, observa Ménard en parcourant du regard la salle d'accueil vide.

— Nous proposons surtout un hébergement continu et une réinsertion à moyen terme. Les personnes qui fréquentent le centre dans la journée viennent s'y doucher, remplir des formulaires administratifs, demander conseil. Elles sont de passage. Après vingt et une heures, il n'y a que les résidents. Et ils sont dans leurs chambres, dans les étages. Mais nous restons ouverts de nuit. Pour les urgences.

— Je vois.

— De qui vouliez-vous parler ?

— De Rodolphe Malasingne. Est-ce que ce nom vous dit quelque chose ? J'ai une photo un peu ancienne...

— Oh, ce n'est pas la peine. Je me souviens de Rodolphe. Très bien !

— Ah oui ?

— Je l'ai rencontré il y a près de quatre ans, peut-être cinq. Il...

Ménard l'interrompit tout à coup :

— Excusez-moi. Ça vous ennuie si je vous enregistre ?

Le prêtre parut surpris.

— Non, non, faites ! Ce sont les nouvelles techniques de la police ?

— Euh… En quelque sorte, oui !

Ménard sortit son téléphone portable, en tapota l'écran et le posa sur la table, entre eux. Le prêtre reprit :

— C'est un de nos résidents qui l'a amené ici un soir. David Gringorie. C'était en octobre, je crois. David l'a découvert dans une ruelle. Il s'était fait tabasser salement par un groupe de jeunes de bonne famille en mal de sensations fortes. Ça arrive trop souvent. David l'a porté jusqu'ici et on l'a accueilli un temps. Rodolphe était dans un piteux état. Il était crasseux et maculé de sang. Son corps n'était que plaies et bleus. Et psychologiquement, il était à la limite de basculer, de perdre la raison. Il avait passé près de trois mois dans la rue et n'était pas taillé pour. Qui l'est ? Ce qu'ils nous racontent de leurs parcours à leur arrivée…

Le prêtre marqua une pause et baissa la tête. Il soupira et reprit :

— Je vous propose un café ?

— Euh… Oui. S'il vous plaît !

L'homme fit un aller-retour dans une autre salle et revint avec deux tasses blanches. Ménard remit son dictaphone en marche.

— Merci.

— Rodolphe était un chercheur que l'université française avait trahi, selon ses dires. Il avait été la victime d'une cabale. Bref… comme de nombreux SDF qui arrivent ici, il avait trouvé les coupables parfaits pour expliquer sa chute.

Ménard pencha la tête.

— Vous n'êtes pas un peu dur?

— Peut-être, jeune homme, peut-être. Mais mon travail consiste précisément à les remettre au centre de leur vie, pour qu'ils en reprennent le contrôle, et à chasser ces conspirateurs opportuns, souvent imaginaires, qui y occupent toute la place. Je souhaite qu'ils retrouvent la foi en eux. En Notre Seigneur Jésus-Christ, si possible, mais d'abord en eux.

Il sourit et ajouta, en regardant Ménard par-dessus ses lunettes rondes :

— La réconciliation avec Dieu commence par la réconciliation avec soi.

Ménard baissa les yeux, embarrassé, et sourit faiblement.

— Je comprends. Pouvez-vous m'en dire plus sur les fréquentations de Malasingne ? Ce David, par exemple…

— La cinquantaine. Massif. Ventru. De grosses lunettes à montures métalliques. David était ingénieur des Ponts et Chaussées. Un type brillant, en somme, à qui tout souriait. Une vie de bourgeois parisien. Jusqu'à ce que sa femme se tue au volant de sa voiture avec leur fils. De dépressions en tentatives de suicide ratées, ce brave type a coulé jusqu'à arriver ici. Il s'est pris d'affection pour Rodolphe. C'est ce qui l'a aidé à remonter, je crois. Ils ne se quittaient jamais.

Et il y avait le troisième larron : Patrick Murfe. Un grand Noir de la Réunion au visage rond. Un ancien militaire que la bouteille avait conduit de la cour martiale au caniveau.

Le prêtre fit de nouveau une pause.

— Les deux tiers des gars qui arrivent ici sont alcooliques, mais, contrairement à Murfe, c'est en général parce qu'ils le sont devenus dans la rue. On a du mal à les gérer. On a de moins en moins de moyens, mais on tient bon parce qu'on est leur dernier espoir. Les structures publiques ont fondu comme neige au soleil. Les assistants sociaux ne peuvent plus faire face. Le SAMU social est débordé… L'aide sociale n'est plus qu'un acte bénévole. Ça limite les vocations.

Il sourit tristement et tourna la tête vers le fond de la salle d'accueil.

— Je les revois : ils s'asseyaient là-bas tous les trois. Le Gamin, la Taupe et le Sergent. Ils s'appelaient comme ça, par plaisanterie. Et par tradition. Vous savez, l'état civil, c'est bon pour la société… Mais quand on n'en fait plus partie…

Il ramena ses bras devant lui et les croisa.

— Les gars utilisent des surnoms, des sobriquets liés à leur apparence, à une différence, à un ancien métier… Un petit quelque chose qui les rend encore uniques et aisément identifiables. Le Sergent, le Barbu, le Borgne… Comme au Moyen Âge, « Le-fort », « Du-pont », « Du-puits ». Notre travail consiste aussi à leur rappeler leur vrai nom, en l'utilisant, parce que se resocialiser, c'est aussi réendosser son véritable état civil.

Il marqua un temps, semblant se replonger dans ses souvenirs.

— Ils bavardaient pendant des heures, assis là-bas. On les laissait tranquilles. On voyait qu'être ensemble, c'était tout ce dont ils avaient besoin pour se retrouver eux-mêmes. « Avec Dieu, avec l'autre, avec soi » : c'est la devise de notre congrégation.

Il soupira.

— Qu'est-ce qui s'est passé ensuite ? demanda Ménard, qui pressentait un tournant tragique.

— Les trois amis ont été approchés par deux autres sans-abri. Ferrand… son prénom m'échappe. Un jeune gars aussi, la trentaine. *Victime* d'une cabale lui aussi, du magasin où il travaillait.

— On en a entendu parler de celui-là, lâcha Ménard.

— L'autre était une petite teigne qui se faisait appeler Filoche. On disait que c'était parce qu'il était dans tous les mauvais coups mais ne se faisait jamais attraper. Vous voyez le personnage… On disait à voix basse que c'était parce qu'il décampait, fou de trouille, en abandonnant ses comparses. Tortillo. Carlos Tortillo. C'était son nom. Il avait une mère espagnole, je crois. Bref… Ces deux-là étaient consumés par la colère, la vengeance, la rancœur… Ferrand voulait *faire payer* ses anciens employeurs, ses anciens collègues, ses anciens amis et… Et c'était ce qui le rapprochait de Tortillo qui voulait *faire payer* la société, la société de consommation, le capitalisme. Ces deux-là avait été privés de tout par la société. Il fallait la *faire payer* à son tour. C'est cette expression qui revenait le plus souvent.

Le prêtre s'éclaircit la voix.

— Ferrand et Tortillo ne résidaient pas ici. Mais les portes sont ouvertes. Je ne sais pas où ils se sont rencontrés tous les cinq. Mais Ferrand et Tortillo ne les lâchaient plus. Ils venaient tous les jours. D'abord distants, les trois copains ont accepté les nouveaux venus. Et de trois ils sont passés à cinq. Mais j'ai vite vu que quelque chose avait changé.

— C'est-à-dire ?

— Les discussions tonitruantes des trois amis, leurs rires, leurs pleurs aussi ne résonnaient plus dans la salle d'accueil. C'était important pour nous autres d'entendre de la vie à l'accueil. Pour ceux qui entraient aussi. La Maison du partage y trouvait toute sa raison d'être aux yeux de tous. Mais après deux semaines, ce n'étaient plus que murmures et messes basses. Ils jetaient des regards furtifs par-dessus leurs épaules pour s'assurer de ne pas être entendus. Ils partaient parfois le matin et ne revenaient que le soir tard. Découchaient même parfois. Nous autres de la Fondation, nous ne nous y retrouvions plus. « Secourir, accompagner, et reconstruire », telles sont nos missions. Pour ces messieurs, nous étions devenus un hôtel, qui plus est, un hôtel gratuit. Le directeur a mis le holà, demandant à Rodolphe, Patrick et David de travailler davantage à leur réinsertion.

— Comment ont-ils réagi ?

— Très bien. On les voyait tous les jours dans la salle d'accueil. Mais ils ne restaient plus ensemble à la même table du fond. Ils allaient de table en table, allaient à la rencontre des nouveaux, des gars de passage. Je trouvais ça bien. Ils s'investissaient dans l'accueil. C'étaient eux les anciens. C'était bien. « Avec Dieu, avec l'autre, avec soi. » Mais j'ai vite déchanté quand j'ai compris.

Ménard posa les deux coudes sur la table et s'approcha.

— Compris quoi ?

— Qu'ils recrutaient.

Ménard retomba au fond de son siège, confus.

— Recrutaient ? Qui ? Je veux dire... Pour quoi faire ?

— Je n'en sais rien. Mais les trois copains – et Rodolphe semblait le plus doué à ce jeu – proposaient quelque chose à tous ces types désespérés. Et ils l'écoutaient.

— Comment vous le savez ?

L'homme se leva et attrapa les deux tasses vides.

— Deux semaines plus tard, la salle était vide. Les trois copains avaient disparu. Et avec eux plus d'une trentaine de nos visiteurs réguliers et une dizaine de nos résidents. On ne les a jamais revus.

Le prêtre repartit dans la salle du fond. Ménard se leva à son tour. Il saisit son portable et allait l'éteindre lorsque l'homme revint, derrière le comptoir de l'accueil. Ménard s'approcha.

— Mais j'ai eu des nouvelles, indirectement, reprit-il.

— Ah oui ? Par qui ?

— Trois ou quatre semaines plus tard, j'ai eu au téléphone un copain qui travaille dans un autre centre d'hébergement. C'était un peu avant Noël. Je lui ai raconté cette histoire. Il n'a pas été surpris. Rodolphe était passé dans son centre, de table en table…

— Vous voulez dire…

— J'ai contacté les quatre autres centres d'hébergement parisiens de l'Armée du Salut. Ils connaissaient très bien Rodolphe. Un type agréable qui s'était fait beaucoup d'amis. Et qui avait disparu du jour au lendemain avec eux.

Ménard pâlit, incrédule.

— Non ? Et vous ne l'avez pas signalé ?

Le prêtre parut surpris et amusé.

— *Signalé ?* À qui ? Un SDF est un citoyen qui a disparu de la surface de la Terre aux yeux de tout le monde. Peut-on signaler la disparition d'un type qui n'existe déjà plus ?

Ménard baissa les yeux et opina. Le prêtre poursuivit :

— C'était il y a environ trois ou quatre ans, maintenant. Peu de temps après, au printemps suivant, je crois, j'ai appelé un autre copain qui travaille dans un centre de la Croix-Rouge dans le XIVe pour prendre des nouvelles, voir comment ça allait dans leur centre. Bref… Devinez quoi ?

— Quoi ?

— Rodolphe était venu. Un type agréable…

Beaucoup d'amis… *Et cætera*. J'ai quand même dû lui décrire le type dont je parlais.

— Pourquoi ?

— Parce que Rodolphe Malasingne ne s'appelait plus *Rodolphe*. Il se faisait appeler *Clopin*.

— Clopin ?

Ménard fronça les sourcils et secoua la tête avec vigueur. Il ne comprenait pas.

— *Notre-Dame de Paris*. Le roman de Victor Hugo.

— Oui… Euh… Et alors ?

— Clopin Trouillefou est l'un des chefs de la Cour des miracles. Le chef des mendiants.

Ménard ouvrit la bouche, mais aucun son n'en sortit. Les images dans sa tête défilaient à toute vitesse et se suivaient avec une logique effroyable. À la fin du film, il referma la bouche.

— Merci. Il faut que j'appelle mon supérieur. Au revoir !

Le prêtre attrapa la timbale estampillée *Armée du Salut* qui reposait ostensiblement sur le comptoir.

— Si vous voulez nous aider, un don est toujours le bienvenu…

Ménard tira un billet de cinq euros dans sa poche et le fourra dans l'urne, à regret. Il tapota ensuite frénétiquement sur son téléphone en gagnant la sortie.

— Vous savez, commenta le prêtre qui le voyait fébrile, c'était il y a plus de trois ans. Si leur projet avait donné quelque chose, on le saurait.

— On le sait depuis hier, rétorqua Ménard, depuis qu'ils ont tué un homme.

32

Dossantos descendit du métro à la station Porte de Choisy. Il devait être 22 h 00. Il remonta l'escalator et déboucha à la surface juste au moment où le bus numéro 183 quittait le quai. Il fit un signe et héla le conducteur qui freina et lui ouvrit la porte. Dossantos le remercia et s'installa au fond du bus, côté trottoir. Une voix de femme répétait les noms des arrêts, presque joviale. Il imagina un instant celle qui avait enregistré tous ces noms, pendant des heures. Il l'écoutait attentivement pour imaginer son visage, ses cheveux. Chaque intonation le renseignait un peu plus. Et puis il sut tout à coup qu'elle était mariée, quelque chose, un rien, dans sa manière de prononcer «Cimetière parisien». Il se reconcentra alors sur son arrêt et regarda au-dehors défiler les barres d'immeubles. Son attention fut attirée par un grésillement désagréable dont il identifia la source. Quatre rangées de sièges devant lui, un type avait mis en marche sa musique et son casque postillonnait à la ronde des morceaux de sons discordants. Dossantos voulut en rester là lorsqu'il croisa le regard incommodé d'une voyageuse qui, par-dessus son exemplaire de *France-Soir*, examinait le type avec méfiance. De toute évidence, elle avait suffisamment lu la presse pour reconnaître du premier coup d'œil les éléments réunis d'un fait divers. Dossantos repensa à Mehrlicht et à leur conversation, l'après-midi même dans le bois. Il était là pour une raison bien précise, et ce n'était pas le contrôle du volume sonore des voyageurs. Mais lui ne détournait pas les yeux. Il n'y avait pas de zone de non-droit.

Il quitta son siège et s'approcha du mélomane. C'était un ado d'une quinzaine d'années. Dossantos se planta devant lui. Le jeune homme tira l'oreillette de son casque pour l'entendre.

— Bonsoir ! Votre musique est trop forte. Ça dérange les autres voyageurs. Pouvez-vous baisser le volume, s'il vous plaît ?

Le jeune homme sembla embarrassé. Il rougit.

— Oui, bien sûr. Désolé.

Il sortit un petit appareil et le grésillement disparut.

— Merci, lui dit Dossantos en se rasseyant près des portes de sortie.

Il jeta un œil à la voyageuse. Elle lisait son journal en soufflant d'exaspération. Le calme était revenu. Dossantos était en partie satisfait.

— « Musée d'Art contemporain. Mac-Val », annonça la femme mariée d'une voix chantante.

Dossantos se leva et s'approcha des portes. Il appuya sur le bouton d'arrêt. Bientôt le bus s'arrêta.

Avant de descendre, il se tourna pour regarder la voyageuse. Elle lui tournait le dos et vérifiait qui montait à ce nouvel arrêt. On n'est jamais trop prudent. Dossantos quitta le bus et continua son chemin à pied dans la nuit. Il emprunta la rue qui menait à l'église puis tourna à gauche dans une rue plus étroite. Arrivé au milieu de la rue, il commença à percevoir la musique, un rap américain aux basses grasses et lourdes. Il continua d'avancer sur le fin trottoir. Enfin, il s'arrêta et leva les yeux vers un petit immeuble blanc, haut de deux étages. Les fenêtres étaient éclairées. Il entendait maintenant le débit saccadé du rappeur :

I knew this drug deala by the name of Peta
Had to buck him down with my nine millimeta !
Wadadadang ! Wadadadadang. Hey !
Listen to my nine millimeta go bang !

La musique provenait du premier. Dossantos ne comprenait pas les paroles, mais les bruitages de détonations de neuf millimètres ne laissaient aucun doute. Il secoua la tête. Cette fascination pour la violence le désolait et lui rappela un épisode d'*Esprits criminels* sur la Une. Il leva les yeux vers le deuxième étage et se demanda ce que faisait Sophie Latour. Peut-être essayait-elle de dormir… Peut-être essayait-elle de regarder la télé… Ou de lire… mais le *sauvageon* du premier l'en empêchait, pourrissant sa vie dans l'indifférence générale, en toute impunité.

Dossantos traversa la rue et poussa la porte qui ne résista pas. La serrure avait dû s'opposer une fois de trop à l'un des clients du *sauvageon*. Il monta l'étroit escalier jusqu'au premier étage et s'approcha de la porte verte barbouillée de graffitis. Les basses emplissaient le palier d'un bourdonnement assourdissant. Il s'arrêta un temps. Ce n'était pas ce qui était derrière la porte qui l'inquiétait, mais la réaction de Latour si elle le trouvait là. Si elle apprenait que c'était lui. Il se mêlait de ses affaires et elle lui hurlait de la laisser tranquille, elle n'avait pas besoin de lui pour régler ses problèmes. Ou elle le remerciait, sa vie étant devenue un enfer, de l'avoir débarrassée de ce cafard. Non. Elle ne dirait pas « cafard ». Elle le remercierait et l'inviterait à boire un café. Chez elle. Elle se sentirait en sécurité, en confiance même, se laisserait aller…

Nothing left to do, but buy some shells for my Glock
Why ? So I can rob every known dope spot
I got 19 dollars and 50 cents up in my pocket with
what ?
With this automatic rocket
Gotta have it to pop it, unlock it, and take me up a
hostage.

Il sortit de sa rêverie et enfila son poing américain à la main gauche qu'il cacha en se décalant un peu. Il frappa à la porte du plat de la main, trois fois. La musique se fit un peu moins forte.

— C'est qui ? rugit une voix d'homme à l'intérieur.

— C'est le voisin ! déclara Dossantos.

— Va te faire enculer !

Le volume augmenta, indiquant sans doute que l'homme à l'intérieur avait déjà tout dit.

— Il faut baisser votre musique, répéta Dossantos.

— Va te faire enculer, j't'ai dit ! cria le type.

Dossantos frappa de nouveau trois fois du plat de la main sur la porte.

— C'est beaucoup trop fort, continua Dossantos qui comptait garder son effet de surprise jusqu'au bout.

L'homme baissa le volume de nouveau, lassé d'avoir à crier ses insultes plus fort que sa musique.

— Arrache ta gueule ou j'te crève, pédé !

— Ça réveille les enfants ! Il faut baisser.

Dossantos entendit alors un bruit de verrou, puis un deuxième, puis un troisième. On n'est jamais trop prudent. La porte s'ouvrit, laissant apparaître un grand type d'une trentaine d'années, aux yeux tirés que la colère et quelque psychotrope illégal striaient de sang. Ses dents safranées laissaient penser qu'il avait de la famille dans le bois de Vincennes ou qu'il gobait des acides depuis Woodstock. Son marcel blanc était ballonné de muscles et le jogging bleu marine qu'il accolait à une paire de tongs fleuries prouvait son absence totale d'amour-propre.

You 'posed to be quickest draw, but man,
I hail 'em faster

1-2-3, you need to think about the future
Before I shoot your ass and dilute your blood
with lead
From my hollow tips, I'll send you to an early
grave.

— Mais barre-toi, enculé ! rugit le bestiau en écartant la porte devant lui.

— C'est la musique, reprit Dossantos, cherchant à déclencher l'attaque de cet homme que l'anus fascinait.

L'attaque vint. Le balaise lui lança son poing gauche au visage, indiquant soit qu'il était gaucher, soit qu'il savait boxer. Dossantos se baissa et vit le poing droit de son adversaire fuser vers son menton. Le balaise savait boxer. Dossantos bloqua le poing et, cassant la distance, écrasa son genou dans ce que, au club avec les copains, il appelait le « triangle génital », et que le balaise, visiblement moins lettré, aurait nommé différemment. Le type se plia et recula dans l'appartement. Dossantos le suivit et c'est précisément à cet instant qu'il vit la fille et entendit le chien. Une fille toute menue aux cheveux blonds mi-longs, assise sur un canapé miteux devant un grand écran, hurla d'effroi en voyant son homme refluer dans l'appartement, le scrotum en berne. Un chien aboyait dans une pièce voisine.

— Lâche-le ! cria l'eunuque d'une voix stridente, sa nouvelle tessiture lui offrant un accès total au répertoire de la Castafiore.

La fille se rua sur la porte et l'ouvrit. Dossantos se figea, jaugeant la nouvelle configuration. Il s'était avancé sabre au clair dans cette histoire et la voyait tourner en eau de boudin. Un petit chien à poils ras, tout aussi musculeux que son maître, et les yeux tout aussi tirés, lui fonça dessus. Dossantos attendit que le pitbull se lançât sur lui, tous crocs dehors, et l'accueillit d'un coup de tibia dans la truffe. L'animal décolla du sol, fit un tour sur lui-même vers la pièce dont il provenait et retomba mollement sur le sol, tout décontenancé par l'expérience, avant de s'affaler sur le flanc. Dossantos se retourna pour faire face à son maître, et plongea alors son regard dans l'abîme d'un canon noir de neuf millimètres, un vieux Mac 50 de l'après-guerre. L'ancienne arme des gendarmes. On ne peut pas leur faire confiance.

— Tu rigoles moins, pédé, hein ? Tu rigoles moins, là, hurlait le castrat.

Dossantos l'observait, sans un mot. Il leva les mains en signe de reddition.

L'autre s'avança, vainqueur.

— T'as voulu m'enculer, hein ?

I keep a nine with me, if you want me come get me
You shoot first... you better hit me
I keep a close eye on a stranger...
Cause I'm constantly in danger.

Dossantos le regardait, les yeux en accent circonflexe, semblant apeuré. Le balaise goûtait sa victoire et un sourire lui fendit la bouche comme il s'approchait. Lorsqu'il fut assez près, Dossantos reprit :

— C'est le pamplemousse !

— Hein ? dit le type en s'étonnant un instant de trop.

Dossantos plongea de côté pour le désarmer. Il attrapa l'arme pour en bloquer la culasse. Comme à l'entraînement. Un geste réflexe. C'est alors qu'il entendit la détonation. Il pivota pour désarmer et projeter le castrat qui produisit un contre-ut à l'instant où son poignet se disloqua dans un craquement de branche. La fille cria et porta les mains à sa bouche comme les actrices des films d'horreur, mais avec plus de talent. Le type tenta de s'asseoir en geignant et se figea à son tour. Ils observaient le colosse, bouche bée, et leurs yeux s'agitaient dans leurs orbites comme des boules de flipper juste avant le *tilt*. Dossantos baissa les yeux et vit alors le sang sur sa cuisse, une large tache qui s'étendait inexorablement, imbibant la toile de son jean.

— C'est malin.

Les mots étaient venus tout seuls. Il ne les comprenait pas. Une phrase réflexe. Il sentait maintenant monter la douleur. C'était le vaste latéral droit qui avait été touché. Il regarda l'homme au sol et tira sa carte de police.

— Tu viens de tirer sur un flic, connard.

I pop a clip and grip my nine tight
Now it's on everyday could be my last day

That's why I blast on their ass as I past let the
glass spray.

Dossantos traversa la pièce en boitant, le Mac 50 à la main. Il attrapa un large coussin sur le canapé où se recroquevillait la fille. Le type au sol le regarda faire sans broncher, amer. Dossantos recouvrit sa main droite et le neuf millimètres avec le coussin. La fille crut comprendre et le supplia d'un « non » chevrotant. Alors, Dossantos s'approcha de la chaîne hi-fi qui trônait sous la télé et fit feu une fois. La machine vola en morceaux. La musique s'arrêta net. Il laissa tomber le coussin et se tourna lentement vers le couple terrifié.

— Article R. 623 tiret 2 du code pénal : Les bruits ou tapages injurieux ou nocturnes troublant la tranquillité d'autrui sont punis de l'amende prévue pour les contraventions de la troisième classe, soient quatre cent cinquante euros.

Il fixa l'homme dans les yeux.

— Les personnes coupables des contraventions prévues au présent article encourent également la peine complémentaire de confiscation de la chose qui a servi ou était destinée à commettre l'infraction.

Du bout du Mac 50, il désigna les quelques morceaux de plastique qui finissaient de fumer à l'endroit où s'était tenue une chaîne hi-fi.

— Considère que c'est fait.

Il regarda ensuite la femme.

— Le fait de faciliter sciemment, par aide ou

assistance, la préparation ou la consommation des contraventions prévues au présent article est puni des mêmes peines.

Puis il fit demi-tour, retraversa la pièce et passa la porte en boitant, bien décidé à rentrer chez lui. Alors, il vit Latour dans l'escalier, quelques marches au-dessus de lui, son arme à la main, qui le tenait en joue. Elle vit le sang.

— Mickael ? Mais qu'est-ce que tu fais ici ? Qu'est-ce qui s'est passé ?

Dossantos s'affala contre le mur.

— Je suis venu dire à ton voisin de faire moins de bruit. Mais il m'a tiré dessus avec ça.

Il lui tendit le vieux pistolet.

— Il n'y a plus rien à craindre, maintenant.

Les yeux de Latour semblaient s'être emballés, ne savaient plus quoi regarder : la porte ouverte de l'appartement où personne ne bougeait, la cuisse sanglante de Dossantos, son visage qui lui souriait. Elle baissa son arme.

— Jebril. Viens m'aider ! appela-t-elle.

Dossantos vit descendre un homme de taille moyenne aux cheveux noirs zébrés de blanc. Sa peau était mate. Lorsqu'il s'approcha, il plongea ses yeux noirs dans ceux de Dossantos et lui sourit.

— Bonjour, dit Dossantos, abasourdi.

— Bonjour, dit l'homme, du moins c'est ce que Dossantos crut reconnaître par-delà l'accent guttural.

Latour entra dans l'appartement et Dossantos l'entendit demander au couple s'ils allaient bien. Il sourit. Ils lui avaient pourri la vie et elle voulait savoir s'ils allaient bien. L'homme lui prit soudainement le bras. Un temps réticent, Dossantos se laissa faire, et l'homme l'aida à parcourir les quelques marches qui le séparait du deuxième étage et de l'appartement de Latour. *Leur* appartement ? Dossantos tourna la tête et dévisagea l'homme de nouveau. Celui-ci le regarda, sourit et, en montrant la porte ouverte, lui dit :

— Ici.

Le petit appartement était douillet et coquet en même temps. Elle avait assorti ses rideaux à un beau tapis oriental. Les cadres aux murs étaient des affiches de pièces de théâtre ou des photos de voyage. Il y avait même des livres, des atlas, des dictionnaires. Chez Dossantos, les choses étaient plus fonctionnelles : aucun tapis sur lequel on aurait pu glisser, pas de rideau qui empêchait de voir si la fenêtre était ouverte ou fermée en partant le matin et en revenant le soir. Et en allant se coucher. On n'est jamais trop prudent. Rien au mur si ce n'était un blanc immaculé. Il avait bien quelques livres sur les régimes dissociés ou hyperprotéinés, des brochures de bodybuilding qui expliquaient comment gagner de la masse musculaire, quatre manuels sur les techniques de combat au sol, un livre qui classait les techniques de krav-maga par ceinture et une petite plaquette sur le stretching en salle. Sans oublier son code pénal qu'il compulsait régulièrement pour réviser.

Latour les rejoignit et aida l'homme à installer Dossantos sur une chaise dans la salle de bains.

— Il faut qu'on regarde ce que tu as, dit-elle avec empressement.

— C'est rien, répondit Dossantos. C'est passé sur l'extérieur de la cuisse. C'est une éraflure.

Elle se redressa.

— Tu me laisses regarder ou j'appelle les pompiers.

Dossantos leva les yeux. Latour ne rigolait pas. Elle désigna l'homme de la main.

— Je te présente Jebril, mon fiancé. Il est infirmier.

Dossantos lui fit un signe de la tête et commença à ôter son jean, en serrant les dents. Jebril se pencha sur la jambe et examina la plaie. Dossantos grogna lorsque l'infirmier tenta de manipuler un peu sa cuisse. Jebril lui sourit.

— Boule refusée entrée. Juste gratté. Très bon, dit-il, satisfait.

— Quoi ? demanda Dossantos à destination de Latour.

Latour reprit :

— La balle n'est pas entrée dans la cuisse. Ce n'est en effet qu'une éraflure.

— Tu as la colle ? demanda Jebril à sa fiancée.

— De la colle ? reprit Dossantos, alarmé, en regardant Latour.

— De l'alcool, Jebril. Pas de la colle.

Elle partit d'un petit rire que l'inquiétude étouffa aussitôt.

— Oui, oui, l'al-cool, répéta l'infirmier.

Il se leva pour se laver les mains au lavabo. Latour

ouvrit un placard de la salle de bains et sortit un flacon d'alcool à 70 degrés qu'elle lui tendit.

— Tu as la tissu ? lui demanda-t-il encore, en mimant de s'enrouler la main.

— Bandages. Oui, j'ai ça. Pour les entorses.

Dossantos les regardait faire. Jebril se tourna vers lui.

— Prends ta douche du jambe !

Dossantos se tourna de nouveau vers son interprète.

— Il faut laver la plaie. Mets ta jambe dans la baignoire, on va la nettoyer au jet avant de désinfecter.

Dossantos s'exécuta, ne souhaitant pas s'attirer les foudres de l'équipe du bloc opératoire. La blessure fut nettoyée et pansée. Latour faisait des allers-retours à la fenêtre par crainte qu'une armée de flics ne prennent l'immeuble d'assaut. Mais personne ne vint. Dossantos emprunta un pantalon de survêtement qui appartenait à Jebril et qui lui arrivait à mi-tibias. Ils s'installèrent ensuite dans le salon autour d'une table basse.

— Tu ne marches pas, du sang part, expliqua Jebril.

— Il ne faut pas que tu marches, sinon ça va ressaigner, expliqua Latour.

— OK ! Merci ! dit Dossantos à Jebril un peu fort, comme si l'infirmier était sourd.

— Tu peux me dire ce que tu fais là ? lui demanda Latour.

— Je pensais t'aider.

— En déclenchant une fusillade dans mon immeuble ?

Latour écarquillait les yeux, sans qu'il sût s'il s'agissait de surprise ou de colère. Dossantos tenait ses mains serrées devant lui, tout penaud.

— Je suis désolé, dit Dossantos.

— N'en parlons plus, conclut-elle, en attrapant le combiné du téléphone posé devant eux sur la table basse. Je t'appelle un taxi. Tu vas à l'hôpital pour faire examiner ta blessure.

— Pas besoin d'hôpital. Ton… Jebril m'a soigné. Je vais rentrer.

Latour composa plusieurs codes et raccrocha.

— En bas dans cinq minutes, annonça-t-elle.

Dossantos opina du chef. L'infirmier termina le bandage.

— Va faire la couture, dit Jebril.

— Tu devrais te faire faire des points de suture.

— Ça va aller. Tu es dans quel hôpital, Jebril ?

Latour intervint :

— Il travaille à Henri-Mondor. Créteil. Il fait des horaires pas possibles. Les urgences. On se voit peu.

— Oh ! Désolé, dit Dossantos. Je vais y aller.

Dossantos se leva. Il serra la main de Jebril.

— Merci pour… pour tout !

— Merci, répondit Jebril en retour, en lui souriant chaleureusement.

Puis Dossantos fit la bise à Latour qui le raccompagna à la porte.

— Encore désolé. Vraiment. J'ai merdé, là.

Le colosse semblait véritablement sincère et entre-voyait les possibles conséquences de son interven-tion. Latour voulait en rester là. Elle ouvrit la porte.

— Oublions cette soirée, OK ? Et espérons que le con du dessous ne fera pas de grabuge.

— Oui, dit Dossantos en soupirant.

— Merci quand même, dit-elle en souriant.

Son sourire le revigora.

— De rien ! C'est normal de se rendre des services entre potes.

33

Le taxi déposa Mickael Dossantos devant la porte vitrée de son immeuble du XXe arrondissement à minuit et demi. Il prit l'ascenseur afin de ménager la blessure de sa jambe et entra dans son appartement. Il alluma la lumière d'un geste négligé, lança ses clés sur la table du salon et tira le verrou derrière lui. Machinalement, il vérifia d'un coup d'œil que la fenêtre était bien fermée. Alors, il tira une chaise et s'effondra. Attrapant sa tête à deux mains, les coudes plantés sur ses genoux, il resta inerte un long moment, les yeux ouverts et vides, les mâchoires contractées. Il se repassait lentement les différents épisodes de sa journée, tentant d'y percevoir le moment furtif où son monde à la mécanique suisse avait quitté son axe, s'arrachant de ses gonds, pour fuser en supernova vers un éblouissant désastre. Il se revoyait debout sous la tente en forêt, prêt à tabasser le Shaman... Sûrement la fumée de sa bougie bleue l'avait-elle écœuré et conduit à cet excès. Le Gouverneur, Dossantos le savait, avait fait résonner en lui des souvenirs de gamin, quand son père lui racontait son arrivée en France au début des années 1960. Fuyant la dictature de Salazar, il s'était retrouvé parqué avec plusieurs milliers d'hommes, de femmes et d'enfants, dans le bidonville de Champigny, sur le plateau de la ville, dans des cabanes humides construites dans la boue, sans eau ni électricité, disputant les lieux aux rats. Il avait raconté l'indifférence ou les plaintes des riverains, le mépris des Français et l'impossibilité de rentrer chez soi. Il avait raconté aussi le racket des nouveaux par les immigrés les mieux installés. Des « gouverneurs » portugais qui jetaient dehors les mauvais payeurs et les empêchaient de travailler. Mickael Dossantos n'avait jamais endossé cette origine. Il n'avait pas d'origine. Il était français par sa naissance, par ses papiers et par sa profession. Et parce qu'il pensait qu'être français était quantifiable, il pensait être *plus français que* d'autres. Ses parents étaient repartis au Portugal au début des années 2000 et lui avaient demandé régulièrement de venir leur rendre visite. Il y était allé deux fois : la première fois en touriste plus qu'en fils, la deuxième fois pour voir mourir son père.

C'étaient ce Gouverneur et son système injuste qui l'avaient fait sortir de ses gonds, évidemment. Une réaction très normale. Mickael Dossantos secoua la tête. Il savait que se satisfaire de cette explication était un mensonge éhonté. Il avait reconnu face au Shaman et au Gouverneur, face aux SDF de la veille avec leur chien, cette même colère qui l'accompagnait à chaque instant, une colère qui le suivait depuis l'enfance, quand toutes les émotions qui montaient dans son corps finissaient immanquablement par tomber dans ses poings. Les avertissements avaient été nombreux ; la balle qui avait manqué de le tuer était le plus cinglant. Latour avait vu cette facette et il le déplorait.

Il en vint bien sûr à penser à elle et à ce nouvel ami. Il soupira et serra les dents. Ses poings se fermèrent malgré lui. Il les rouvrit. Il se demandait si quelque chose avait changé entre Latour et lui. En lui. Ces pensées ne le menaient jamais nulle part. Au moins, il lui avait rendu service. C'était ça, l'important.

Mickael Dossantos était un homme en colère qui voulait aider son prochain.

34

Les caisses de bois posées le long du mur de pierre étaient recouvertes de victuailles. On y distinguait pêle-mêle des gâteaux sous vide, des poulets fumés et des tranches de jambon dans leur plastique d'origine, des paquets de chips, de biscuits, des boîtes de conserve en pagaille et des cubitainers de vin et de bière. Chacun contemplait le festin, les yeux exorbités et le sourire aux lèvres. On commentait la scène à droite, un rire étouffé monta à gauche. Mais chacun savait que l'instant était solennel et le bourdonnement des voix s'évanouit dès qu'il apparut. Certains le voyaient pour la première fois. Il portait une chemise sale, peut-être jaune, ouverte sur sa poitrine blême, un jean troué aux genoux, et un chapeau de paille déchiré. À chacun de ses pas, la fange s'insinuait entre ses doigts de pied nus. Il ne payait pas de mine. Il était plutôt petit, c'est vrai, et incroyablement maigre. On voyait des mèches de cheveux bruns s'échapper de son chapeau, sur le front, sur les oreilles. Mais son regard clair brillait d'un feu intense. Il avança sans un mot et vint s'asseoir sur une vieille caisse au milieu d'eux. On entendait les torches crépiter et l'eau qui s'écoulait dans le proche canal, charriant une puanteur suffocante. Pendant une longue minute, il les observa sans rien dire. Nul n'osa troubler le silence. Au contraire, on se redressait et levait le menton. Pour mieux le voir, pour mieux être vu, ou pour faire savoir qu'on était là, cette nuit-là, avec lui. Puis lentement, il se mit debout sur la caisse. Ceux du fond de la salle le voyaient mieux maintenant. Il écarta les bras et respira plusieurs fois à pleins poumons.

— *Est-ce que l'odeur vous dérange ?*

La voix douce résonnait légèrement sous la voûte de pierre.

— *Non ?*

La salle resta silencieuse.

— *On s'habitue à tout !*

Il rit brièvement sans les quitter des yeux.

— *Cette pestilence qui pique la gorge et brûle les yeux, ces relents de charogne et de merde... remontent-ils des enfers ?*

Il les toisait de toute l'intensité de son regard bleu.

— *Pas du tout, mes amis ! Cette puanteur ne remonte de nulle part. Elle descend, au contraire. Elle descend de l'En-haut, avec l'eau...*

Il désignait du doigt le flot épais du canal à une dizaine de mètres de là, qui se dégorgeait de bassins en canaux depuis les canalisations de la surface et se déversait avec force jusqu'à eux.

264

— Tous leurs détritus, tous les déchets descendent ici. Leurs poubelles, les restes du repas, la fin du gâteau de mamie, le poisson rouge mort... leur merde, leur pisse, leurs cadavres, même...

Il ménageait ses effets par de petites pauses.

— Tout ce que la société rejette arrive ici, dans cette boue où vos deux pieds s'enfoncent.

Il désignait maintenant le sol.

— Certains d'entre vous ne parlent pas encore bien la Langue Juste. Que les plus anciens traduisent. Nous ne nous abaisserons pas à parler la langue de l'En-haut... N'ayez crainte ! Vous apprendrez vite à vous débarrasser de leurs langues mensongères...

Il attendit un instant que la foule s'organise, que l'on explique ce qu'il avait déjà dit.

— Qui parmi vous se souvient de son voisin de palier ? Du temps où vous étiez un esclave de leur société, de l'En-haut. Avant de n'être rien, dans l'En-bas. Qui se souvient ? Levez la main !

Lentement, les mains se levèrent. Toutes. Il sourit.

— Vous avez de la mémoire, c'est bien !

Il fit une pause.

— J'ai une autre question : qui parmi vous voit ce voisin à côté de lui aujourd'hui ?

Les mains se baissèrent.

— Allons ! Pas un seul petit voisin secourable, plein de pitié, ému par votre sort ?

Il les regardait.

— Vous aurait-il oublié ? Aurait-il moins de mémoire que vous ?

Il les regardait, feignant la surprise, l'expectative, le doute. Puis son regard se durcit.

— *Eh bien, tous ces petits voisins, ces esclaves qui vous ont ignorés, qui vous ont rayés de leur mémoire, ces soi-disant amis qui vous ont tourné le dos, ces parents, frères ou sœurs qui ont fermé leur porte quand ils vous ont vus à la rue, tous ces copains qui ont fait un détour quand vous pleuriez et hurliez sur le trottoir, quand vous étiez prêts à vous foutre en l'air... à vous jeter sous un train, à vous ouvrir les veines !*

Il remonta sa manche, révélant une large cicatrice qui barrait son poignet droit. Des approbations s'élevaient de l'auditoire et se faisaient plus fortes. Il laissa monter la clameur en tournant légèrement sur lui-même pour qu'ils pussent tous voir. Certains relevaient déjà leur manche pour exhiber leur balafre sous un poing tendu. Ils étaient prêts. Il éleva la voix.

— *Ils vous ont cru morts. Ils se sont cru débarrassés de vous. Mais toute cette société de l'En-haut, tous ces esclaves vont bientôt se souvenir de vous. C'est à leur tour de pleurer, à leur tour de hurler ! Parce qu'ils ne savent pas que vous venez de RENAÎTRE ! Parce qu'ils ne savent pas que vous venez réclamer votre dû !*

La foule exultait.

— *Notre heure arrive, mes amis ! Et nous sommes prêts parce que VOUS avez bien travaillé. Notre victoire est à portée de main. Alors, faisons la fête !*

Il tendit le bras vers le banquet qui s'offrait à eux. Ils s'y pressèrent comme un seul homme, aux sons des « hourras ! » et en scandant son nom.

35

Jeudi 11 septembre

— Salut la compagnie ! lança Dossantos en entrant dans le bureau, sa veste bleue sur l'épaule droite, son sac noir dans l'autre main.

— Salut, répondirent Latour et Ménard à l'unisson.

Le colosse vit que l'humeur était plutôt maussade. De son bureau, Latour le regardait, ses yeux allaient et venaient de son visage à sa cuisse. Elle se demandait bien évidemment s'il avait vu un médecin la nuit précédente. Ménard aussi avait petite mine.

— Vous avez entendu la gueulante de Mehrlicht chez Matiblout, à l'instant ? demanda Dossantos.

— Tu parles ! Tout à l'heure, il est arrivé en trombe. Il était furieux, et bien décidé à voir Matiblout et à, je cite, *lui bouffer la rate*, expliqua Ménard. Il y est depuis une demi-heure.

— Ah d'accord ! Je vois l'ambiance.

— Il n'a pas digéré qu'on se fasse piquer notre

suspect. Je ne te dis pas l'état dans lequel il est, compléta Ménard.

— La journée promet d'être animée, commenta Latour comme à elle-même en se remettant au travail sur les papiers de Crémieux.

— C'est toujours le cas, non? Et puis… c'est moi qui vais prendre, alors…, rétorqua Ménard qui riait jaune.

Il se leva de sa chaise de bureau et, se voûtant tout à coup, il prit une petite voix rocailleuse:

— Sophie! Tu grenouilles avec la Valda dans le ciboulot ou quoi, là, putain?

Latour et Dossantos pouffèrent devant la justesse de l'imitation. Fort de son succès, Ménard poursuivit:

— T'as le fraisier dans les bretelles, Mickael. C'est la foirade, putain!

— Énorme, dit Latour.

— Inspecteur Ménard, tu grailles du boudin, putain! Où t'as carré mes cibiches, enculé?

Latour riait maintenant à gorge déployée. Dossantos souriait volontiers.

— Je dis jamais «enculé». C'est grossier.

Aucun d'eux n'avait entendu la porte s'ouvrir. Ménard se retourna et pâlit. Mehrlicht entra dans la pièce et jeta un œil torve à Ménard qui baissa les yeux. L'homme-grenouille détacha le bouton de sa veste beige, replaça sa cravate marron et vint s'asseoir sur le bureau de Dossantos. Il tenait un journal sous le bras.

— Il dit que c'est pas lui…

268

Ils le regardèrent tous les trois sans dire un mot. Il était encore tout rosé des hurlements qu'il venait de pousser. Mais son teint de rainette reprenait le dessus.

— Matiblout. Il dit que c'est pas lui qui a appelé les RG.

— Carriériste comme il est…, commenta Latour.

— Mouaih… Il m'a dit qu'il avait essayé de refourguer l'affaire à la Crim'. Pas plus. Je le crois. En général, il assume ses conneries…

Un silence tomba sur la pièce.

— Alors qui ? demanda Dossantos.

On frappa à la porte qui s'ouvrit. Le capitaine Zelle entra et lâcha à la cantonade un « bonjour » musical. Elle avait attaché ses cheveux noirs en une tresse qui tombait entre ses épaules, sur une veste de jean délavée. Sa jupe et ses talons de la veille avaient laissé place à un fuseau noir et une paire de chaussures à lacets tout aussi noires. Ils la regardaient en silence. Elle se figea à la porte.

— Quelque chose ne va pas ? dit-elle en inspectant sa tenue.

— Non, non, dit Mehrlicht. Entrez. On allait faire le briefing.

Mehrlicht déplia le journal qu'il tenait sous le bras et en brandit la une devant lui.

— C'est *Le Monde* d'hier soir. Vous voyez, en bas, là ?

Ils se penchèrent pour lire. Il reprit :

— « Le meurtre du journaliste Marc Crémieux ». Je l'ai lu, c'est pas mal ! On y apprend que la police…

Pardon, j'ai dit la police ? La DCRI a arrêté un suspect. Un SDF…

Il écrasa le journal sur le bureau derrière lui dans un claquement sec.

— Je vous le dis, on va pas se faire entuber par les Grandes-Oreilles, surtout quand ils nous la font façon Kommandantur. De toute façon, notre client va chiquer jusqu'au bout. Il s'allongera jamais. Il n'a rien à perdre. Il a tout perdu déjà.

Mehrlicht montra Ménard de la main comme pour le présenter au groupe.

— Il a même tout à gagner en ne parlant pas. Inspecteur Ménard, redis-nous un peu ce que t'as trouvé hier.

Le lieutenant stagiaire Ménard attrapa son téléphone.

— J'ai tout enregistré. Je veux dire, je vais vous le faire écouter.

— On n'a pas le temps, accouche ! gronda Mehrlicht.

— OK. Je suis allé à la dernière adresse connue de Malasingne, hier soir. C'est un centre de l'Armée du Salut. Le prêtre qui m'a accueilli l'a bien connu. Il était là la première fois qu'il est venu au centre il y a quatre ans. Il s'était fait casser la figure et avait été aidé par un autre SDF. Malasingne s'est reconstruit grâce à deux types qu'il a rencontrés là-bas : David Gringorie, un ingénieur, et Patrick Murfe, un ancien militaire. À la rue eux aussi.

Il releva la tête, désolé.

270

— J'ai… Je veux dire… Je n'ai pas eu le temps de les passer au Fichier. Le capitaine Dubois n'arrive qu'à dix heures.

— Tu iras après. Ensuite ?

— Les trois copains ont rencontré deux autres types que le prêtre n'aimait pas beaucoup : Martial Ferrand et Carlos Tortillo. Il ne sait pas trop ce qu'ils se sont dit, mais peu de temps après, ces cinq-là ont commencé à visiter les autres centres d'hébergement pour rencontrer d'autres SDF. Le prêtre dit qu'ils recrutaient. Au bout de quelques semaines, des dizaines de SDF ont quitté les centres d'hébergement et ont disparu.

— Ils sont allés où ? demanda Dossantos en fronçant le sourcil.

Mehrlicht enjoignit Ménard de continuer d'un signe de tête.

— Précisément, on ne sait pas. Mais on sait que la dernière fois qu'on l'a vu, il se faisait appeler Clopin.

— Clopin ? répéta Latour.

— Dans *Notre-Dame de Paris* de Victor Hugo, poursuivit Ménard, Clopin est l'un des chefs de la Cour des miracles.

Dossantos gardait son sourcil en position « froncé », indiquant à la ronde son incompréhension. Mehrlicht reprit :

— Après le coup de fil de l'inspecteur Ménard, hier soir, j'ai vérifié dans le texte de Hugo. Capitaine Zelle, vous vous souvenez de ce que disait son pote de fac, Gaillard ? Que Malasingne parlait à Hugo, qu'il en citait des paragraphes entiers de tête ?

— C'est exact, répondit le capitaine Zelle.

— À la rue, Malasingne se retrouve dans le rôle du mendiant. Il recrée la Cour des miracles. Tenez, j'ai trouvé ça.

Mehrlicht tira de sa poche intérieure de veste un petit paquet de feuilles pliées. Il les ouvrit pour leur faire lecture des lignes qu'il avait recopiées à la hâte :

— Écoute, Mickael, ça va te plaire : « Au XVIIe siècle, le terme "Cour des miracles" désignait des espaces de non-droit à l'intérieur même des villes, ainsi surnommés car les infirmités des mendiants qui y habitaient disparaissaient comme par miracle dès qu'ils y revenaient, le soir, à la tombée de la nuit. »

— C'est la Guilde des mendiants ou des voleurs, commenta Ménard, qui jouait encore parfois à *Donjons et Dragons*. La référence tomba à plat.

— La garde avait la pétoche de s'y faire estourbir, ajouta Mehrlicht à l'intention de Dossantos qui grogna. Tiens, j'ai retrouvé une description par Victor Hugo dans *Notre-Dame de Paris* : « Le pauvre poète jeta les yeux autour de lui. Il était en effet dans cette redoutable Cour des Miracles, où jamais honnête homme n'avait pénétré à pareille heure ; cercle magique où les officiers du Châtelet et les sergents de la prévôté qui s'y aventuraient disparaissaient en miettes ; cité des voleurs, hideuse verrue à la face de Paris ; égout d'où s'échappait chaque matin, et où revenait croupir chaque nuit ce ruisseau de vices, de mendicité et de vagabondage toujours débordé dans les rues des capitales ; ruche monstrueuse où

272

rentraient le soir avec leur butin tous les frelons de l'ordre social ; hôpital menteur où le bohémien, le moine défroqué, l'écolier perdu, les vauriens de toutes les nations, espagnols, italiens, allemands, de toutes les religions, juifs, chrétiens, mahométans, idolâtres, couverts de plaies fardées, mendiants le jour, se transfiguraient la nuit en brigands ; immense vestiaire, en un mot, où s'habillaient et se déshabillaient à cette époque tous les acteurs de cette comédie éternelle que le vol, la prostitution et le meurtre jouent sur le pavé de Paris. »

— C'est réjouissant, dit Latour.

— J'ai trouvé aussi qu'en 1630, le roi Louis XIII commençait à pétocher devant le pouvoir de cette société secrète. Il a ordonné la construction d'une nouvelle rue qui devait traverser de part en part l'une des Cours des miracles les plus importantes de Paris. En clair, il voulait la faire raser. Eh bien, tous les maçons et terrassiers engagés pour le chantier ont été assassinés, putain ! Le projet a donc été annulé, conclut Mehrlicht, cynique.

— Et personne n'a été inculpé ? s'indigna Dossantos.

Ils le regardèrent tous les quatre, sans un mot.

— Quoi ? demanda-t-il, soupçonnant encore quelque compromission.

— Ils avaient leur langage aussi, poursuivit Mehrlicht. Attendez !

Il farfouilla dans ses feuilles.

— C'est là : « Les mendiants de la Cour des miracles

partageait un langage secret qu'il était interdit d'enseigner à des non-initiés : la Langue Verte, autrement appelée l'Argot. » Et les argotiers avaient un roi.

— C'est malin, dit Dossantos.

— Un roi qui se fait appeler *Césaire, le roi de Thune, roi de l'Argot* ou...

Il ménagea une pause dramatique.

— Le *Grand Coësre*.

Il regarda Dossantos qui ne réagissait pas.

— Ça te dit vraiment rien. C'était hier, quand même...

— Quoi ? grincha Dossantos que ce jeu agaçait.

— Quand j'ai demandé au Shaman qui avait tué Crémieux, il a répondu : le Grand Coësre. Clopin.

— Malasingne, traduisit Latour.

— Dans le mille, Émile !

— Et si on remet tout bout à bout, poursuivit-elle, on a un spécialiste de la manipulation des foules qui recrute des SDF depuis près de quatre ans, qui pille discrètement des supermarchés pour nourrir son monde, qui évolue dans les égouts, qui y vit même peut-être...

— Qui est insaisissable, ajouta Ménard.

— Qui opère en surface aussi, commenta Dossantos.

— Et qui est très en colère, acheva Mehrlicht.

Il fit une pause et se ravisa :

— En même temps, on n'en sait rien. Où sont les preuves qu'il y a un groupe dans les égouts ? Et qu'est-ce qu'ils y font ?

— Vous oubliez Crémieux, capitaine, poursuivit Latour. Crémieux entend parler de ce groupe par un ancien contact SDF, la Danseuse. Il réussit à s'approcher et se fait assassiner quand il est percé à jour.

— Mais il trouve un fusil et le cache, ajouta le capitaine Zelle.

— Putain ! Le fusil ! coassa Mehrlicht en regardant Ménard.

— Le rendez-vous avec le conservateur est à 10 h 30, le rassura Ménard. C'est bon, mais il ne faut pas tarder.

— Et les sbires de Malasingne sont prêts à tout pour le récupérer, enchaîna Latour.

— Même à suriner notre Champion National des Forces Nationales de l'Ordre public, lança Mehrlicht, feignant l'indignation.

— National ! ajouta Ménard en levant l'index.

Dossantos soupira. On ne pouvait pas rire de tout.

— En tout cas, à le blesser à la cuisse, tenta de corriger Latour en regardant Dossantos avec insistance.

Mehrlicht le regarda.

— Tu as été blessé ? Je savais pas.

— Non. Pas du tout, répondit Dossantos en baissant les yeux, embarrassé.

Latour rougit et serra les dents. Mehrlicht reprit :

— En tout cas, on sait ce que fait la DCRI dans le tableau, commenta Mehrlicht.

— Que voulez-vous dire ? lui demanda le capitaine Zelle.

— S'ils soupçonnent comme nous qu'il y a une

société secrète dans les sous-sols de Paris, ça doit leur cloquer les flubes.

La belle femme brune le fixa et plissa les yeux.

— Les inquiéter. Ça veut dire « les inquiéter ». Vous venez avec moi voir le conservateur du musée de l'Armée ?

— Avec plaisir.

— Inspecteur Ménard, tu me passes tout ce petit monde au Fichier. Je veux tout le pedigree des bestiaux pour mon retour. Mickael te filera un coup de main. Sophie, tu finis d'identifier tous les points, croix et ronds de la carte de Crémieux. Tu te fais envoyer une carte récente des sous-sols de Paris.

Il prit une de ses feuilles de notes et la retourna sur son bureau. Il attrapa un stylo.

— Tu peux contacter ce collègue. Il connaît bien les égouts.

Il lui tendit la feuille et se tourna vers le capitaine Zelle.

— Allons récupérer le fusil et allons-y !

Il ouvrit la porte devant le capitaine Zelle et la laissa passer. En se retournant, il lança un regard appuyé à Latour.

— Au travail ! On se retrouve pour grailler.

Il referma la porte. Le lieutenant Latour attendit une minute et déplia le morceau de papier. Elle mit un temps à déchiffrer les pattes de mouche de Mehrlicht mais le message était clair :

Dis à l'équipe qu'on lâche plus Zelle.

36

La Mégane blanche fonçait sur le quai de la Tournelle au son du deux tons. Mehrlicht, de nouveau installé à la place du passager, faisait grise mine. Le capitaine Zelle avait d'autorité repris le volant et semblait connaître suffisamment Paris pour ne pas avoir à demander à Mehrlicht la route jusqu'au musée de l'Armée.

— Comment s'appelle le conservateur, disiez-vous ? lui demanda-t-elle.

— Marchand. Il nous attend. Vous pouvez doubler, là, ajouta-t-il en montrant le couloir de bus.

Elle soupira :

— Vous voulez prendre le volant ?

— Non, non…

Mehrlicht sentait son exaspération. Un silence s'installa. Il reprit :

— Vous y croyez, vous, à cette histoire… ce gus fasciné par Hugo qui essaierait de recréer une Cour des miracles dans les égouts ?

Elle ne le regarda pas, réfléchit un instant puis répondit :

— Ce serait surtout un danger énorme pour la ville. Si les SDF s'organisent secrètement et pillent les supermarchés, Dieu seul sait ce que sera la prochaine étape.

— « L'égout est le vice que la ville a dans le sang. » C'est Hugo qui dit ça dans *Les Misérables*. J'ai fait mes devoirs.

Il se tut un temps avant de poursuivre :

— Vous avez raison s'ils sont nombreux… C'est le nombre qui peut faire leur force.

— N'oublions pas qui est Malasingne ! Ce n'est pas un imbécile. S'il travaille à ce projet depuis plus de trois ans, il doit bien arriver à quelques résultats aujourd'hui, supposa le capitaine Zelle.

— Mouaih… Sans que personne en entende parler ? Ou soupçonne que pouic ?

Elle ne commenta pas. Il reprit :

— Mais ça me fait penser à son bouquin. C'est assez incroyable ! Ça vous intéresse ?

Elle le regarda rapidement.

— Bien sûr ! Je vous écoute.

Mehrlicht la sentit se crisper alors qu'il espérait lui faire oublier ses écarts de conduite. Il tira une gitane de son paquet bleu, l'alluma et ouvrit la fenêtre. Il sortit ensuite de sa poche de veste le livre noir à couverture souple acheté la veille. Il était écorné en plusieurs endroits. Des morceaux de papier coloré jaillissaient du haut de la tranche. Mehrlicht avait effectivement fait ses devoirs.

— Vous connaissez Sun Tzu ? demanda-t-il, la cigarette incandescente plantée entre ses dents.

— Non. Il est fiché chez nous ?

Elle sourit. Mehrlicht pouffa sa fumée par la vitre entrouverte.

— C'est un général chinois du VIᵉ siècle avant Jésus-Christ. On n'avait pas encore de fichiers à l'époque. Pour Jésus-Christ, en revanche, on a des infos, mais il a déjà été jugé et condamné.

— « Justice a été rendue » ! ironisa-t-elle.

Il sentait qu'elle se détendait enfin.

— Sun Tzu a écrit l'un des premiers traités de stratégie militaire : *L'Art de la guerre*. L'idée maîtresse de son bouquin, c'est que l'on peut gagner une guerre sans combattre.

— Ah oui ? dit elle en fronçant son joli sourcil sombre.

— Oui. Attendez…

Il martyrisa le livre pour en chercher un passage tout en soufflant la fumée de gitane par la vitre entrouverte.

— Écoutez ça : « Tout l'art de la guerre est fondé sur la duperie. Toute campagne guerrière doit être fondée sur le faux-semblant ; feignez le désordre, ne manquez jamais d'offrir un appât à l'ennemi pour le leurrer, simulez l'infériorité pour encourager son arrogance, sachez attiser son courroux pour mieux le plonger dans la confusion : sa convoitise le lancera sur vous pour s'y briser. »

Il tourna quelques pages sans ménagement.

— Attendez, je vous en lis un autre : « Lorsque l'ennemi est uni, divisez-le ; et attaquez là où il n'est point préparé, en surgissant lorsqu'il ne s'y attend point. Telles sont les clés stratégiques de la victoire, mais prenez garde de ne point les engager par avance. »

Il leva la tête.

— Ces préceptes sont encore observés aujourd'hui par les stratèges du monde entier. Pire, ils sont mis en pratique comme stratégies commerciales, industrielles, financières, stratégies d'entreprises… Même la publicité s'en inspire. L'art de la tromperie, de la manipulation des masses. Malasingne est expert dans toutes les formes de communication du monde d'aujourd'hui. Et ce monde a fait de lui un paria.

Il fit silence, attendant un commentaire qui ne vint pas.

— Ensuite, dans son bouquin, Malasingne fait un relevé des opérations psychologiques pour parvenir à la manipulation, et cite les recherches de toutes les tronches… de chercheurs du monde entier. D'abord, la connaissance de la cible : il faut bien connaître les peurs et les espoirs de ceux que l'on veut manipuler. Ensuite l'objectif : il faut convenir clairement de ce que l'on veut faire faire à la cible. Enfin le message : il faut trouver la manière de toucher la cible pour qu'elle fasse ce que l'on attend d'elle.

Il tourna la tête pour la regarder. Elle opina du chef, attendant la suite. Mehrlicht reprit :

— Malasingne connaît bien sa cible et ses vulnérabilités, ses doutes, ses peurs, mais aussi ses motivations, ses aspirations, parce qu'il est lui-même un clodo. Concernant son objectif, si Malasingne a l'intention d'utiliser des SDF, la question, c'est « pour quoi faire » ? Piller des supermarchés ?

Il fit une pause pour jeter un œil au livre.

— Et pour le message : il doit s'assurer que ces hommes le suivront vers son objectif. Sur quoi mise-t-il pour les convaincre ? Là, j'ai une petite idée…

Il tourna de nouveau frénétiquement les pages endolories de l'ouvrage, s'y perdit, s'arrêta, tira un bon coup sur son mégot qu'il envoya voltiger hors de la voiture. Ils continuaient de longer les quais de Seine que constellaient les étals des bouquinistes où chinaient les badauds. Les arbres encore verts commençaient à peine de jaunir et prendraient bientôt la teinte blonde des tours de Notre-Dame puis la carnation sombre de son unique flèche. Mehrlicht, inquiet, détourna les yeux de la cathédrale et se remit à fourrager nerveusement dans les pages du livre.

— C'est là, dit-il dans un nuage de fumée.

— Vous pouvez ouvrir votre vitre un peu plus, s'il vous plaît ?

— Bien sûr. Désolé. Alors… Huyghe… *Guerre des mondes* de Wells… McLaurin… Non, c'est pas là… Toffler… Gnagnagna… groupe cible… Miller… Propagandes stratégiques et tactiques… Milgram… Volkoff. Ah j'y arrive. Voilà : « L'utilisation du dynamisme des contraires : en montant certains groupes préexistants les uns contre les autres, en jouant d'une hostilité préexistante, il s'agira de s'efforcer d'attiser les rancœurs en guerres intestines, en opposant par exemple les jeunes contre les vieux, les pauvres contre les riches, les civils contre les militaires ou la police… »

Il la regarda.

— Malasingne en a au moins deux de bons ; ses recrues sont jeunes et pauvres.

— On pourrait ajouter *affamés, à la rue*, peut-être *malades.*

— Une population affaiblie, déboussolée… Du pain bénit pour un manipulateur, putain… Désolé.

— Je vous en prie. La question qui demeure est celle de son objectif.

— Malasingne explique que des opérations psychologiques – on dit aussi *guerre psychologique* – bien menées ont trois objectifs majeurs. Le premier, c'est de créer des dissensions dans les rangs ennemis en attaquant son moral. Il donne des exemples… Là : « Gengis Khan avant d'attaquer une ville y envoyait des hommes à lui, quelques jours à l'avance. Ceux-ci se mêlaient à la population pendant quelques jours, puis commençaient à raconter combien l'armée qui arrivait était puissante et comment son invincible chef avait rasé les villes qui s'étaient opposées à lui, en en massacrant les populations. L'armée de Gengis Khan paraissait alors bien plus redoutable qu'elle ne l'était en réalité et nombre de villes se rendaient dès l'arrivée de celle-ci. » On parle d'opérations de déception dans ce cas.

— C'est impressionnant, concéda-t-elle, en surjouant un peu.

— Il cite aussi l'exemple d'Alexandre le Grand…

«qui, après avoir conquis un trop vaste territoire, avait dû se résoudre à reculer pour fortifier son armée éparpillée. Craignant une attaque ennemie massive sur l'une de ses multiples frontières, Alexandre avait ordonné à ses forgerons de produire des pièces d'armure et des épées surdimensionnées qu'il avait ensuite abandonnées sur place. L'ennemi, qui n'avait pas encore vu l'armée d'Alexandre et qui trouva les armures et les armes, pensa qu'il s'agissait d'une armée de géants, et renonça donc à la poursuivre.» Il raconte aussi que pendant la guerre du Golfe, les Ricains, au lieu de bombarder des positions irakiennes, ce qui coûtait un pognon dingue, faisaient pleuvoir par avion des petits papelards qui expliquaient aux soldats irakiens que, vingt-quatre heures après, ils seraient bombardés avec des vraies bombes qui piquent, mais qu'ils pouvaient encore se rendre. Les redditions étaient massives, alors qu'ils avaient pas encore vu le moindre soldat ricain.

— La victoire sans combattre.

— C'est clair. Le deuxième objectif de la guerre psychologique… Vous me dites si je vous soûle, hein ? Il y en a trois.

Elle rit.

— Vous ne me *soûlez* pas. Au contraire !

Le retour du feulement. C'était bon.

— Le deuxième, c'est les opérations de soutien de ses propres troupes.

— Vous m'avez perdue.

— Je vous donne un exemple : «Pendant la Seconde Guerre mondiale, les Alliés ont créé une unité d'élite

283

redoutable dont les nazis ont rapidement eu vent : le *Groupe d'armées de Patton*, du nom du célèbre général américain redouté par le Reich. Cette unité n'avait qu'une mission : détruire le 15e régiment de Panzers allemands, stationné dans le Pas-de-Calais. Persuadés donc que cette unité attaquerait pendant le débarquement, les Fridolins en ont conclu que le débarquement aurait lieu dans le Pas-de-Calais. Lorsque les Alliés ont attaqué en Normandie, Hitler, malgré les demandes d'aide de ses troupes normandes, a maintenu cette précieuse division de Panzers dans le Pas-de-Calais pour prévenir l'attaque du "Groupe d'armées de Patton"… qui n'a en fait jamais existé. » La désinformation a servi d'autres plans.

Elle écarquilla les yeux, impressionnée.

— Je vois, oui. Et le dernier objectif ?

— Favoriser l'unité et le moral dans son propre camp. Il donne l'exemple de Staline qui se prend l'attaque-surprise des Boches en 1941 et qui peine à motiver son peuple pour aller au casse-pipe. Le grand communiste, petit père des peuples, se met à louer les valeurs de « la Sainte Russie », la *Pravda* change sa devise « Ouvriers du monde, unissez-vous » en « Mort à l'envahisseur allemand ». Et les soviets rentrent non pas dans la Seconde Guerre mondiale, mais dans « la Grande Guerre patriotique ».

Elle soupira :

— Capitaine Mehrlicht, nous parlons d'un étudiant, d'un bon élève. Il a rédigé une thèse, un assemblage de connaissances qui reste somme toute très théorique. Vous en parlez comme si c'était un stratège machiavélique rompu à la déception des masses, bourré d'expérience… Vous lui inventez un profil redoutable à ce jeune homme.

Mehrlicht la regardait fixement. Il aimait bien la finesse de son nez, moins ce qu'elle disait.

— Vous avez peut-être raison. Il doit nous manquer quelque chose. Mais son copain de l'époque, Gaillard, le disait très doué… Si Malasingne a réussi à cerner leurs peurs et à leur proposer un espoir, pour peu qu'il ait trouvé les bons mots, il a avec lui des hommes dévoués.

La voiture ralentit rue de Babylone. Mehrlicht nota avec un rictus le nom de la rue tandis que la voiture arrivait en vue des Invalides.

— Tenez, en parlant *d'hommes dévoués…*, reprit-il.

Tandis qu'elle manœuvrait autour de la place des Invalides, Mehrlicht lui montra les gendarmes qui contrôlaient l'entrée du musée. Elle longea le parc du bâtiment où étaient installés à intervalles réguliers de longs canons d'un autre âge. Elle s'engagea bientôt sur l'étroit pont qui enjambait une ancienne douve et menait au portail noir et or de l'enceinte, pour s'arrêter à hauteur d'une guérite de pierre. Au-delà trônait le massif bâtiment composite et rectangulaire que surplombaient un drapeau français et, en arrière-plan, une large coupole dorée.

— C'est mignon, tous ces canons, commenta Mehrlicht.

— Ne leur cherchez pas de poux, je vous prie, dit-elle en souriant.

Elle se pencha par la vitre ouverte et tendit sa carte de police au planton.

— Bonjour, police judiciaire. Nous souhaiterions parler à M. Marchand. Il nous attend.

— Marchand… de canons, marmonna Mehrlicht en serrant les dents.

Elle sourit puis se reprit :

— Et c'est d'une extrême urgence, acheva-t-elle.

Le planton se tourna et attrapa un téléphone. Après un bref échange, il les autorisa à se garer dans la cour, puis à se diriger vers l'entrée principale du magnifique immeuble qui trônait au fond du parc. Ils passèrent une colossale arche de pierre qu'encadraient deux espèces d'Athena acariâtres du haut de leur piédestal et débouchèrent dans une cour intérieure. Le conservateur, un homme d'une cinquantaine d'années, solide, en costume deux pièces anthracite et cravate rouge, jovial mais certainement militaire, se présenta devant eux dès leur arrivée.

— Madame, Monsieur. Que me vaut l'honneur de votre visite ?

— Je suis le capitaine Zelle. Voici le capitaine Mehrlicht. Nous souhaiterions que vous examiniez ce fusil pour nous, s'il vous plaît, dit-elle en désignant le morceau d'étoffe rigide que Mehrlicht tenait contre sa poitrine.

— Mais avec le plus grand plaisir, capitaine. Passons dans mon bureau.

Ils pénétrèrent dans le bâtiment et empruntèrent un large escalier de pierre. Ils se retrouvèrent bientôt dans une vaste salle qui constituait le lieu de labeur du conservateur et dont la superficie indécente faisait perdre tout sens au prix du mètre carré à Paris. Mehrlicht déploya le tissu et tendit l'arme au militaire qui l'empoigna et commença l'examen. Après quelques instants, ses yeux se mirent à briller et son visage rougeaud se fendit d'un sourire digne du chat d'*Alice au pays des merveilles*.

— Ah ! Voilà de quoi nous remémorer des heures bien sombres de notre histoire nationale. Un bel exemplaire du fusil d'infanterie modèle 1866 de la Manufacture Impériale de Châtellerault.

— C'est pas un Chassepot ? demanda Mehrlicht, déçu.

— Si, si ! Tout à fait ! Du nom de son inventeur Antoine Alphonse Chassepot. Mais « Chassepot » est son nom usuel, pas son nom officiel. Napoléon III, comprenant l'efficacité de ce fusil, le généralise à toute l'infanterie impériale à un moment où les tensions avec la Prusse sont assez vives. On est en 1866. Le macaron de crosse ici indique que cet exemplaire a été fabriqué en janvier 1870.

— Vous pouvez nous en dire un peu plus ? demanda Mehrlicht.

— Mais certainement !

Il rit. Son cou se gonfla, comprimé par son col de chemise et sa cravate.

— Avec plaisir, même ! C'est mon métier ! Le

Chassepot est la première arme réglementaire française à chargement par la culasse. Ça ne veut peut-être rien dire pour vous, mais pour l'infanterie de l'époque, ça faisait une grosse différence. En effet, l'arme ne se chargeait plus par le canon avec une baguette, par bourrage, mais par ici...

Il retourna l'arme.

— Par la culasse. En y insérant pour la première fois des cartouches. Les gars pouvaient ainsi rester allongés pour tirer et recharger.

— Ce qui est pratique pour rester en vie, commenta Mehrlicht.

— Comme vous dites, reprit le conservateur. Ils mettaient ici une cartouche en cellulose composée d'un projectile en plomb de vingt-cinq grammes et de six grammes de poudre noire. L'usage de cette nouvelle cartouche représentait un vrai gain de temps et permettait donc une cadence de tirs soutenue. Une dizaine de coups par minute, soit le double de son prédécesseur ! De plus, le Chassepot avait une plus grande portée. Comme le disait le général de Failly après avoir massacré près de six cents garibaldiens, les « fusils Chassepot ont fait merveille ».

Il rit.

— Aujourd'hui, il aurait dû démissionner.

— Ou pas ! corrigea Mehrlicht.

— Ou pas, vous avez raison !

Il rit de nouveau, de bon cœur. L'homme rougeaud était visiblement son meilleur public.

— Enfin ! Toutes les bonnes choses ont une fin. Le

fusil avait un défaut majeur. La gaine de la cartouche était en cellulose, en papier, et en se consumant elle encrassait la chambre, ce qui, après quelques tirs, rendait l'arme inutilisable. À l'époque, une chanson disait :

Nous avons des fusils
Se chargeant par la culasse.
Au-dehors c'est gentil,
Mais au-dedans ça s'encrasse...
Nos petits Ennemis
N'en ont point.

Son ton devint grave :

— Nombre de nos gars se sont retrouvés désarmés face à l'ennemi prussien, en pleine bataille.

Le conservateur baissa la tête, comme pour se recueillir.

— Ça nous a coûté l'Alsace et la Lorraine en 1870. Pas moins.

Il marqua une pause tragique puis se ressaisit :

— Certains démontaient leur arme en plein champ de bataille. Comme ça...

Il fit pivoter une pièce, une deuxième, et l'arme se désarticula.

— Mais... Il est neuf !

— Ah ? Et c'est pas bien ? s'enquit Mehrlicht.

Le conservateur le regarda dans les yeux.

— Le Chassepot a cessé d'être fabriqué en 1871 mais a quand même été utilisé jusqu'en 1878, par la Marine notamment. Alors… Puis-je vous demander où vous l'avez trouvé ?

— Oui. Dans… Dans un bac à fleurs.

Le capitaine Zelle intervint :

— Il a été trouvé dans un lieu public.

Le conservateur sembla pâlir.

— C'est extraordinaire, souffla-t-il. Mais… Ce serait extraordinaire !

— Quoi donc ?

Les deux capitaines le regardaient maintenant avec curiosité. L'homme s'approcha de son bureau pour y déposer les pièces de l'arme. Il attrapa la crosse qu'il inspecta, la retourna, l'inspecta de nouveau.

— C'est extraordinaire ! C'est un aigle qui est gravé sur la plaque de couche !

Ils le regardèrent, interdits.

— Les Chassepot de la Royale portent une ancre, ceux de la Cavalerie indiquent leur corps de cavalerie d'attribution.

Mehrlicht se racla la gorge. Il se lassait d'entendre ce gros bonhomme parler une langue inconnue, peut-être le militaire. Ou le cruchot. Il regrettait presque que Dossantos ne fût pas présent pour traduire. Le conservateur releva la tête et sembla remarquer qu'il était en train de perdre l'adhésion de son public.

— Ce que j'essaie de vous dire, c'est que ce fusil n'existe pas. Cet aigle, ce numéro de série sont impossibles… À moins que… Mais ce serait extraordinaire si…

— Il faut nous en dire plus, là, monsieur Marchand,

gronda Mehrlicht en prévenant d'un regard Zelle de son imminent dérapage.

Le gros militaire desserra sa cravate et libéra son cou congestionné. Il semblait connaître en l'instant des sensations insoupçonnées.

— Il y a une histoire qui court sur une cargaison de fusils Chassepot, près de deux mille sept cents, qui ont été commandés par Napoléon III lui-même.

— Pour sa garde personnelle, compléta Mehrlicht se remémorant le résumé des notes de Crémieux que lui avait fait Latour.

— Officiellement, oui. Sauf que si, comme beaucoup d'autres, la cargaison a bien quitté la manufacture de Châtellerault en janvier 1870 – des documents l'attestent –, elle n'est jamais arrivée nulle part !

Mehrlicht et le capitaine Zelle le dévisageaient.

— Cette cargaison de deux mille sept cents Chassepot a tout bonnement disparu !

Le gros homme les regardait en souriant, son visage rougi par l'exaltation.

— Les historiens ont avancé plusieurs hypothèses pour expliquer la disparition de ce que l'on a par la suite appelé « les Chassepot de Napoléon III ». Certains ont émis l'idée que la cargaison a été livrée par erreur à la Marine. On sait aujourd'hui que les Chassepot livrés à la Marine Impériale provenaient de la manufacture de Londres. Vous comprenez qu'à l'époque, on ne faisait pas fabriquer en Chine, on délocalisait en Europe.

Il partit d'un rire satisfait.

— D'autres ont parlé d'un simple vol des prestigieux fusils, certainement avec des complicités internes. Mais aucun des fusils n'a jamais refait surface.

Il fit une pause mélodramatique.

— Alors, quoi ? demanda Mehrlicht.

— D'autres enfin ont exposé une théorie que je trouve plus réaliste, selon laquelle les deux mille sept cents fusils sont bien arrivés à destination. Mais laquelle ? me direz-vous. Je vous réponds : une destination que Napoléon III aurait tenue secrète. Selon cette même théorie, en 1870, Napoléon III, malade, fragilisé politiquement, se voyant acculé à la guerre avec Guillaume Ier, à un moment où les émeutes contre le pouvoir, les prémices de la Commune de Paris, éclataient un peu partout, sentant son trône lui échapper… On dit que Napoléon III aurait caché un arsenal pour permettre à son fils qu'il adorait de revenir sur le trône. Mais Napoléon IV, comme on a parfois appelé le prince impérial Louis-Napoléon, a fui en Belgique, puis en Grande-Bretagne, et est mort en Afrique sous les lances zouloues et sous l'uniforme britannique. Il n'est jamais revenu en France.

Mehrlicht et le capitaine Zelle se regardèrent. Mehrlicht posa la question qui leur brûlait les lèvres :

— Et cet arsenal ?

Le gros homme tendit son menton en avant et ouvrit les bras.

— Je vous le demande : *et cet arsenal* ? À ce jour, aucun Chassepot neuf n'a été trouvé… Encore moins avec un aigle en plaque de couche, symbole de Napoléon III. C'est le premier que je vois.

Le conservateur baissa les yeux vers l'arme, semblant s'étouffer d'émotion.

— Alors, si vous avez trouvé ce fusil dans un bac à fleurs, je voudrais bien voir ce bac à fleurs !

Il partit d'un petit rire aigu puis se ressaisit devant la pâleur de Mehrlicht et du capitaine Zelle.

— Vous êtes en train de nous dire que ce fusil fait peut-être partie d'une cargaison de deux mille sept cents fusils qui se promènent dans la nature ? demanda Mehrlicht, sidéré.

— Dans la nature ? Je ne sais pas. C'est une vieille histoire, mais ce fusil est bien là, lui.

— Dites-moi, monsieur le conservateur, reprit le capitaine Zelle, il y avait des munitions avec ces armes ?

Le conservateur la regarda avec étonnement.

— Bien sûr. Toutes les armes qui sortaient d'une des manufactures impériales étaient livrées avec une dotation réglementaire de cent cartouches. C'était un *standard*, si vous me permettez cet anglicisme.

— Cent cartouches fois deux mille sept cents fusils ! bredouilla Mehrlicht.

— Un arsenal, souffla le capitaine Zelle.

— Pour sûr, conclut le conservateur. De quoi équiper une petite armée, à l'époque !

Les capitaines Mehrlicht et Zelle quittèrent la salle en courant ; à peine eut-elle le temps de remercier le conservateur.

37

— Allô, Yoni ? C'est Sophie… Latour.

Assani sembla surpris.

— Oh ! Salut ! Comment tu vas ?

— Mieux qu'au *flash mob*, c'est sûr !

— Tant mieux. Je suis content que tu m'appelles.

Elle marqua une pause.

— Je t'appelle pour te demander un service.

— Je croyais que tu voulais m'inviter à dîner, moi !

Ils rirent tous deux, d'un rire gêné. Elle marqua une nouvelle pause.

— Je ne sais pas si mon copain serait d'accord.

— Non, bien sûr…, sembla-t-il conclure. Bon. Dis-moi de quoi tu as besoin. Je te préviens juste. Je ne peux pas farfouiller dans les fichiers sans autorisation écrite.

— Non, ce n'est pas ça. Je voudrais savoir si tu connais le capitaine Zelle, une grande brune aux yeux de chatte…

— N'en dis pas plus : elle occupe toutes les pensées des gars de la DRPP.

Il y eut un silence. Latour reprit :

— DRPP ? Les RG de Paris ? Quel rapport ?

— Elle était chez nous il y a encore un an. Une chatte, comme tu dis. Elle faisait miauler tous les gars du service. Mais une chatte aux dents de tigre. Avec un plan de carrière.

— Ah oui ?

— Elle est passée *commandant* quand elle a été recrutée par la DCRI. Et elle n'a pas été engagée par le gérant de la cafet', mais par le contre-terrorisme.

— Je vois.

Latour était abasourdie. Elle se passa la main dans les cheveux.

— Je peux te demander pourquoi tu veux savoir tout ça ? s'enquit Assani.

— Son nom est apparu dans notre enquête sur la mort de Marc Crémieux.

— Ah ! C'est vous ? J'ai vu le journal. La DCRI vous a doublés, c'est ça ?

— C'est ça !

Il émit un rire bref.

— Je la reconnais bien là. Et je comprends pourquoi on vous a laissé l'enquête. Doubler la Crim', ça aurait fait des vagues. Alors qu'un commissariat de quartier...

Latour serra les dents.

— Merci pour les infos, Yoni.

— À charge de revanche.

— Bien sûr. Salut.

Lorsqu'elle raccrocha, Latour se rendit compte qu'elle avait une furieuse envie d'étrangler des chats.

38

Il devait être 11 h 30. Dossantos, Latour et Ménard discutaient et partageaient déjà leurs découvertes. Sur une table trônait la pyramide quotidienne de sandwichs, autel érigé à leurs imminentes maladies cardiovasculaires. Dossantos avait du mal à regarder Latour en face et elle s'en rendait compte. Elle devait penser aux événements de la veille et s'expliquer ainsi le malaise du colosse. Elle était loin de se douter qu'il avait profité de son passage au Fichier pour vérifier son histoire. Et il avait bien vérifié : il n'y avait pas de Jebril aux urgences de l'hôpital Henri-Mondor à Créteil. Il avait même appelé pour s'en assurer. Elle avait menti. Il n'y avait pas de compromis, que des compromissions. Mehrlicht entra comme un fou, tout haletant.

— On vient de revenir. Elle est aux toilettes ! Vas-y vite ! Elle va sûrement appeler, lança-t-il à Latour.

— Ce n'est pas la peine.

Mehrlicht s'immobilisa et la regarda. Dossantos compléta :

— DCRI. Contre-terrorisme.

Mehrlicht le regarda, incrédule.

— Le Reich! souffla-t-il.

— Et vous pouvez l'appeler *commandant*, capitaine, c'est son grade réel, paracheva Latour.

Mehrlicht était abasourdi.

— Commandant du Reich!

— «*La vérité n'est jamais amusante, sinon tout le monde la dirait*», tenta Lino Ventura, comme pour le consoler.

Mehrlicht sortit son téléphone et inspecta l'écran sans décrocher.

— Matiblout veut des nouvelles.

— «*La vérité n'est jamais amusante…*»

Il coupa. Il inspira profondément pendant trois longues secondes l'air que pouvaient contenir ses poumons fanés. Puis il reprit, vengeur:

— Je vais lui en donner des nouvelles, moi!

Il attrapa la poignée de la porte lorsque Latour le rappela:

— Attends… Attendez… On s'occupe de Zelle d'abord. On ne sait même pas si le commissaire Matiblout est au courant.

Mehrlicht réfléchit et se ravisa:

— OK. On attend.

Ils n'attendirent pas longtemps. La porte s'ouvrit et le capitaine Zelle entra en ondulant, légère comme une danseuse. Les regards convergèrent vers elle.

— Venez vous asseoir, capitaine. On va commencer, l'invita Mehrlicht en lui tendant un siège.

Le capitaine Zelle les regarda, sentit le piège mais vint tout de même s'asseoir. Le silence se fit pesant.

— Vous souhaitez me dire quelque chose ? s'enquit le capitaine Zelle.

— Et vous ? répliqua Mehrlicht. Vous souhaitez nous dire quelque chose ?

Elle les regarda avec inquiétude. Dossantos, Ménard, Latour et Mehrlicht l'entouraient maintenant et posaient sur elle un regard accusateur.

— De quoi parlons-nous exactement ici ?

— De votre enquête à la DCRI, d'abord, capitaine. Pardon ! commandant, railla Mehrlicht.

Le commandant Zelle sembla réfléchir et hésiter :

— Cette affaire vous dépasse. Et les missions de la DCRI relèvent du secret-défense. Je suis désolée. Je ne puis vous en dire plus. Je suis avec vous sur l'affaire Crémieux et vous aiderai du mieux que je le puis.

— Pour boucler l'affaire Malasingne ? suggéra Mehrlicht.

— Je vous ai répondu, capitaine. Nous n'avons pas beaucoup de temps. Pouvons-nous faire le point sur ce que votre équipe a découvert ?

Les joues de Mehrlicht s'empourprèrent.

— Quand on aura fait le point sur ce que votre équipe a découvert, répondit-il sèchement.

Le commandant Zelle baissa les yeux et inspira profondément. Elle se leva tout à coup, rajusta les plis de son pantalon, et releva la tête pour fixer Mehrlicht.

— Je suis désolée que vous le preniez comme ça, capitaine.

Elle se détourna et se dirigea vers la porte. Elle allait l'ouvrir lorsque Latour se leva.

— Commandant. Puis-je vous dire un mot, s'il vous plaît ?

Le commandant Zelle fit face et la regarda.

— Le commissaire Matiblout le disait hier soir avec ses mots : nous travaillons tous dans le même but. Il n'y a pas de guerre des polices.

Elle marqua un temps.

— Nous n'avons aucun intérêt ni à voir réussir une opération criminelle, ni à embarrasser nos hiérarchies respectives avec nos humeurs.

Le commandant Zelle se rapprocha d'elle.

— Continuez.

— Un homicide est déjà en soi une affaire de taille pour notre service. Ajoutez à ça que la victime est une personne en vue… Boucler l'affaire Crémieux, pour nous, c'est le billet gagnant pour la mutation de notre choix…

Le commandant Zelle esquissa un sourire carnassier. Le lieutenant Latour parlait la même langue qu'elle.

— L'affaire Malasingne, à un plus haut niveau, le vôtre, est l'affaire qu'on ne rencontre qu'une fois dans une carrière.

Mehrlicht et Ménard suivaient la démonstration insidieuse de Latour et distinguaient son but. Dossantos opina vigoureusement parce que la police doit faire un travail de police.

— Partager nos informations de manière officieuse

nous permettra de résoudre ces deux affaires avec les honneurs. Nous n'avons aucun intérêt à parler de l'aide que la DCRI nous apporterait sur l'affaire Crémieux. Le journal de ce matin le montre bien. Vous, vous bouclez l'affaire Malasingne en réussissant une infiltration dans un service de police judiciaire.

Le commandant Zelle s'avança dans la pièce et vint se rasseoir sur sa chaise.

— Très bien. Je crois que nous nous comprenons.

Elle réfléchit un instant, cherchant où commencer :

— Les RG et la DST, puis, après la fusion des deux services en 2008, la DCRI, suivent Rodolphe Malasingne depuis près de quinze ans.

Mehrlicht fronça les sourcils.

— Quinze ans ? Pourquoi quinze ans ? Il avait pas commencé sa thèse à cette époque.

Le commandant Zelle soupira :

— Parce que Rodolphe Malasingne, quand il n'était pas chez sa petite amie de l'époque, Cécile Rigolet, vivait chez son oncle, le dernier membre de sa famille. Il se trouve que ce *tonton*, le colonel André Malasingne, était un ancien barbouze de la DGSE, service qui, pour votre information sur ces vieux sigles, s'occupait du Renseignement extérieur.

— Et de la *désinformation* extérieure, compléta Mehrlicht.

— Le colonel Malasingne était spécialiste de l'intoxication, effectivement. Il a œuvré au Maghreb et en Afrique Noire en particulier. Il était la référence française en matière de guerre psychologique et œuvrait au plus haut niveau de l'État. Pour vous donner une idée, l'une de ses plus belles opérations a été l'opération Manta, au Tchad : le président fantoche mis en place par la France est menacé lorsque les troupes libyennes viennent soutenir le président renversé. L'armée libyenne passe la frontière et envahit le nord du Tchad. La France intervient dans le conflit : elle soutient le nouveau président tchadien d'un côté, et est en train de signer des accords économiques et pétroliers avec la Libye, de l'autre. Elle envoie donc trois cents parachutistes pour séparer les belligérants. La noblesse française, en somme. Ou son plus bel écran de fumée puisqu'en catimini, ce sont trois mille soldats français appuyés par des hélicoptères et des avions de combat qui s'installent au Tchad dans les deux mois qui suivent, pour y exploiter son sous-sol. Un succès total puisqu'ils y sont encore aujourd'hui !

Elle semblait impassiblement se délecter d'un cas d'école. Mehrlicht l'interrompit :

— C'est lui le lien manquant de notre démonstration, et vous le saviez. Malasingne était un étudiant brillant avec un mentor de taille.

— Vous avez raison. Le problème, c'est qu'un jour, ce qui arrive parfois, il s'est fait « brûler ». Mais pas sur n'importe quel dossier. En 2002, il est envoyé par la France à Washington pour donner son opinion sur une intoxication internationale orchestrée par les deux pays : les armes de destruction massive de Saddam Hussein.

— Ouh là ! souffla Dossantos, qui sentait que la conversation allait trop loin.

— Ah quand même, coassa Mehrlicht.

Le commandant Zelle reprit :

— C'est aussi un cas d'école aujourd'hui. Le colonel Malasingne a hurlé à la fumisterie en voyant le dossier vide de la CIA. Deux photos satellites truquées qui en somme ne montraient rien. Des experts qui se contredisaient. Des tuyaux de plomberie supposés être des lance-missiles… Il a demandé que l'ensemble de l'opération soit revu avant de donner son feu vert à Paris. Mais les États-Unis n'avaient pas le temps. Il fallait lancer la deuxième guerre du Golfe pendant l'investiture de Bush fils. La France suit l'avis du colonel et n'entre pas en guerre aux côtés des Américains, avec les conséquences diplomatiques… délicates que l'on connaît. En 2004, la guerre étant terminée depuis un an, alors que les relations diplomatiques s'améliorent entre la France et les États-Unis, le colonel est remercié et prend sa retraite.

— Alors il commence à étoffer la thèse de doctorat de son neveu avec des histoires bien croustillantes comme celles que vous venez de nous servir…, souffla Mehrlicht qui s'approcha de la fenêtre entrouverte en allumant sa cigarette.

Elle l'ignora :

— La DST et certainement la DGSE ont suivi de près les travaux de Rodolphe Malasingne. Vous comprenez que personne ne voulait voir le secret-défense de certaines opérations du tonton partir en fumée dans les pages d'un devoir d'étudiant. Non seulement Malasingne n'en a expliqué que les fonctionnements théoriques sans donner de faits précis, ni de noms, mais il en a même proposé d'autres. Alors, avant sa thèse, il est approché par la DST qui lui propose un emploi. On sait qu'en parallèle, la DGSE et deux cabinets privés de chasseurs de têtes l'ont approché pour les mêmes raisons. Mais Rodolphe Malasingne ne voulait qu'une chose : enseigner à la Sorbonne. C'était un rêve d'enfant inébranlable.

— Donc il a envoyé balader les deux services, intérieur et extérieur, les ponts d'or qui allaient avec, et a soutenu sa thèse, conclut Mehrlicht.

— C'est exact…

Elle sembla hésiter un instant.

— Comment ont réagi les deux services ? demanda Mehrlicht qui sentait un tournant dans son histoire.

— Je pense que la DGSE n'a rien fait. En fait, je n'en sais rien. Mais la DST et les RG ne l'ont pas perdu de vue pendant les années qui ont suivi. Son oncle est mort à ce moment-là. Rodolphe Malasingne en a énormément souffert.

Elle inspira comme pour parler d'autre chose :

— Ensuite, les deux services ont fusionné pour former la DCRI, et il a été de nouveau approché. Même réponse. Il espérait un poste… Un idéaliste.

— Et ensuite ? interrogea Latour, qui sentait venir le moment sinistre de l'histoire.

Le commandant Zelle soupira. Elle semblait véritablement retarder ce moment.

— Alors la DCRI l'a « enfumé ».

— « Enfumé ? » répéta Ménard en grimaçant.

— Comme un lapin dans son terrier ? demanda Latour.

Le commandant Zelle sourit. Elle croisa les jambes et reprit :

— À peu près, oui. La DCRI a mis en place les opérations nécessaires… Pour qu'il accepte cet emploi. On les appelle « opérations de déception »… La petite amie a été approchée par l'un de nos agents qui, sous le masque d'une entreprise privée, lui a expliqué comment Rodolphe avait refusé un emploi bien rémunéré et lui demandait à elle de le raisonner.

— C'est comme dans *Mission impossible*, quand ils manipulent les gens, lança Dossantos, extatique.

— C'est dégueulasse, s'enflamma Latour.

Le commandant Zelle la regarda froidement et sourit, du même sourire carnassier.

— Je vous parle d'affaires d'État, et non pas d'amourettes de lycée. Si vos oreilles ne peuvent entendre cela, je peux arrêter ici.

— Continuez, commandant, lui dit Mehrlicht en soufflant sa fumée par la fenêtre.

— Il y a eu des pressions sur quelques-uns des membres de la commission de recrutement à la Sorbonne pour qu'il n'y soit jamais élu.

Latour, Ménard, Mehrlicht et Dossantos se regardaient, stupéfaits.

— Ensuite, un agent incarnant un chercheur à la Sorbonne l'a approché, ému par ce qui venait de lui arriver, pour l'inciter au rebond… À accepter notre offre.

— Et? lança Mehrlicht

— Cet agent a échoué. Malasingne s'est laissé couler.

— Et? insista Mehrlicht.

Elle leva la tête, agacée, pour planter son regard dans les yeux globuleux de l'homme-grenouille.

— Qu'essayez-vous de me faire dire, au juste, capitaine?

— La disparition de la thèse, rue Serpente? C'est vous? demanda-t-il.

Elle ne vacilla pas.

— La DCRI a effectivement neutralisé ces documents.

— Et la mort de l'oncle? C'est la DCRI aussi? coupa Latour.

Le capitaine Zelle marqua une pause avant de répondre :

— Je n'ai pas trouvé trace de cette opération dans les dossiers.

Elle sentit l'agitation et le dégoût de son auditoire. Alors, elle décida de terminer son histoire :

— Malasingne est devenu clochard. Il y a eu deux autres opérations, pour le récupérer.

Elle se tut, puis inspira profondément :

— La première opération avait pour but de l'isoler et de lui montrer sa vulnérabilité. Il devait nous rejoindre rapidement après cela. Une équipe l'a passé à tabac. Le but étant de créer un sursaut… Ça n'a pas marché. Au contraire. Un SDF s'en est mêlé et est devenu son ami.

— Gringorie, compléta Ménard.

— C'est exact. La deuxième, plus tardive, a été d'infiltrer un agent dans sa bande naissante.

— Qui ça ? demanda Latour.

— Vous connaissez au moins son nom de couverture : Pierrot la Danseuse.

— Ah ! Je vois pourquoi vous vouliez qu'on se concentre sur lui au lieu de bougnoter devant l'immeuble des Crémieux.

— C'est exact. La Danseuse ne parvenait pas à infiltrer le cercle le plus proche de Malasingne. Mais il avait déjà joué les indics pour Crémieux quand il travaillait à Saint-Denis. Alors, il a rencardé Crémieux en espérant qu'il réussirait. Crémieux en est mort. Pierrot la Danseuse l'est sûrement aussi.

— On passe à deux cadavres maintenant, commenta Mehrlicht.

— Dont un flic, rugit Dossantos.

Il y eut un silence. Mehrlicht pesta en recrachant sa fumée entre ses dents :

— Et vous m'avez laissé déballer toute sa thèse, ce matin, en faisant la polka effarouchée… On s'est bien fait « enfumer », nous aussi, putain ! Sauf qu'on n'aurait pas dit « enfumer »…

Elle ne dit rien, restait impassible. Mehrlicht résuma :

— La DCRI a créé un sociopathe, haineux de notre société, qui a réuni une armée dans les égouts et lui a fourni des flingues.

— Quoi?

Le mot *flingue* fit bondir Dossantos.

— Qui a des flingues?

Mehrlicht raconta l'entrevue avec le conservateur et la probable existence d'un arsenal de fusils centenaires. Lorsqu'il entendit cela, Ménard intervint:

— Je crois que j'ai une idée... Je veux dire, où est l'arsenal! dit-il.

Chacun le regardait, médusé. Il continua:

— Un des amis cloch... SDF de Malasingne, David Gringorie... J'ai passé les noms au Fichier...

— Qu'est-ce que t'as trouvé, inspecteur Ménard. Accouche!

— Gringorie était ingénieur des Ponts et Chaussées il y a encore six ans. C'était un géologue réputé. J'ai même retrouvé son site de l'époque: «La galerie du Subterranologue».

Tous lisaient clairement son enthousiasme mais n'y comprenaient rien. Ménard reprit:

— À partir de 1995, il travaille à l'Inspection générale des carrières, à Paris, et à partir de 2002 il ne se consacre plus qu'à la mise aux normes de sécurité des sites. C'est lui qui a supervisé tous les travaux.

— Mais quels travaux, François? demanda Dossantos, bienveillant.

Ménard comprit leur apathie.

— Ah! Pardon! Les travaux des Catacombes de Paris, la plus grande nécropole du monde. Près de onze mille mètres carrés. Gringorie est un passionné. Il est *subterranologue*, son activité professionnelle, et cataphile, activité plus illégale. D'où son surnom : *la Taupe*.

— Catacombes qui apparaissent dans les notes de Crémieux, reprit Latour en farfouillant dans le tas de pages. En 1860, Napoléon III les visite avec son fils. En pleine période où il demande à Haussmann de refaire Paris et de mettre en place le tout-à-l'égout.

— Il en profite pour se faire faire une planque secrète sur mesure pour que fiston ait ses fusils au cas où…, enchaîna Mehrlicht. Mais fiston ne revient jamais et meurt en Afrique.

— Presque cent cinquante ans plus tard, l'ingénieur qui gère les travaux des catacombes tombe dessus.

— Et il ne dit rien à personne ? s'enquit le commandant Zelle, dubitative.

Chacun accepta l'objection. Mehrlicht reprit :

— À moins qu'il ne les ait découverts qu'après… Pourquoi ce type a-t-il basculé, on le sait, inspecteur Ménard ?

— Il a perdu sa femme et son fils de vingt ans dans un accident de voiture. Il a appris la nouvelle sur son lieu de travail, parmi les ossements.

— « Arrête ! C'est ici l'Empire de la Mort ! » cita Mehrlicht. Ça a de quoi te foutre un coup sur le ciboulot.

— Il n'est jamais revenu travailler. Il a sombré petit à petit. On ne trouve plus de traces de lui pendant quelques mois. Puis il réapparaît dans un centre d'hébergement, puis un autre… Jusqu'à la Maison du partage où il rencontre Malasingne.

Mehrlicht, les yeux écarquillés, semblait visionner dans le vide devant lui des événements passés.

— C'est là qu'il repart dans les égouts. Ils ont l'idée de la Cour des miracles et Gringorie, qui vient de sauver ce gamin, lui propose l'endroit idéal : sous la terre.

— Ça peut se tenir, dit le commandant Zelle.

— Qui sont les autres, inspecteur Ménard ?

— Patrick Murfe, surnommé *le Sergent*, était sergent dans l'armée de terre. Il était artificier.

— Ben voyons ! commenta Mehrlicht en levant les bras au ciel. Il n'était pas armurier, spécialiste du Chassepot, des fois ?

Ménard ne comprit pas et compulsa ses notes.

— Je… Je n'ai rien trouvé là-dessus, non. J'ai trouvé qu'il était alcoolique et qu'il avait été renvoyé de l'armée à cause de ça.

— Un artificier alcoolique, vaut mieux en rester loin, c'est sûr… Ça porte malheur… Bon ! Et les deux autres que le prêtre aimait pas ?

— Je commence par Ferrand ?

— Commence.

— Ferrand Martial était un cadre de la chaîne des magasins Carrefour. Il s'occupait du transbordement des marchandises au grand centre commercial de la porte de Montreuil. Il gérait les camions, le déchargement et la mise en dépôt. Un jour, l'inspection du travail a débarqué et ils ont trouvé une dizaine de clochards qui s'affairaient à vider les camions. Les types ont expliqué aux inspecteurs qu'ils vidaient les camions depuis près de cinq semaines, de jour comme de nuit – dès qu'un camion se présentait, en fait –, et qu'en échange, on les autorisait à dormir devant les portes des quais du transbordement. La direction a chargé Ferrand et il a dû démissionner afin d'éviter un licenciement pour *faute grave*. Dans la foulée, il a été condamné pour *esclavage moderne* à six mois de prison avec sursis et à verser trente mille euros de dommages et intérêts. Il n'a pas fait appel.

— Charmant ! commenta le commandant Zelle.

Latour la toisa.

— On donne du sursis à un esclavagiste qui fait sa fortune sur le dos de la misère du monde. C'est aberrant. Et Carrefour qui ne le poursuit pas…

— C'est Ferrand le coupable, pas Carrefour. Ne vous emballez pas, lieutenant !

Latour entendit ce rappel à l'ordre quand elle l'appela par son grade. Ménard sentit l'électricité entre les deux femmes, et hésita à reprendre :

— Je… Justement, j'ai appelé le directeur du magasin. C'est le même qui était en poste à l'époque. Ferrand l'a supplié d'enterrer l'affaire. Quand il lui a expliqué que ce n'était pas de son ressort, Ferrand l'a attaqué avec un couteau. Heureusement, d'autres employés sont intervenus. Le directeur n'a pas souhaité porter plainte mais il lui a formellement interdit de revenir. Ferrand n'a jamais retrouvé de travail après ça. Il s'est rapidement retrouvé à la rue.

— C'était déjà un as du couteau, notre Ferrand, on dirait…, commenta Mehrlicht. Bon. Et le dernier ?

Ménard fourragea dans ses notes et en tira une nouvelle feuille.

— Tortillo Carlos est connu de nos services pour des faits de violence, seul ou en réunion, dès l'âge de quatorze ans.

— Ça promet, commenta Dossantos.

— À dix-huit ans, on le retrouve dans des manifs avec la CNT, puis Alternative libertaire. Il est arrêté plusieurs fois pour des faits de violence. Ensuite, il disparaît un peu. Il se fait arrêter à vingt-deux ans pour avoir lancé un cocktail Molotov sur un cordon de CRS, en blessant un légèrement.

— Il est taquin, commenta Mehrlicht.

— Il fait deux ans de prison. On le retrouve ensuite dans une autre manif : il a rejoint un groupuscule d'extrême gauche : Bras-Rouges.

Ménard releva la tête.

— D'après le capitaine Dubois, ils prônent le renversement du capitalisme par la force, se réclamant des Brigades rouges.

— C'est exact, ponctua le commandant Zelle.

— Si on l'avait inculpé à quatorze ans, ça ne serait pas arrivé, médita Dossantos en secouant la tête.

Ils l'ignorèrent.

— Un an après sa sortie, il est arrêté pour une tentative d'attentat contre un centre des impôts à Pantin. Avec deux autres membres des Bras-Rouges, il entasse quatre bonbonnes de butane devant la porte de l'immeuble. Les RG étaient sur le coup et les ont pris en flagrant délit. Cinq ans fermes. Il sort à vingt-neuf ans et disparaît. J'aurais dit qu'il devient cloch… SDF. Le capitaine Dubois dit qu'il est *passé à la clandestinité*.

Mehrlicht se frappa les cuisses.

— Bon. On a une bande de types remontés contre l'armée, la société, les impôts, le capitalisme…

— Carrefour, ajouta Dossantos.

— Carrefour, agréa Mehrlicht. Qui se cachent en sous-sol avec des fusils. Sophie, t'as fini d'étudier le plan de Crémieux ?

— Oui. Clairement, il avait fait le point sur les opérations de Malasingne sur les trois dernières années.

Elle déploya le plan sur son bureau. Ils se rapprochèrent.

— Les croix noires, c'est treize supermarchés qui ont été visités à Paris et en proche banlieue : cinq cambriolages avec effraction. Six cambriolages maquillés en incendies accidentels.

— D'origine accidentelle, corrigea Mehrlicht.

Latour ne releva pas.

— Et deux effondrements du sous-sol…

— Non ? souffla Ménard.

— J'ai vérifié. Deux magasins construits sur d'anciennes carrières. Officiellement, les installations frigorifiques trop lourdes ont provoqué l'effondrement des sols.

Ils l'écoutaient avec attention.

— Les points noirs correspondent à des accès aux égouts. J'ai vérifié avec Street View : c'est des plaques, des colonnes Morris ou des accès au métro dans tout Paris. Il y en a une tous les cinquante mètres à Paris. Celles qui apparaissent sur le plan sont en général en retrait ou cachées. Il y a même un accès sous les voies, gare de Lyon.

— Ça explique comment les assassins de Crémieux ont disparu. Ils essayaient de le ramener à leur... camp, leur base. Ils l'ont tué et sont repartis dans les égouts.

— Et il y a cette croix-là.

Elle posa un doigt sur la carte.

— Le Nemrod. C'est un café dans le VIe arrondissement, rue du Dragon. Il y a une cour intérieure, et, je crois, une entrée.

— Ils s'appellent tous Nemrod, Mistral ou Balto, alors..., commenta Mehrlicht.

— Ou Bercy, ironisa Ménard.

Mehrlicht lui sourit.

— Et il y a ces deux points pour lesquels je n'ai rien trouvé, termina Latour. Ce gros point noir à côté du Nemrod, et puis ce point rouge à l'autre bout – seul point de couleur – qui semblerait correspondre au centre commercial Les Quatre Temps, leur prochaine cible, peut-être.

— Rien de plus sur le point noir ? demanda Dossantos.

— Non, répondit Latour. S'il y a quelque chose, c'est en dessous...

Mehrlicht se dirigea vers la porte et attrapa un sandwich aux rillettes.

— OK ! Je vais mettre Matiblout au parfum. Appelle la mairie de Paris pour qu'ils nous envoient une équipe d'égoutiers sur place. Il est temps de descendre.

39

À 10 h 40, les deux Mégane blanches s'ouvraient un passage dans le trafic parisien à grand renfort de gyrophares et de deux tons, suivies par un véhicule de la BAC aux couleurs nationales. Mehrlicht avait insisté pour que Dossantos montât avec lui et prît le volant. Le commandant Zelle conduisait l'autre véhicule.

— T'aurais vu la tronche de Matiblout quand je lui ai parlé des fusils ! Il est devenu tellement rouge que j'ai cru que j'allais repartir avec des bouts de commissaire dans les cheveux ! coassa Mehrlicht avec l'exaltation des bords de mares, certains soirs d'été.

Dossantos restait impassible. Mehrlicht poursuivit :

— Il s'est jeté sur son biniou pour appeler à l'aide la terre entière. Mais bon ! Il a reçu le rapport de Carrel. Le couteau que Ferrand a voulu t'enfiler dans le bide est bien l'arme qui a tué Crémieux. Il veut qu'on chope ses deux complices.

Silence.

— Ça va pas ? demanda Mehrlicht, soudainement sérieux.

Dossantos continuait de regarder la route.

— On descend dans un égout. Depuis le début de cette enquête, chaque fois qu'on quitte la ville, on oublie pourquoi on est là.

Il se tut un instant.

— Je ne sais pas ce qu'on va trouver là-dessous, mais si ces gars ont refait une Jungle, avec des fusils…

— C'est pour ça qu'on a pris les gilets pare-balles et le fusil à pompe. On va leur apporter la civilisation s'ils nous emmerdent, putain !

Dossantos sourit.

— Ça me va.

Il réfléchit un instant, puis ânonna :

— «Rien ne se fait dans les sociétés…» C'est ça : «Rien ne se fait dans les sociétés de grand ou de durable autrement que porté par la loi.»

Dossantos semblait satisfait de sa mémoire.

— C'est de qui ? s'enquit Mehrlicht.

— Jacques Chirac, répondit-il, presque triomphal. C'est Matiblout qui m'a dit ça, un jour.

Mehrlicht regarda la route devant lui.

— Il parlait pas de la *foi*, plutôt ?

Dossantos fronça les sourcils et regarda Mehrlicht.

— Non, je ne crois pas… Je ne crois pas.

Devant le trouble du colosse, Mehrlicht fit marche arrière :

— T'as raison. En plus, ça fait sens. Les autres sont toujours derrière ?

— Ouaih, ouaih…

Mehrlicht ouvrit sa vitre en grand et tira une gitane de son paquet.

— T'es chiant, dit Dossantos en ouvrant sa vitre à son tour.

— Prends par le boulevard Raspail jusqu'à Sèvres-Babylone, c'est le plus direct.

Les deux hommes laissèrent un silence s'installer de nouveau. Puis Mehrlicht posa la question :

— Pourquoi tu vas pas voir Jacques, Mickael ?

Dossantos sembla pris au dépourvu.

— Hein ?

— Pourquoi tu vas pas voir Jacques ? Ça fait six mois maintenant qu'il est à l'hosto. T'y es pas allé une fois…

Dossantos lançait les yeux de côté, cherchait quelque chose. Une issue.

— Je le verrai quand il sortira. Tu sais, moi, les hostos…

Mehrlicht s'irrita sans sommation et hurla :

— Me bourre pas le mou, putain, Mickael ! Tu sais qu'il va sortir dans un costard une pièce en sapin, et que c'est pour bientôt…

Il marqua une pause, et reprit plus bas :

— « Moi, les hostos… » Et *lui, les hostos*, tu t'es posé la question ? C'était ton pote aussi, putain ! Du jour au lendemain, t'apprends qu'il a le crabe et tu lui chies du poivre…

Mehrlicht sentait son pouls marteler ses tempes et il se contrôla.

— « Moi, les hostos… » Putain ! Quand Suzanne

est tombée malade, tu crois que ça m'a amusé ? Qu'on va à l'hosto tous les jours parce que c'est plus marrant que le golf ?

L'homme-grenouille se tut et inspira à pleins poumons. Il n'avait pas prononcé le nom de Suzanne depuis sa mort, deux mois plus tôt. Il s'était laissé surprendre, il savait qu'il n'était pas prêt à faire face. Il tenta d'endiguer le flot des images qui sournoisement s'imposaient déjà à lui, et se tourna pour regarder le colosse. Dossantos serrait les dents et le volant très fort de ses deux mains. Mehrlicht s'attendait à le voir hurler d'une seconde à l'autre. Il n'en fut rien.

— Je… Je ne peux pas… Je te jure… Les hostos… Je fais tout pour les éviter… le sport… Je ne bois pas, je ne fume pas… Quand on y rentre, on n'en ressort pas. Chaque fois que je suis allé voir mon père, j'avais l'impression que c'était moi, le malade, tu vois ? Ça ne l'a pas sauvé…

— Mais on te demande pas de sauver qui que ce soit, putain ! On te demande de pas abandonner un copain.

Ils se turent tous deux. Dossantos reprit, dans un murmure :

— OK ! Donne-moi juste un peu de temps !

— OK ! Mais on n'en a pas…, souffla Mehrlicht.

Les trois voitures s'engouffrèrent dans l'étroite rue du Dragon. Le sol y était sombre, la hauteur des immeubles empêchait le soleil d'y briller. Mehrlicht désigna devant eux une camionnette stationnée à cheval sur le trottoir.

— Tiens ! Les égoutiers. Gare-toi derrière eux !

Dossantos obtempéra. Les portières claquèrent et la petite troupe se retrouva devant le Nemrod, minuscule estaminet qui vantait en vitrine la qualité de son couscous. Sur la droite, une arcade de pierre menait vers une cour intérieure joliment pavée. Mehrlicht se tourna vers les uniformes.

— Vous surveillez l'accès à la cour et au café pendant qu'on travaille. Vous vérifiez que la cour est vide, aussi.

L'uniforme en chef porta la main à sa casquette et se retourna vers ses trois sbires.

Mehrlicht vint à la rencontre des égoutiers, trois hommes vêtus de combinaisons imperméables orange et bleu et portant des casques bleus à lampe frontale.

— Bonjour, messieurs. Capitaine Mehrlicht. On va faire une petite virée là-dessous. On aurait besoin de vos lumières. Dans tous les sens du terme !

— Bonjour ! Virgile Doré, répondit l'un d'eux, un type plutôt fin d'une quarantaine d'années, portant un bouc noir et un plan plastifié à la main, et dont le visage était barré d'un épais trait de sourcils noirs. On a des combinaisons pour vous dans le camion. Vous voulez qu'on passe par où ? On a des bouches d'égout au niveau du 7, du 17 ou du 27 de la rue.

Mehrlicht tendit la main vers la cour intérieure.

— Je crois qu'on va passer par là.

Le type le dévisagea.

— On n'a pas d'accès répertorié dans cette cour.

Mais ce ne serait pas une grande surprise. Des accès, on en découvre tous les mois.

— Je vais voir le proprio et je vous dis ça. Inspecteur Ménard ! Sophie ! Vous vous mettez en tenue. Mickael, avec moi !

Le commandant Zelle s'approcha.

— Je vous suis.

— Si vous voulez, commandant, répondit-il.

Mehrlicht entra dans le café. Le mobilier, quatre ou cinq tables de bois, y était sommaire mais propre. À gauche, un mur blanc avait été décoré d'une fresque colorée représentant une porte entrouverte en trompe l'œil qui invitait le client vers des jardins paradisiaques. À droite, un bar chichement fourni était gardé par son propriétaire, un petit homme mat aux cheveux blancs qui s'affairait à nourrir quatre perruches prisonnières d'une large cage. Au fond, un rideau multicolore de fils plastiques barrait le passage vers la cuisine, surtout aux mouches et aux moustiques. La salle était vide. Lorsqu'ils entrèrent, l'homme se détourna de la cage et appela quelqu'un en cuisine :

— *Raphél mai amèche zabi almi !* cria-t-il en ce qui semblait être de l'arabe.

Une jeune fille aux yeux cernés de khôl et aux cheveux épais et noirs écarta le rideau et parut devant eux dans une robe longue aux teintes d'ocre et de miel.

— Ne crie pas comme ça. Tu vas encore t'étonner que tu as mal à la tête, après… Bonjour, messieurs dames. Trois couverts ?

— Merci mademoiselle, mais…

Mehrlicht tendit sa carte de police.

— On aurait des questions à vous poser.

La jeune fille pâlit.

— À quel sujet ?

Mehrlicht fixa sur elle ses deux gros yeux noirs. Il ne savait pas comment attaquer, ni même comment nommer ce qu'il cherchait. Il tenta un coup de poker.

— Le passage.

La jeune fille baissa les yeux.

— Monsieur Martial nous a dit qu'il n'y aurait pas de problème.

— *Raphél mai amèche zabi almi !* reprit le vieil homme au bar.

Elle l'ignora, son regard capté par celui de Mehrlicht.

— Un type brun et frisé, en costume ? demanda-t-il, glacial.

— Oui, c'est lui. On lui a donné l'accès aux anciennes toilettes de la cour. Plus personne ne les utilisait. On pensait même les détruire.

— Vous avez une clé, demanda Mehrlicht d'un ton inquisitorial, sans la lâcher des yeux.

— Oui. Je vais la chercher.

— Je vous accompagne, dit Dossantos.

Le commandant Zelle s'approcha de Mehrlicht.

— Bon. Ferrand a loué un accès secret aux égouts. Quel est l'intérêt ? Il y a des plaques d'égout partout. La discrétion ?

Mehrlicht sortit une cigarette de son paquet bleu.

— Je sais pas. On verra en visitant.

Elle n'insista pas, sentant la rancœur du petit homme en costume beige. La fille repassa le rideau coloré de la cuisine, suivie par Dossantos, et traversa la salle. Le vieil homme du bar s'était remis à nourrir ses oiseaux. Ils quittèrent le restaurant, s'engagèrent sous l'arcade et débouchèrent dans la cour intérieure que cernaient des façades de trois étages. Elle ne faisait guère plus de cinq mètres sur cinq, et l'ombre rendait l'endroit glacial et sombre comme l'intérieur d'un puits.

— Ce sont des bureaux, dit-elle, en montrant les fenêtres au-dessus de leurs têtes. Après 18 ou 19 heures, il n'y a plus personne.

Elle traversa la petite cour jusqu'à un petit local. Au-dessus de la porte, quelqu'un avait gravé au canif le mot *toilettes*.

— C'est la cabane au fond du jardin, commenta Mehrlicht sans rire.

— Il y a encore quinze ans, certains résidents n'avaient pas de toilettes chez eux. Ils utilisaient les toilettes de la cour. Ensuite, quand ils ont tout rénové pour en faire des bureaux, ils ont installé des toilettes partout.

Elle allait introduire la clé mais Mehrlicht l'arrêta :

— Attendez ! Je voudrais essayer celles-là, d'abord.

Il tira de sa poche deux sachets plastiques contenant chacun une clé. Il en sortit une et l'engagea dans la serrure. Elle convenait parfaitement et tourna sans problème.

— C'est l'une des clés trouvées sur Ferrand. Maintenant, on sait ce qu'elle ouvre.

Il rangea cette première clé et attrapa la seconde dans l'autre sachet. Il l'introduisit dans la serrure du verrou et déverrouilla la porte.

— Et ça, c'est la clé trouvée sur Crémieux. De toute évidence, c'est un endroit où ils se retrouvaient…

Il la rangea également et tira la porte, dans un court grincement, révélant un large trou d'où saillait le haut d'une échelle. Le carrelage blanc, bien que sale, était intact. Mais l'ensemble du sol avait été défoncé.

— Vous aviez vu ça ? demanda Mehrlicht à la jeune fille qui baissa les yeux, coupable.

— Oui, avoua la jeune femme. Mais je n'ai pas posé de questions.

— Parce qu'il payait bien, j'imagine, devina le commandant Zelle.

Elle ne répondit pas. Mehrlicht appela les égoutiers qui arrivèrent bientôt, entraînant à leur suite Ménard et Latour en combinaisons intégrales. Ils ressemblaient à des Barbapapa multicolores dans leurs tenues de caoutchouc que boursouflaient en dessous leurs gilets pare-balles.

— Ça vous va très bien ! plaisanta Mehrlicht en les voyant se dandiner pour le rejoindre.

Puis il reprit à l'intention de Dossantos :

— C'est fou cette nouvelle passion que tu as pour le latex.

Dossantos allait répondre mais une voix le prit de vitesse :

— Ah ! Mais la vôtre vous attend dans le camion, si vous voulez descendre, répondit le chef des égoutiers.

Mehrlicht vit le sourire de Latour et de Ménard, mais ne dit rien en allant se changer.

La troupe se retrouva bientôt en tenue orange et bleu. Le chef regarda le trou.

— On a une ouverture caractéristique, une brèche, qui donne un accès illégal au réseau. On en bouche des dizaines chaque année.

Il désigna celui de ses hommes qui allait rester au bord du trou.

— On a toujours un gars en surface quand on descend. En théorie, c'est pour surveiller la montée des eaux ou prévenir les secours en cas de problème. En pratique, c'est pour empêcher les passants de tomber dans le trou.

Il sourit.

— C'est malheureusement courant. Comme dans les Tex Avery. Bon, avant de descendre, il y a quelques règles à connaître. La première, vous resterez toujours derrière moi. J'ouvre la route et vous suivez. Vous ne dépassez jamais. La deuxième, personne ne quitte le groupe, même pas en prévenant le voisin de devant ou moi-même. Personne ne quitte le groupe. Point barre. Il y a deux mille kilomètres d'égouts, deux cent quatorze kilomètres de métro, trois cents kilomètres de carrières, et deux kilomètres de catacombes. Inutile de vous dire que si vous vous perdez, c'est pour un moment. Bien sûr, on peut s'arrêter pour une pause pipi, si besoin. Mais c'est tout le groupe qui s'arrête, OK?

Ils opinèrent du casque.

— La troisième. Quand je dis *on remonte*, il n'y a pas débat. On remonte. Point barre. N'allez pas croire que c'est vide, là-dessous. Il y a de la vie, il y a des gens. Et tous ne sont pas bien intentionnés. La dernière, mais je crois que c'est déjà clair : le port de la combinaison est obligatoire. Elles sont imperméables pour vous éviter de baigner dans une eau qui contient… Vous ne voulez pas savoir ce qu'elle contient… Elles sont doublées pour vous protéger des morsures de rats ou autres bestioles, des clous, des seringues. Les bottes sont antidérapantes… Bref, on descend en combinaison ou on ne descend pas. Point barre. Des questions ?

Personne ne broncha.

— En route, alors. J'ouvre. Tony, il est 11 h 30. On est là à 14 heures ou je t'appelle. Samir, tu fermes.

— OK, répondit Tony.

— OK, répondit Samir.

Il tourna le dos à l'échelle et commença la descente. Mehrlicht jeta un œil au fond du trou. En contrebas, la lampe frontale de l'égoutier s'enfonçait lentement dans les ténèbres, risquant presque à chaque instant de disparaître. Le rythme sourd de ses bottes sur le métal des barreaux s'estompa peu à peu. Après un temps d'hésitation, Mehrlicht l'imita. D'abord maladroit, butant contre le barreau supérieur, il s'enfonça bientôt dans la noirceur du trou.

— Putain! J'y vois rien, dit-il à l'intention du chef égoutier.

— Suivez ma voix et regardez ma lumière. Je suis en bas de l'échelle, répondit l'autre qui semblait déjà loin.

Mehrlicht poursuivit sa descente dans une obscurité absolue, peu à l'aise dans ce boyau, se cognant aux parois, tâchant de gagner le cercle de lumière qu'il distinguait entre ses jambes, en bas.

— Vous y êtes, l'encouragea la voix.

En se raclant la gorge, Mehrlicht se demanda si les égouts étaient des espaces fumeurs. Il toucha enfin le sol et l'autre l'attrapa.

— Il faut allumer votre frontale si vous voulez voir quelque chose.

Le chef égoutier manipula son casque et la lumière en jaillit aussitôt, projetant un disque blanc sur la paroi de béton. Mehrlicht sentait la fraîcheur et l'humidité du béton. Il inspecta les lieux du regard. Ils semblaient être dans un boyau de béton, presque cylindrique, de près de quatre mètres de diamètre, que parcouraient à hauteur d'homme des tuyaux et des câbles parallèles de tailles et de couleurs différentes. Au plafond du tunnel, sur toute la longueur visible, Mehrlicht remarqua une épaisse canalisation ocre encadrée par endroits de globes de verre éteints, vestiges d'un éclairage séculaire.

— On peut pas allumer, là? demanda Mehrlicht en tendant son gant gauche dans la direction tout en ramenant sa lumière dans la figure de l'égoutier.

— Pas vraiment, répondit celui-ci qui était en train de consulter sa carte plastifiée. Ce tronçon est muré d'un bout à l'autre depuis une vingtaine d'années. Le trou là-haut est le seul accès à cet endroit. On va suivre la galerie, par là, et progresser nord-nord-ouest. On verra où ça nous mène. Derrière, c'est fermé.

Il tira la grosse lampe électrique qui pendait à son côté, en bandoulière, et l'alluma. Il montra à tour de rôle les deux extrémités du tunnel. En amont, à une dizaine de mètres, un mur de parpaings illustrait ses propos. Mehrlicht sortit une cigarette et la porta à sa bouche. Le chef égoutier intervint aussitôt, ramenant sa grosse lampe sur l'homme-grenouille.

— Là où on va, on peut tomber sur des gaz inflammables types méthane ou sulfure d'hydrogène. Alors, on ne fume pas. Point barre.

— Vous déconnez, là? s'enquit Mehrlicht.

— J'ai l'air? tacla le chef égoutier.

La barre de sourcils en travers de son visage lui donnait une allure de sens interdit. Alors, Mehrlicht se racla la gorge et rangea sa cigarette. Lui qui avait un jour pensé qu'il devrait s'enfuir sous terre, loin du soleil et du regard des hommes qui le marquaient d'infamie, s'il voulait fumer tranquillement, découvrait que non. Il rangea sa cigarette, un peu dépité, se consolant à peine à la pensée qu'il restait l'espace intersidéral.

— Vous disiez qu'il y a du monde, là-dessous?

L'égoutier abaissa sa carte.

— Il y a plein d'histoires qui circulent entre collègues. On rencontre bien sûr les cataphiles et les spéléologues, souvent des étudiants à la recherche de nouveaux passages. On n'essaie pas de les attraper ; ils sont en petits groupes, très rapides. Et puis, tant qu'ils n'endommagent rien… Il y a des gens qui se marient dans les égouts, d'autres qui organisent des soirées dansantes. Ils apportent une sono et même des boules à facettes. Ils ont des amendes si la police les trouve, bien sûr. Mais ça ne dissuade personne. Il y a des clodos aussi qui cherchent un endroit tranquille pour passer l'hiver. Ils sont discrets et ne restent pas longtemps.

Il regarda l'heure puis le haut du trou. Personne ne descendait.

— Il y a aussi des gens qu'on aimerait ne pas rencontrer. Des groupes de néonazis qui viennent beugler des chants de la Wehrmacht devant un poster de Hitler, des satanistes qui implorent le diable de venir les posséder en égorgeant des chats, des gangs qui organisent leurs trafics en tous genres, des orgies… Autant vous dire que dans ces cas-là, on ne leur fait pas la morale.

— J'imagine ! conclut Mehrlicht. Faudra que vous racontiez ça à mon collègue, le balaise, ça l'amusera beaucoup.

— Plus récemment, on a croisé des groupes de druides – ils se désignent comme tels – qui viennent chercher des champignons et des mousses. Je vous passe les histoires délirantes de serpents ou de crocodiles géants. Quoiqu'on ait trouvé un python de trois mètres il y a quatre mois…

— Ah ! souffla Mehrlicht en éclairant le sol autour de lui de sa lampe frontale.

Un bruit régulier de métal leur fit lever la tête. Le commandant Zelle arriva. Ils l'aidèrent à poser les pieds au sol. Ce fut le tour de Dossantos qui, à l'étroit, faisait crisser le canon du fusil à pompe contre la paroi du tunnel, puis de Ménard et de Latour. Samir arriva le dernier.

— Bon, on établit un ordre de marche et on y va. Qui vient derrière moi ? demanda le chef égoutier.

Sa voix traînait un petit écho. Le commandant Zelle et le capitaine Mehrlicht s'approchèrent ensemble. Mehrlicht la regarda, l'éblouissant de sa lampe frontale. Elle baissa les yeux.

— Un gentleman peut pas vous laisser passer devant, commandant.

Elle n'insista pas et se plaça derrière lui. Dossantos vint ensuite, suivi de Latour et Ménard. Samir fermait de nouveau la marche.

— Allons-y, lança l'égoutier, comme s'ils partaient en colonie.

Ils progressèrent une vingtaine de minutes dans ce boyau, lançant des cercles de lumière sur les parois grises et humides, clartés qui se reflétaient parfois sur un objet de métal, ranimant un instant une étoile fixe et morte dans cette nuit sans fond. Chaque son se démultipliait dans ce trou obscur. Leurs pas résonnaient mollement dans le tunnel et répondaient aux inflexions de leurs voix. Au loin, un bruit semblait pulser au rythme de leur approche, un bruit sourd et gras, un flux régulier et infini.

— Ce que vous entendez, c'est l'écoulement du grand collecteur, commenta l'égoutier. On l'entend de loin.

La marche se poursuivit encore un temps dans ce long tunnel, puis le chef égoutier s'arrêta pour examiner sa carte.

— Je pensais trouver une autre brèche par ici. Derrière, il y a une galerie… Disons, officielle. Mais ils n'ont pas fait de percée… Continuons. De toute manière, à deux cents mètres, c'est bouché.

L'exploration reprit. Ils furent tout à coup assaillis par une odeur effroyable.

— Quelle horreur ! gémit le commandant Zelle.

— Il y a un conduit d'aération qui donne sur l'égout derrière ce mur. Remarquez, vous comprenez pourquoi on appelait ça un *boyau*, expliqua l'égoutier.

— Ou *l'intestin du Léviathan*, selon Hugo, ajouta Mehrlicht.

— C'est quoi, un *Léviathan* ? interrogea Dossantos.

— C'est la bête de l'Apocalypse. Tu demanderas à ton copain Shaman !

Ils parcoururent encore cinquante mètres, et l'égoutier s'arrêta net, bousculant soudain l'ensemble de la file indienne.

— Bon sang de bon sang, jura-t-il. Tu as vu ça, Samir ?

Sa grosse lumière s'immobilisa. Sur le côté gauche

du tunnel, une large ouverture avait été pratiquée de manière assez propre dans le mur de ciment dont les gravats anciens parsemaient le sol. Le chef égoutier s'avança.

— Attendez-moi là.

Il se baissa un peu pour pénétrer ces nouvelles ténèbres.

— Nom de…, lança-t-il tout à coup, une fois parvenu de l'autre côté, d'une voix étouffée par la distance.

Il fit volte-face et sa voix se fit plus forte dans l'ouverture :

— Samir, viens voir !

Samir contourna le groupe et s'introduisit dans l'ouverture à son tour. Mehrlicht et les autres se retrouvèrent seuls et silencieux face à la brèche obscure. Leurs lumières frontales couraient autour de l'ouverture mais n'étaient pas assez puissantes pour percer les ténèbres au-delà. Ils remarquèrent un sombre graffiti sur la droite. Peut-être un mot de passe ou un code, peut-être une indication quant à ce qui se trouvait par-delà ce passage. Chacun spécula secrètement mais aucun d'eux ne put déchiffrer l'écriture sur le mur. Les murmures des deux égoutiers captèrent soudain toute leur attention, aiguisant leur appréhension devant l'inconnu. Ils écoutèrent l'écho de leurs voix pendant quelques minutes sans discerner de sens. Puis les deux hommes reparurent. Le chef égoutier en tête paraissait aussi déconcerté qu'excité.

— Il y a un accès à une partie… non répertoriée du

330

sous-sol, expliqua-t-il. Pourtant, on a des cartes très précises, même des puits et des galeries qui ont été remblayés. Cet endroit n'existe pas… Et n'a jamais existé !

— Allons-y alors, gronda Mehrlicht.

— Non, non, c'est trop dangereux. Tout est pourri. Rien n'est étayé. Si le sol cède sous vos pieds, on fait quoi ?

— Je sais pas. Chantez un cantique.

L'égoutier et le policier se dévisagèrent. L'homme-grenouille ne semblait pas plaisanter, l'égoutier le comprit.

Mehrlicht poursuivit en pointant l'ouverture du pouce :

— J'ai une enquête à mener et elle passe par là, alors, j'y vais. *Point barre. A priori*, d'autres y sont passés, non ?

L'égoutier réfléchit un instant :

— D'accord, on y va. Mais tout le monde s'en-corde.

Il ne fallut pas plus d'une demi-heure à Samir pour retourner au camion en courant et revenir avec deux cordes de trente mètres. Pendant ce temps, l'égoutier et les policiers avaient passé la large anfractuosité. Ce qu'ils découvrirent les laissa sans voix : ils débou-chèrent sous un vaste dôme de pierre qui s'étendait à cinq ou six mètres au-dessus de leurs têtes, et que soutenait un entrelacs de poutres de bois et de cordes jaunies, structure titanesque corrompue par le temps. Sous le dôme béait un large gouffre d'une dizaine de mètres de diamètre qui semblait directement mener aux tréfonds de la terre. Les parois du gouffre étaient parcourues par un petit chemin, qui, en spirale, disparaissait dans les ténèbres en contrebas. Le chemin restait cependant bien visible, puisque côté paroi et côté gouffre, il était bordé de deux lignes de crânes blancs.

— C'est une partie des catacombes, on dirait, dit l'égoutier.

— *On dirait ?* répéta Mehrlicht, inquiet.

— Les égouts sont entre deux et douze mètres de la surface. Par exemple, la galerie d'égouts murée que l'on vient de quitter est à huit mètres. Le métro, c'est entre quatre et vingt-cinq mètres de profondeur. Les catacombes et les carrières, c'est entre vingt et quarante mètres de la surface.

Il regarda le fond du gouffre et reprit :

— Là, à vue d'œil, il y a au moins vingt mètres. Et on ne voit pas le fond encore…

Leurs voix résonnaient toujours sous le dôme de pierre. Il poursuivit :

— En plus, si vous regardez le travail de charpente, d'étayage, ou le petit chemin terrassé à la pelle… c'est des travaux qui ont au moins un siècle.

Samir leur passa la corde sous les bras, laissant environ quatre mètres de corde entre chacun, avant de reprendre sa place à l'arrière. Il s'attacha au dernier, Ménard, avec la deuxième corde et proposa à son chef d'assurer la cordée. Le chef égoutier ouvrit la descente sur la faible pente de terre brune, s'engageant entre les lignes de crânes blancs.

— L'endroit a été visité souvent, remarqua-t-il en désignant les nombreuses traces de pas dans la terre.

Pendant près d'une heure, ils suivirent l'étroite sente qui, en spirale, les menait plus avant dans les ténèbres sous la ville. Personne ne soufflait mot, se concentrant sur chacun de ses pas. Régulièrement, Mehrlicht voyait l'égoutier consulter le cadran de son étrange montre.

— Un souci ?

— Non, non, c'est juste. C'est juste qu'on est déjà à quarante-cinq mètres de la surface.

— Ah ! Et c'est pas bien ? s'enquit Mehrlicht.

— On ne pourra pas descendre indéfiniment sans matériel.

Ils poursuivirent la descente quelques minutes et arrivèrent à un palier. Le chemin continuait, toujours plus bas, vers d'autres ténèbres. Une galerie dans la paroi offrait la première alternative dans leur parcours.

— Les traces ne vont pas plus bas. Ceux qui sont passés ici ont pris la galerie, leur indiqua leur éclaireur.

— Allons-y, dit Mehrlicht.

Le chef égoutier réfléchit un instant :

— D'accord, mais il est 13 h 20 et je ne suis pas sûr d'avoir du réseau plus loin. Je dois prévenir Tony et lui donner notre position.

Il retira son gant droit et tira de l'étui attaché à sa ceinture un petit téléphone qu'il ouvrit d'un coup de pouce. En quelques secondes, il transmit à son collègue les coordonnés GPS du groupe, la profondeur et fixa un rendez-vous téléphonique ultérieur. Les cinq policiers l'écoutèrent sans un mot et leur angoisse s'estompa un peu : ils n'étaient pas, comme ils le pensaient depuis près de deux heures, perdus, avançant à tâtons dans ces ténèbres de pierre et risquant à chaque pas d'y être ensevelis pour toujours. Non. Quelqu'un là-haut savait et veillait sur eux.

La troupe se remit en route. Ils quittèrent le chemin de terre jonché d'ossements pour s'engager dans l'étroite galerie creusée dans la roche. Elle devait faire deux mètres de haut, au plus, et un mètre de large. La pente était légère, mais chacun percevait qu'ils remontaient doucement. L'impossibilité de projeter leurs lumières devant eux ou autour d'eux ajoutait à cet oppressement qu'ils ressentaient tous déjà, mais que nul n'exprimait. Des crânes posés à intervalles réguliers indiquaient le chemin.

— C'est la forêt du Petit Poucet, ici, plaisanta l'égoutier.

— Ou un épisode de *Cold Case*, rétorqua Dossantos, qui tenait fermement son fusil à pompe.

Après dix minutes de marche, l'égoutier leur demanda de nouveau de s'arrêter. L'ordre remonta le long de la corde jusqu'à Samir qui venait de les rejoindre. La galerie semblait se diviser en deux. Au terme d'un court conciliabule, il fut décidé de suivre les traces et les crânes, l'autre galerie ne présentant aucune empreinte. Quatre intersections plus tard, après une autre heure de marche aveugle sur la rocaille humide, ils s'immobilisèrent à l'entrée d'une nouvelle salle que l'égoutier inspecta en premier de sa lampe avant de leur donner le feu vert. Lorsqu'ils entrèrent, ils entendirent d'abord un bruit d'eau assez proche. Un canal devait se trouver à proximité. Puis l'odeur suffocante qui les prit à la gorge leur en donna confirmation. Chacun porta la main gantée, la manche caoutchouteuse à son nez. Sauf les deux égoutiers.

— Au moins, vous saurez pourquoi on veut faire reconnaître la pénibilité de notre travail, plaisanta l'homme au bouc noir. Venez par là.

Il les entraîna plus avant vers le centre de cette large salle au sol pierreux tapissé de boue dont le plafond devait s'élever à cinq mètres au-dessus d'eux.

— On est de nouveau à dix mètres sous la surface, déclara-t-il en regardant son petit cadran. Cette zone n'est toujours pas répertoriée. Il y a une canalisation qui passe à dix mètres derrière ce mur. Il y a des aérations, alors, on en profite ! Mais vous êtes les seuls à souffrir de la puanteur. Regardez !

Il pivota, projetant la lumière de sa grosse lampe sur un entassement de caisses de bois que recouvraient pêle-mêle des emballages de paquets de biscuits, des sacs plastiques éventrés, des bouteilles et des cubitainers de vin vides, des boîtes de conserve béantes. Le sol lui-même en était couvert par endroits, restes d'un banquet conséquent. D'autres caisses étaient entassées à différents endroits de la salle. Le chef égoutier détacha la corde qui l'entravait et s'éloigna pour s'assurer de la sécurité du lieu. Dossantos se détacha à son tour, épaula son fusil à pompe, laissant le canon pointer vers le sol, et déclara :

— Je vous suis.

Ils entreprirent tous deux de faire le tour de la salle tandis que les autres se détachaient aussi pour en fouiller le centre.

— Quelqu'un s'est tapé la cloche, ici. Un vrai repas de Balthazar ! s'exclama Mehrlicht en s'approchant des détritus.

— Ou un *banquet des affamés*, souffla Latour.

Il se retourna et l'éblouit. Elle leva la main pour se protéger les yeux, et expliqua :

— Ils n'ont pas dû en voir souvent des repas comme celui-là, ces dernières années, les pauvres gars qui ont mangé là.

Mehrlicht baissa la tête vers une petite pile de caisses et attrapa l'un des sacs plastiques.

— Carrefour. Au moins, on a retrouvé le corps du délit.

Le commandant Zelle se rapprocha de lui.

— Vous ne pensez pas si bien dire, commenta-t-elle.

D'un revers du bras, elle balaya les emballages du repas qui tombèrent au sol, révélant le couvercle de la caisse. Ils lurent ensemble :

— Manufacture Impériale de Châtellerault.

À la hâte, ils tentèrent de soulever le couvercle, mais celui-ci semblait toujours cloué. La caisse faisait un mètre soixante de long pour cinquante centimètres de large et le bois veiné s'était ombré à l'humidité des sous-sols et patiné avec le temps.

— Vous avez des outils ? demanda Mehrlicht à Samir qui les regardait, interdit.

L'égoutier sembla s'éveiller. Il saisit le court marteau qui pendait à sa ceinture et le tendit. Mehrlicht attrapa l'étrange outil et utilisa la partie crochetée comme pied-de-biche. Le commandant Zelle et Samir tenaient la caisse. Ils s'y reprirent à plusieurs fois. Sous l'effort, leurs lumières fusaient dans la salle comme trois stroboscopes furieux, la transformant par instants en boîte de nuit. Bientôt, le couvercle céda, dévoilant une rangée de six fusils.

— Ils existent... Ils existent et on les a trouvés, souffla le commandant Zelle avec un vrai soulagement.

— S'ils sont tous là..., tempéra Mehrlicht.

Il appela Ménard et Latour qui fouillaient déjà une autre zone de la salle et ils entreprirent ensemble d'ouvrir toutes les caisses. Une lumière orangée surgit soudain derrière eux. Dossantos et le chef égoutier venaient d'enflammer une torche fichée dans la pierre à hauteur d'homme. Ils en allumèrent rapidement une deuxième et une troisième. La lumière inonda la voûte de pierre et le sol humide, révélant six tas de caisses de bois. Toute la partie centrale de la salle était jonchée de détritus et d'emballages en tous genres. Mehrlicht et le commandant Zelle trouvèrent rapidement les onze caisses qui, à l'écart, avaient été vidées de leur contenu.

— Il manque soixante-six fusils, conclut le commandant Zelle.

Mehrlicht se racla la gorge.

— Putain ! Ça fait quand même un sacré régiment…

— Capitaine !

À quelques mètres de là, Latour et Ménard appelaient leur capitaine. Mehrlicht et le commandant Zelle s'approchèrent, secouant à chacun de leurs pas les faibles rais de lumière blanche qui s'échappaient de leurs casques et tentaient d'exister dans la chaude clarté des torches. Le sol à cet endroit était en grande partie couvert de déchets plastiques et de morceaux de papier sépia qui lui donnaient un relief ondulé. À demi recouvert, le corps d'un homme d'une quarantaine d'années reposait à même le sol. Il était sur le dos, les bras étendus le long du corps, emmitouflé dans plusieurs couches de vêtements sombres. Son visage gris et barbu était paisible, malgré le cercle noir et poisseux qu'il avait sur le torse. La mort semblait récente, à moins que le froid des profondeurs n'ait conservé sa dépouille intacte.

— Ça n'explique pas complètement l'odeur, mais un peu…, commenta Mehrlicht en s'accroupissant pour écarter les quelques papiers qui dissimilaient le visage du cadavre. Le commandant Zelle l'identifia alors rapidement.

— C'est la Danseuse, dit-elle, laissant tomber ses épaules, puis se reprenant : le lieutenant Lisbon.

Elle soupira et détourna les yeux. De toute évidence, l'une de ses quêtes prenait fin. Latour et Ménard, immobiles, contemplaient le corps d'un collègue. Plus loin, Dossantos et les deux égoutiers continuaient d'inspecter le site. Mehrlicht préféra ne pas appeler le colosse.

Il allait se relever lorsqu'il se ravisa :

— Et tous ces confettis ? C'est quoi ? demanda-t-il comme à lui-même en ramassant l'un des morceaux de papier rosé.

Le commandant Zelle s'accroupit à son tour et attrapa l'un des morceaux.

— On dirait du vieux papier.

Mehrlicht frotta le fragment de papier entre ses doigts et son pouce se tacha aussitôt de noir. L'homme-grenouille se figea.

— C'est de la cellulose, corrigea Mehrlicht avant d'ajouter, la cellulose qui compose la gaine des munitions du Chassepot.

— Ils ont vidé les cartouches, dit le commandant Zelle en s'étranglant.

— Ils ont rassemblé toute la poudre ! acheva Mehrlicht.

Ils restèrent un instant stupéfaits. Latour et Ménard les regardaient. Mehrlicht le premier sortit de sa torpeur.

— Inspecteur Ménard, il fait calculette, ton bigot ?

Ménard commença à se fouiller et à bafouiller :

— Bigot ? Euh… oui, bien sûr !

Le commandant Zelle se releva, et suivant la logique du capitaine, enchaîna :

— Le conservateur nous a dit qu'il y avait six grammes de poudre noire par cartouche, fois cent cartouches par fusil…

Ménard tapotait frénétiquement son clavier.

— Fois deux mille sept cents fusils… Ça fait combien ? le pressa Mehrlicht.

Ménard termina son calcul et releva un visage blême.

— Ça fait une tonne six, capitaine.

— Une tonne six. Putain ! Murfe ! L'artificier ! Ils ont fait une bombe.

Ils se figèrent d'effroi.

— Il y a ça, là, signala Dossantos, les appelant de l'autre côté de la salle.

Il se baissa et ramassa quelques feuilles de papier tandis que tous approchaient pour le rejoindre. Dossantos jeta un œil aux documents et les tendit à Mehrlicht.

— Ça va te dire quelque chose, je pense.

Mehrlicht les saisit et les inspecta. Il reconnut le plan de Crémieux qui s'étendait sur deux feuilles A4. Il reconnut les croix noires, les ronds noirs… Mais il ne retrouva pas le rond rouge censé représenter le centre commercial Les Quatre Temps, à La Défense, la cible supposée de Malasingne, car en lieu et place du point rouge était dessiné un U retourné qu'il reconnut.

— La Grande Arche ! expira-t-il.

Ils s'approchèrent pour regarder le plan que Mehrlicht leur abandonna, éberlué. Puis il reprit :

— Ils vont faire effondrer la Grande Arche de la Défense ! Par le sous-sol ! En fragilisant les fondations !

Les cinq policiers se regardèrent, médusés. Un vent glacial balaya la salle.

— Le quartier des affaires, comprit le commandant Zelle.

— On est le 11 septembre, souffla Latour.

Ils se tournèrent tous vers elle, leurs yeux écarquillés d'horreur. Mehrlicht et le commandant Zelle dégainèrent leur téléphone portable en même temps.

— Pas de réseau, putain !

— Moi non plus.

Les lumières de leurs casques battaient la pierre de la salle. Ils s'agitaient en tous sens comme deux renards pris au piège. Le commandant Zelle attrapa le bras de Mehrlicht et plongea son regard déterminé dans le sien.

— Écoutez-moi ! Il faut que je prévienne le commissaire Di Castillo. Dès que nous avons su pour Les Quatre Temps, nous avons déployé une unité tactique sous le centre commercial. Ils y sont depuis ce matin. Ils peuvent se rendre à l'Arche en moins de quinze minutes.

À l'autre bout de la vaste salle, le chef égoutier les héla :

— Ils sont passés par là. Et je crois qu'ils étaient sacrément chargés.

— Ça mène au grand collecteur, par là, ajouta Samir. Vous aurez du réseau.

— Allons-y, commanda Mehrlicht à ses troupes.

Ils se précipitèrent à la suite de l'homme dans l'obscurité d'un nouveau boyau.

— Il faut faire vite, ordonna Mehrlicht, essoufflé après ses dix premiers mètres de course. S'ils ont… S'ils ont déplacé la poudre… C'est pour l'utiliser… Faut foncer…

Le chef égoutier ouvrit la voie en petite foulée sur le sol humide.

— Le grand collecteur est à deux cents mètres. Vu les traces au sol, ils l'ont rejoint.

Il désigna du doigt de larges sillons creusés dans le dépôt abject qui recouvrait le sol, des traînées laissées par de lourds fardeaux. Mehrlicht les regarda à peine. Ses tempes battaient un rythme des Tambours du Bronx. Tout ce qu'il avait de sang dans le corps était sous pression dans son cou et dans ses yeux. Sa tête entière était sur le point de le quitter comme un bouchon de champagne. Il lutta, tenta d'inspirer plus d'air, mais les vieux soufflets crevés et brûlés qui lui servaient de poumons ne le pouvaient plus. Il les entendait gémir et couiner quand un sifflement court passait sa gorge et filait par ses lèvres ouvertes, aussitôt ravalé dans ces sacs percés. Son cœur grondait dans sa poitrine comme une bête furieuse acculée au fond de sa cage. Le sang tout à coup quitta son visage, et la pression disparut. La lampe de son casque projeta alentour la lumière chaude et douce du soleil.

40

Une main claqua de nouveau sa joue et il ouvrit les yeux. Latour se tenait au-dessus de lui sous l'éclairage d'un haut tunnel de béton aux dimensions gigantesques.

— Il se réveille, dit-elle.

Dossantos se pencha vers lui.

— Tu nous as fait peur.

Mehrlicht ouvrit grand les yeux.

— Merci.

— De quoi? demanda Latour.

— De ne pas avoir laissé Ménard ou Zelle me gifler à ta place.

Il se redressa lentement. Dossantos et Latour l'y aidèrent. Ils étaient sur le bord d'un large canal de ciment qui charriait des eaux grises. Quelque cinq mètres plus haut, des néons suspendus à la voûte faisaient pleuvoir une lumière froide qui lançait à leurs pieds et dans les recoins des ombres maigres et inquiétantes. À quelques mètres d'eux, le chef égoutier et, plus loin, le commandant Zelle, étaient au téléphone. Mehrlicht fronça les sourcils. Latour comprit que l'homme-grenouille se demandait ce qu'il avait raté.

— On est dans le grand collecteur. On a du réseau. Le commandant Zelle est en train d'appeler. Vous êtes tombé pendant qu'on courait. Mickael vous a porté.

Il tenta de se lever. Dossantos et Latour le soutenaient.

— On est arrivés ici par la galerie, là-haut, compléta Dossantos, en désignant une ouverture sombre à trois mètres du sol. On t'a descendu avec la corde. Tu pèses ton poids, quand même. On ne pourra pas repartir par là.

Le chef égoutier raccrocha son téléphone et revint vers eux.

— J'ai appelé mon gars, Tony, pour lui dire qu'on sortira par un autre endroit, au sud-est. Il est 14 h 50 et on ne peut pas revenir sur nos pas.

Il se tourna vers le canal où s'écoulaient lentement des eaux souillées qui charriaient les immondices et déchets de la surface vers leur ultime demeure, quelque part en aval.

— Le grand collecteur a un axe est-sud-est/ouest-nord-ouest qui suit l'axe historique de Paris. Par là, on passe sous la Concorde, l'Arc de triomphe, puis La Défense. Il y a une bonne heure de marche. Vu les traces qu'ils ont laissées, vos gars étaient chargés. Ça a dû être une sacrée besogne !

— Une tonne et demie, c'est sûr, commenta

344

Ménard, en tentant de se passer la main dans sa tignasse et se heurtant au casque.

— Il faut y aller, dit Mehrlicht en se raclant la gorge et en essayant de se défaire de l'étreinte de Dossantos et de Latour.

— Vous n'êtes pas en état, coupa Latour.

— Tu ne tiens pas debout, dit Dossantos.

— Ce ne sera pas la peine, conclut le commandant Zelle en rangeant son téléphone portable, l'air presque satisfait, comme elle s'approchait d'eux. J'ai fait mon rapport au commissaire Di Castillo. L'unité tactique est en mouvement. Ils seront sur cible dans moins de douze minutes. Une équipe de démineurs et deux escadrons de l'armée de terre sont appelés en renfort.

Elle se pinça les lèvres.

— Ce n'est plus qu'une question de temps…

Un silence s'installa.

— On va remonter par une sortie au sud-est. J'ai appelé une ambulance. Vous pouvez marcher ? demanda l'égoutier.

— Ça ira, grogna Mehrlicht sous la morsure du mot *ambulance*.

La réponse ne parut pas plaire à l'égoutier qui fit la moue.

— Bon, on va y aller doucement de toute manière.

Mehrlicht grognonna de nouveau comme un gros chat fâché, et la troupe se remit en route, en file indienne, si ce n'était Dossantos qui soutenait Mehrlicht. Leurs pas résonnaient sous la voûte de béton. Personne ne parlait. Leurs imaginations s'emplissaient d'explosions, de mort et de poussière. À présent condamné à l'impuissance et à l'attente, chacun repensait à ce qu'il faisait, à l'endroit où il était quand le premier avion avait percuté la tour. Nombreux étaient ceux qui n'avaient pas vu les premières images à la télévision et avaient douté. On avait souri même en s'étonnant qu'un voisin, un collègue, un conjoint ait pu inventer pareil canular. Le sourire s'était effacé aussitôt. On avait lu dans les lignes de ce visage l'effroi, la stupeur et le désespoir. On avait perçu la terreur dans cette voix au téléphone. Nombreux étaient ceux qui avaient vu le second avion emboutir la seconde tour et avaient poussé un cri d'horreur. On s'était regroupés, on avait appelé les siens pour tenter de se préserver de cette mort nouvelle, massive et inéluctable, tombée d'un ciel vengeur comme un déluge ou un feu d'apocalypse. Nombreux étaient ceux qui avaient pleuré parce qu'il n'y avait aucun refuge contre cette folie. La destruction de l'Arche de La Défense serait certes moins spectaculaire, pensait Mehrlicht, mais l'opération de communication de Malasingne était finement calibrée. Les SDF de Paris mettaient à bas le grand quartier des affaires européen un 11 septembre. Quelle ironie ! L'ennemi n'était plus à l'autre bout du monde, au Pakistan ou en Irak, il n'était plus musulman, ne parlait plus ourdou, persan ou arabe. L'ennemi était intérieur et habitait près de chez nous. Il n'était pas un combattant entraîné aux confins d'un désert, mais une victime d'un système sans scrupule qui l'avait humilié, jeté à la rue, puis aux tréfonds des égouts. Il éclosait dans ce cloaque fétide, cet abject margouillis, se façonnait dans la plus répugnante des boues, golem dérisoire dégouttant les pisses chaudes et anonymes, les fluides les plus intimes de ses concitoyens. Mehrlicht imagina ce Tortillo, terroriste rouge, portant un tee-shirt du Che comme on en voyait maintenant partout. Non ! La *Revolución* comme marketing ne devait pas lui plaire. Mehrlicht se désolait à l'idée de voir ce type violent triompher. Était-ce la seule voie possible pour ceux qui n'ont plus droit à la révolte, parce qu'ils n'existent plus ? La seule expression pour tous les *Indignés* ?

— Tu tiens le coup ? lui demanda Dossantos.

— Oui, ça va, oui. Tu peux me lâcher, je crois.

Dossantos le lâcha doucement et Mehrlicht poursuivit le chemin de ses propres forces. Le colosse marchait au côté du batracien, prêt à le rattraper.

— Tu crois qu'ils vont tout faire péter, Daniel ?

— Je sais pas, Mickael… Je sais pas.

Pendant une trentaine de minutes, ils progressèrent dans le grand tunnel, vaste caverne où s'agitaient leurs ombres frénétiques. Le chef égoutier décrocha son téléphone à plusieurs reprises, commandant l'ambulance, indiquant son point de sortie auquel ils parvinrent finalement. Puis il désigna une échelle de barreaux métalliques enchâssés dans la pierre.

— On y est. Je passe devant.

Au sommet de l'échelle, la lumière du jour formait un disque éblouissant. À tour de rôle, ils montèrent et se retrouvèrent à la surface devant Tony et une ambulance, un fourgon blanc et bleu. Un ambulancier en blouse attendait devant l'engin l'homme qui avait fait le malaise. Un autre patientait au volant.

— Pas mécontent d'être à l'air frais, dit Mehrlicht en sortant une cigarette de son paquet.

— Tu ne devrais pas fumer, là, Daniel. Tu viens de tomber dans les pommes.

— Mais c'était le manque, putain. T'es pas toubib pour deux ronds. Tu vas voir, ça va aller mieux maintenant. Je vais péter le gasoil.

Dossantos, dépité, le regarda aspirer à grosses goulées la fumée de sa gitane.

— Ah ! Je revis ! souffla Mehrlicht, les yeux mi-clos.

— C'est malin… Et l'ambulance ?

— Vous devriez y aller, insista Latour.

— C'est clair, valida Ménard.

Mehrlicht les regarda et sourit. Un nuage laiteux entoura son visage et s'éleva lentement vers le ciel.

— Pas besoin, je vous dis ! Je reviens d'entre les morts.

Le téléphone du commandant Zelle sonna et tous se figèrent pour l'observer. Elle décrocha et écouta sans un mot, à peine un *ah !* – ou était-ce un *ah ?* –, la communication dura bien deux minutes, puis elle raccrocha. Elle inspira profondément avant d'affronter leurs regards :

— À 15 h 17, l'unité tactique a découvert un regroupement d'hommes dans un parking désaffecté sous l'Arche. Près d'une soixantaine, selon la dernière estimation. Nos hommes ont essuyé des tirs de Chassepot. Ils ont riposté et tué près d'une dizaine d'agresseurs. Les échanges de tirs ont continué. À 15 h 19, l'un des terroristes a embrasé une traînée de poudre tandis que l'échange de tirs continuait…

Ils buvaient ses paroles avec angoisse.

— À 15 h 20, une partie de l'unité tactique a réussi à prendre les terroristes à revers, divisant leur front et les acculant au cessez-le-feu. Les flammes de la traînée de poudre ont alors atteint un tas de sacs-poubelle noirs et se sont rapidement éteintes.

— Quoi ? dit Latour.

— Les sacs contenaient du sable, de la boue, et des morceaux de tissu, expliqua le commandant Zelle, l'air grave.

— Où est la poudre, alors ? demanda Dossantos.

Le commandant Zelle l'ignora.

— Les sacs sont inspectés en ce moment même. L'équipe tactique a fait vingt-deux prisonniers.

— Donc trente-huit morts, déduisit Mehrlicht.

Elle resta silencieuse un instant avant de reprendre :

— Tortillo a été identifié parmi les terroristes abattus.

— Et Malasingne ? demanda Dossantos.

Elle garda le silence un instant :

— Il n'a pas été identifié pour l'instant parmi la soixantaine de terroristes présents.

— Ça veut dire quoi, ça, au juste ? Que vous l'avez pas encore reconnu ou qu'il y est pas ? s'enquit Mehrlicht que les tournures politiquement correctes du commandant commençaient à agacer.

Le commandant Zelle eut un petit rictus.

— Les deux, mon capitaine.

Mehrlicht eut envie de lui aboyer dessus, mais cette cigarette le délassait énormément.

— Ou que vous ne voulez pas donner l'information, commandant, ajouta Latour.

La belle femme brune la toisa.

— « *Deux intellectuels assis vont moins loin qu'une brute qui marche* », annonça Maurice Biraud tout de go.

Mehrlicht sourit de la citation et plongea la main sous la combinaison en caoutchouc.

— « *Deux intellectuels assis vont moins loin qu'une brute qui marche.* »

— Putain ! pesta Mehrlicht en se débattant, la main coincée dans la poche de son costume.

Ils regardaient tous le petit homme qui semblaient avoir des spasmes.

— « *Deux intellectuels assis vont moins loin qu'une brute qui marche.* »

Mehrlicht arracha tout à coup son téléphone et scruta l'écran.

— C'est Matiblout qui vient aux… Putain ! lâcha-t-il dans une pouffée de gitane, comme frappé par la foudre.

Les autres l'observaient et se demandaient si

350

l'homme-grenouille avait une attaque ou une révélation.

— «*Deux intellectuels assis*», répéta-t-il.

Extatique, l'homme-grenouille regardait le nuage de fumée qui dansait devant lui, et y lisait l'invisible. Tout à coup, il chassa les fumerolles de cigarette d'un revers de main.

— On s'est fait enfumer. Et Tortillo aussi. L'égoutier avec moi. Mickael, tu conduis !

— Hein ?

Mehrlicht se précipita entre eux, les bousculant à moitié et gagna le fourgon blanc et bleu. Il ouvrit la portière de l'ambulance côté passager, et se rua à l'intérieur. Le chauffeur tenta de désapprouver l'intrusion quand l'homme-grenouille le pria de descendre prestement en appliquant sa carte de police sur son front. Le commandant Zelle et l'égoutier montèrent derrière eux tandis que Latour et Ménard se faisaient une place à l'arrière du fourgon, près du brancard. L'ambulance démarra en trombe. Dossantos, ravi, en déclencha toutes les trompettes :

Mehrlicht reprit :

— Malasingne a jamais voulu faire sauter La Défense ! Est-ce seulement possible… Une tour de béton avec de la poudre noire… Il a manipulé tout son monde. Sa cible, c'est la Sorbonne. Ses vieilles fondations qu'ils doivent d'urgence remblayer. Il a dû se sentir manipulé par Ferrand et Tortillo, peut-être menacé… Alors, il a monté une opération de… comment on dit, là, déjà ? demanda-t-il au commandant Zelle.

— Opération de déception.

— Il a dû leur parler de vengeance contre le Capital, contre l'Argent corrupteur, resservir à ses troupes la soupe de Tortillo, pour monter en loucedé sa propre opération avec ses deux copains plus quelques autres. Il a prétendu détruire Babylone, la grande cité du Mal, du Vice et de l'Argent, pour mieux attaquer Babel… La Sorbonne !

— Tu m'as perdu, là, dit Dossantos.

— Je sais. On peut rejoindre la Sorbonne par les égouts, d'où on était ? demanda-t-il soudainement à l'égoutier.

Mehrlicht semblait rebondir sur son siège.

— Ah oui, bien sûr ! Toujours en suivant l'axe historique, et en passant sous la Seine à hauteur de l'Hôtel de Ville, oui. Ou en suivant les tunnels de la ligne 4 ou du RER B, puis en reprenant par les égouts. C'est même moins loin que La Défense.

L'ambulance bifurqua soudain et s'engagea sur les quais de Seine à vive allure. Tout le monde vacilla dans le fourgon.

— Tu continues comme ça jusqu'au pont Notre-Dame, à gauche. Après c'est tout droit. Tu peux pas accélérer, là ? demanda Mehrlicht.

— Je suis à cent quarante ! objecta Dossantos.

— Ben va à cent soixante, alors !

— Bien, chef ! Mais ce n'est pas facile avec les bottes en caoutchouc…

Il écrasa la pédale et déforma la botte. Le moteur grogna et l'ambulance accéléra, mugissant à plein tube qu'il fallait s'écarter de sa route ou subir son courroux.

— Si vous nous tuez, cela ne servira à rien ! clama le commandant Zelle dont les boucles de cheveux échappées de son casque bleu voletaient en tous sens à l'arrière.

Mehrlicht l'ignora.

— Il est quelle heure, putain, là ?

— 15 h 36 ! brailla l'égoutier qui trouvait aussi qu'il recevait trop de vent à l'arrière.

— Putain ! Je me goure peut-être. Mais le jeudi à 16 heures, c'est son heure à Malasingne. C'est le prof de fac qui nous l'a dit. Des heures à discuter avec Hugo dans la cour d'honneur. *Deux intellectuels assis...* Hugo et Pasteur... Vous pigez ce que je veux dire ?

L'homme-grenouille coassait frénétiquement comme un soir de bal à l'étang. Tout le monde l'écoutait crier, sauf le commandant Zelle qui passait un coup de fil.

— S'il fait péter sa bombe aujourd'hui, son histoire devient un événement international ! Il y aura enquête. On saura pourquoi il a fait tout ça. Ça retombera sur la Sorbonne. Certains devront rendre des comptes ! Prends à droite, là !

Les pneus de l'ambulance piaulèrent lorsque le véhicule dérapa sur le pont Notre-Dame. À l'arrière, Ménard poussa un cri étouffé en rebondissant d'une paroi de l'ambulance à l'autre. Dossantos réaccéléra et commença de slalomer entre les véhicules inquiets.

Il atteignit les cent trente en passant devant la préfecture de police, ce qui émut le planton.

— Ils évacuent la Sorbonne, dit le commandant Zelle en raccrochant.

— Vous avez le bras long, commenta Mehrlicht. Moi, ils m'auraient menacé d'appeler mes parents si je refaisais ce genre de blagues.

L'ambulance ralentit à hauteur du quai Saint-Michel, toujours encombré.

— Ne me dites pas que vous vous arrêtez au feu, s'énerva le commandant Zelle.

— Vous voyez bien, tout est bloqué, bougonna Dossantos en montrant les véhicules immobiles.

— Mais prenez le trottoir, bon Dieu ! s'emporta-t-elle.

Mehrlicht sourit.

— Je vous préfère comme ça, commandant !

Piqué au vif, Dossantos manœuvra et monta sur le trottoir. Il les propulsa dans l'artère occupée avec une rage de taureau. Les voitures pilèrent pour le laisser passer. L'ambulance s'engouffra dans la rue Saint-Jacques en hurlant sa colère, comme une bête folle.

— Vous savez où trouver une entrée pour rejoindre l'égout sous la Sorbonne ? demanda Mehrlicht à l'égoutier qui s'accrochait maintenant fermement à la portière.

L'homme sortit sa carte imperméable et tenta de la lire entre deux rebonds.

— Il y a une bouche d'égout au carrefour de la

rue Saint-Jacques et de la rue des Écoles, cria-t-il. On pourra descendre là.

L'ambulance continua sa course pendant quelques minutes sans qu'aucun d'eux n'ajoutât quoi que ce fût. La sirène du véhicule matérialisait l'urgence de la situation.

— Quelqu'un a dû tirer le signal d'alarme, déclara Dossantos en pointant le haut de la rue du menton.

En effet, au bout de la rue devant eux, une foule compacte s'échappait à la hâte de l'université et se déversait sur la chaussée.

— Fais gaffe ! C'est là !

Mehrlicht lui montra du doigt le carrefour de la rue des Écoles. Dossantos pila dans un piaillement de buse et immobilisa l'ambulance sur le trottoir. Ils fusèrent tous hors du fourgon, et l'égoutier ressortit son marteau crocheté pour déplacer la plaque de fonte. Il la traîna sur quelques mètres et se présenta à l'entrée du trou.

— Pas cette fois, non. Vous restez en haut.

L'égoutier voulut s'insurger, mais Dossantos arriva avec son fusil à pompe et inspecta le trou.

— Bon, OK ! Mais gardez cette direction. Et revenez sur vos pas pour ressortir !

Il indiquait de la main une trajectoire qui coupait le bâtiment par sa diagonale.

— J'attaque, dit Dossantos.

Il alluma la lampe de son casque et s'engagea sur l'échelle métallique fixée à la paroi du trou, avec un certain embarras dû au volume de sa combinaison blindée et à son énorme fusil. Le commandant Zelle suivit. Mehrlicht se tourna vers Ménard et Latour.

— Vous restez derrière, OK ?

— Oui, répondit Ménard. Je veux dire… OK !

Mehrlicht regarda Latour. Elle ne répondit rien, le contourna et s'engagea dans le trou à la suite du commandant Zelle. Mehrlicht se racla la gorge mais il savait qu'il n'avait le temps ni de gueuler ni d'allumer une gitane.

— Il est quelle heure, putain ?

Ménard releva la manche de sa combinaison.

— 15 h 52.

— Putain !

Mehrlicht se rua vers la bouche d'égout. Il descendit une échelle de cinq mètres et se retrouva avec les autres dans un tunnel de ciment où des générations de bâtisseurs arachnéens avaient tissé à en mourir de vastes cathédrales éthérées. Le souffle qui glissait par l'ouverture animait lentement ces rideaux de soie.

— On est dans *Indiana Jones* ou quoi, là ? murmura Mehrlicht. Mickael, tu ouvres et je te suis. Inspecteur Ménard, tu fermes et tu couvres l'arrière.

— Oui, capitaine.

Le groupe se mit en mouvement. Le commandant Zelle et Latour se regardèrent, et se comprirent sans un mot : dans l'esprit de Mehrlicht, ce n'était plus une affaire de femmes. Ils progressèrent pendant quelques minutes dans ce même tunnel avant de tomber sur une fourche. Sur la droite, Dossantos sembla entendre des voix. Il l'indiqua de quelques gestes aux autres et prit cette direction. Après quelques mètres, alors qu'ils progressaient toujours d'un pas vif, ils entendirent des voix. Elles s'échappaient d'une ouverture dans la paroi du tunnel, et Dossantos et Mehrlicht en perçurent quelques éclats.

— *Mana k'olo tika ! Sur par kwiili*, insistait une voix d'homme, plutôt grave mais jeune.

— *Min ?* dit un autre homme d'une voix plus aiguë. Il y eut un silence, puis la voix reprit :

— Écoute, ils ne sont plus là. Parle normalement !

— Encore trois minutes. Il faut respecter le *timing*, la Taupe, reprit le premier.

— Tu as entendu les sirènes ? Et l'alarme ? Il faut faire vite avant le…, la voix de l'homme s'étouffa dans une toux grasse et gutturale.

Les cinq policiers pressèrent le pas et parvinrent à l'ouverture. Le mur semblait avoir été défoncé hâtivement, à voir le petit tas de gravats qui reposaient au pied de ce nouveau passage. Dossantos se baissa contre la paroi et lança un coup d'œil furtif par la brèche. À une quinzaine de mètres de lui, trois hommes discutaient à la lueur de quelques torches, dans une large salle sous des arcades de pierre antiques. Plus loin, derrière eux, il lui semblait avoir aperçu quatre autres hommes qui besognaient et transportaient de gros sacs noirs.

— Avant que les flics arrivent, reprit la voix aiguë et rauque.

— On aura une minute pour sortir, dit une troisième voix. Renvoie les gars maintenant !

— Vous avez raison.

Le jeune type se détourna et partit au fond. Sa voix leur parvint, plus faible.

— Allez-y, les gars, on va finir. On se rejoint au point habituel dans deux heures.

Les gars le saluèrent ensemble, et s'éloignèrent par une ouverture dans le mur droit de la salle.

— Il faut y aller, tonna Dossantos. On fonce, comme dans *Southland.*

— Tu pars sur la gauche. Moi, je pars sur la droite, trancha Mehrlicht.

— Je vous suis, dit le commandant Zelle à Mehrlicht.

— Je viens avec toi, Mickael, dit Latour.

Mehrlicht croisa de nouveau son regard, mais ne dit rien.

— Inspecteur Ménard, tu nous couvres d'ici. Vous êtes… ?

— « *Il vaut mieux s'en aller la tête basse que les pieds devant* », déclara Paul Frankeur, philosophe.

— Merde, gronda Mehrlicht. On y va !

Ils pénétrèrent d'un même pas dans la salle pour voir la flamme qui venait de naître au fond de cette cave, et qui crépitait.

— Police nationale ! cria Dossantos en avançant, son fusil à pompe prêt à en découdre.

— Police ! crièrent les autres dans une cacophonie menaçante.

Les deux hommes devant eux se mirent immédiatement à l'abri derrière les colonnes des arcades. Puis une détonation retentit au fond de la salle près de la flamme, qui résonna sous les voûtes. Latour entendit le son mat du projectile lorsqu'il atteignit Dossantos en plein ventre, et elle vit le colosse s'effondrer. Mehrlicht et le commandant Zelle se mirent à l'abri. Latour se baissa immédiatement pour venir en aide à Dossantos qui grinchait de douleur ou de déception.

— Mets-toi à couvert, putain ! crissa Mehrlicht, épouvanté.

Mais Latour ne l'écoutait pas, s'employant à aider son collègue blessé et à le tirer à l'abri. Pendant un moment, personne n'osa bouger, puis un long canon de fusil apparut derrière l'une des colonnes. Un petit homme bedonnant visa Latour, mais le commandant Zelle lui plaça deux balles dissuasives dans la poitrine, et il bascula en arrière comme un culbuto cassé. L'autre homme, pensant échapper à l'attention de tous, mit à son tour Latour en joue, mais il fut projeté vers elle par l'explosion. La flamme venait d'atteindre le tas de sacs noirs ; la déflagration fut colossale. La salle s'emplit de feu en un instant et le souffle de l'explosion les catapulta contre le mur qu'ils venaient de franchir. Alors, le ciel de la cave s'ouvrit, déchiré par ce feu de la terre, pour abattre sur ces profondeurs un déluge de pierres et de pavés. Les fondations presque millénaires vacillèrent, s'amollirent puis cédèrent sous le fardeau de la cour d'honneur, engloutissant plusieurs mètres plus bas les deux statues de Hugo et de Pasteur sous une chape de carreaux et de rocailles. La terre gronda un instant, puis le silence couvrit la cour d'honneur éventrée d'un suaire de poussière.

41

— Putain !

Mehrlicht ouvrit les yeux. Son visage était couvert de poussière blanche, si l'on omettait la large estafilade qui s'étirait au-dessus de son œil gauche où le sang se mêlait à la terre en une strie cendrée. Son corps entier était couvert de cette même poudre blafarde qui semblait en suspension dans l'air pour l'éternité. La lumière descendait jusque-là par deux larges trouées dans le plafond de la cave, et animait des milliers de paillettes argentées. Toute la cour ne leur était pas tombée sur la tête. La poudre n'avait visiblement pas eu le pouvoir destructeur escompté. Mehrlicht tenta de se relever, mais chaque centimètre de son corps endolori hurla sa volonté de reddition à la mort. Il insista. À travers les derniers voiles de poussière, Ménard parut dans l'ouverture qu'il n'avait jamais quittée. À l'abri derrière le mur au moment de l'explosion, il ne semblait pas avoir subi la moindre blessure, mais était lui aussi couvert d'une épaisse couche crayeuse. Il s'approcha, progressant prudemment entre les gravats.

— Capitaine ?

— Ça va, inspecteur Ménard ! Et les autres ?

Ménard, minuscule dans sa combinaison en caoutchouc, vint l'aider à se relever.

— Je ne vois personne, capitaine. Avec ce nuage…

Au loin, on entendit des sirènes. Les secours approchaient. Mehrlicht et Ménard firent quelques pas en direction de l'endroit où s'étaient tenus Dossantos et Latour, et découvrirent un pied qui dépassait sous un monceau de gravats.

— File-moi la main, gamin ! commanda Mehrlicht en commençant à dégager les pierres et les pavés.

Ménard se mit à son tour à creuser et à déblayer. Ils dégagèrent rapidement les deux corps. Latour s'était étendue en travers de Dossantos, protégeant son torse et son visage. Elle remua un peu dès qu'elle se sentit libérée, et fut aussitôt prise d'une furieuse quinte de toux. Elle se détacha de Dossantos qui, à son tour, leva la tête pour pousser un gémissement d'homme blessé. Sa combinaison, trouée au niveau du ventre, était bariolée de sang. Son visage également blanchi par la poussière portait des marques de brûlure sous les yeux. Son nez avait dû subir un violent choc et saignait abondamment. Son casque aussi avait été écrasé. Ménard aida Latour à se relever tandis que Mehrlicht se penchait sur le colosse abîmé.

— C'est malin, dit Dossantos.

— Bouge pas ! T'as le placard en chou-fleur ! Et je te dis rien du tarbouif !

— Hein ?

— Laisse… Il y a une déménageuse qui s'aboule. Reste-là !

Mehrlicht se releva pour chercher le commandant Zelle du regard. Il la vit allongée derrière l'arcade de pierre qui lui avait servi d'abri pendant la fusillade et qui l'avait protégée de l'explosion. Elle se relevait doucement. De ses cheveux noirs coulait une cendre blanche, et son visage était étrangement fardé. Il enjamba les gravats pour lui venir en aide.

— Je… je vous remercie, lui dit-elle. Comment vont les autres ?

— Ils vont bien sauf Mickael qui est salement touché. Il faut le sortir rapidement.

— Et Malasingne ? demanda-t-elle, inquiète.

— On l'a pas encore vu.

Mehrlicht se tourna vers Latour et Ménard.

— Regardez si vous voyez les trois zouaves !

Latour et Ménard se mirent à inspecter le champ de gravats qu'éclairaient les deux puits de lumière. Le commandant Zelle et Mehrlicht se déployèrent également.

— Il y en a un ici, appela Latour, en se baissant pour prendre le pouls de l'homme.

Le commandant Zelle la rejoignit rapidement et identifia le corps :

— C'est David Gringorie. L'ingénieur. La Taupe. Il vous a visée. J'ai dû le neutraliser, commenta le commandant Zelle avant de s'éloigner à pas rapides pour reprendre sa recherche.

— Merci, souffla Latour, déjà seule, les yeux rivés sur les deux trous rouges dans la poitrine de l'homme.

Mehrlicht aperçut un bras et déblaya rapidement le reste d'un corps. L'homme, un grand Noir, s'était fait emboutir le crâne par un pavé en chute libre, et son dos avait partiellement brûlé dans l'explosion.

— J'ai trouvé l'artificier. Murfe. Vu l'état, il a perdu le goût du pain…

Il prit son pouls, mais l'homme était bien mort.

Ménard au centre de la salle, à dix mètres d'eux, les héla à son tour. Il grattait le sol avec énergie sous le regard de la statue de Hugo, plantée là comme une stèle votive.

— Il y a quelqu'un là, il est vivant !

Il s'activait déjà à déterrer complètement cet homme qui semblait avoir son âge, peut-être un peu plus. Il portait une chemise sale, peut-être jaune, en partie brûlée par l'explosion, et un jean répugnant de crasse. Il était pieds nus, plutôt petit, et incroyablement maigre. Ses cheveux bruns étaient roussis. La peau de son dos avait grillé par endroits et un filet de sang s'écoulait de son crâne, mais il respirait.

— Je crois que c'est Malasingne, déclara Ménard avec une réelle excitation. Et il est vivant.

Latour et Mehrlicht convergèrent vers l'endroit. Le commandant Zelle s'approcha à vive allure malgré les tas de décombres. Elle regarda l'homme inanimé que le jeune lieutenant finissait de déterrer, et identifia Rodolphe Malasingne. Ménard leva vers elle des yeux brillants.

— Il est vivant !

Elle pointa alors vers Malasingne son HK USP

noir et tira deux balles dans sa poitrine. Elle pivota ensuite et se dirigea, sans un mot, vers l'ouverture par laquelle ils étaient arrivés. Ménard la regarda partir, pétrifié. Le sang s'écoulait maintenant à gros bouillons de la poitrine de Malasingne et imbibait sa chemise claire d'une chaude noirceur. Il tenta d'y mettre les mains, de retenir tout ce sang qui fuyait entre ses doigts, mais rien n'y faisait. Il examina le sol autour de lui, mais rien ne pouvait lui servir à colmater ces plaies et à tarir le flot. Mehrlicht et Latour s'étaient figés également. Ils devinaient que la mission du commandant Zelle venait de se terminer, une mission couverte par le secret-défense. Elle partait faire son rapport à une hiérarchie reconnaissante, s'éloignant d'un pas sûr et déterminé. Il n'y aurait pas de «Révolte des Pauvres» ou de «Nouvelle Commune». L'affaire Malasingne était classée.

La voix de Dossantos, traînante et rauque, les tira de leur hébétement:

— Article 221 tiret 1 du code pénal: le fait de donner volontairement la mort à autrui constitue un meurtre. Il est puni de trente ans de réclusion criminelle.

Allongé sur le sol, il s'était relevé sur un coude. Il avait tiré son Sig-Sauer et mettait le commandant Zelle en joue. Elle s'arrêta et le fixa, un rictus aux lèvres.

— Ne soyez pas ridicule, lieutenant! Il ne s'est rien passé ici. Le ministre en personne vous le garantira.

Elle reprit sa progression vers la sortie, arrivant à cinq mètres de Dossantos qui la mettait toujours en joue.

— Article 221 tiret 3 du code pénal : le meurtre commis avec préméditation constitue un assassinat. Il est puni de la réclusion criminelle à perpétuité.

Elle continua d'avancer.

— Vous faites encore un pas et je vous éclate la rotule gauche. Ce n'est pas dans le code pénal, mais c'est très clair.

Elle se figea. Le lieutenant était livide mais semblait encore assez vaillant pour mettre sa menace à exécution. Elle pensa un instant au pistolet automatique dans sa main…

— Lâchez votre arme, ordonna Ménard derrière elle.

Elle se tourna et vit le lieutenant stagiaire pointer son arme vers elle. Le lieutenant Latour à son tour la mit en joue et sortit une paire de menottes. Le capitaine Mehrlicht les regardait sans un mot. Le commandant Zelle sourit, baissa les yeux et laissa tomber son arme.

— Vous êtes décidément idiots, railla-t-elle.

— Vous êtes décidément perspicace, répondit Mehrlicht.

D'un signe de tête, il confirma à Latour de lui passer les menottes et de procéder à son arrestation. Elle ne résista pas lorsque les bracelets métalliques cliquetèrent autour de ses fins poignets.

— Vous m'entendez en bas ? cria un pompier.

Ils levèrent la tête. Sur les bords du trou, là-haut, des pompiers et des policiers venaient d'apparaître.

— On a un blessé grave, répondit Latour.

— On descend ! Ne bougez pas !

Mehrlicht s'épousseta un peu, se racla la gorge et alluma une cigarette. Deux pompiers descendirent pour prodiguer les premiers soins à Dossantos. On hissa rapidement le blessé hors du trou. Latour annonça à Mehrlicht qu'elle suivait Dossantos jusqu'à l'ambulance.

Mehrlicht et Ménard escortèrent le commandant Zelle jusqu'à la sortie de l'égout, empruntant le chemin qu'ils avaient pris pour arriver là. Elle balançait sa tête de droite à gauche, incrédule, affichant son rictus habituel.

— Vous serez révoqués, Mehrlicht. Vous et tout votre petit personnel.

— Bah ! J'irai pêcher. Tu pêches, François ?

Ménard fut tout secoué d'entendre son prénom sortir de la bouche nicotinée du capitaine Mehrlicht.

— Euh… Non. Je… Non…

— Moi non plus, mais on essaiera.

— OK, répondit Ménard en souriant.

— Tu conduis. Il faut que je prépare Matiblout avant notre arrivée.

Ils saluèrent l'égoutier qui s'empressa de refermer la bouche d'égout comme pour mettre un terme à son incroyable journée. Ils montèrent ensuite dans l'ambulance et y installèrent leur prévenue. Les sirènes à fond, ils rentrèrent au commissariat.

Latour suivit le brancard jusqu'à l'ambulance où l'on installa Dossantos.

— Merci ! lui dit-il.

— Laisse tomber !

— Ça fait deux fois en vingt-quatre heures, quand même, insista-t-il.

— Tu ne fais pas attention à toi, aussi…, plaisanta-t-elle.

Il sourit. Puis son sourire disparut.

— Tu sais… Il n'y a pas de Jebril à Henri-Mondor.

Elle le dévisagea et pâlit. Elle comprit l'embarras du colosse depuis le matin. Elle s'était trompée : Dossantos ne craignait pas qu'elle racontât à Mehrlicht son intervention musclée de la veille, chez elle. Il craignait la réaction de Latour si elle venait à apprendre qu'il avait fouillé dans sa vie. Dossantos avait enquêté sur elle, sur Jebril, et il avait compris.

Le colosse déchiffra également son effroi.

— Non, Non ! Je veux dire, si on se sort de tout ça, je t'aiderai à trouver des papiers.

Elle le regarda, incrédule.

— Il faut y aller, là, cria le pompier.

Il lui sourit. Le policier tira les deux portes arrière de l'ambulance qui démarrait déjà.

— Attendez ! dit-elle en montant dans le véhicule. L'ambulance détala toutes sirènes au vent.

Vendredi 12 septembre

— Entrez ! dit Dossantos.

Mehrlicht poussa la porte et entra, suivi de Latour et de Ménard. Dossantos était alité dans un lit blanc et il écoutait une radio qui crachotait près de lui. Il leur sourit immédiatement en ouvrant les bras. Latour s'approcha aussitôt pour lui offrir le bouquet de fleurs qu'elle tenait, et le posa sur sa table de nuit. Elle se pencha pour lui faire la bise.

— Ma sauveuse ! lança-t-il en attrapant ses épaules.

Mehrlicht sourit.

— Matiblout en était tout ému quand je lui ai raconté. Il veut demander la médaille du courage et du dévouement !

Elle sourit. Ils l'applaudirent.

— Moi, je t'ai trouvé un peu de lecture, dit Ménard.

Il tendit au convalescent une petite pile de magazines.

— Ouaih ! Super ! s'enflamma Dossantos. *Karaté*

Bushido! *Punch Mag*! *Samouraï*! *Ceinture Noire*! *Budo International*! *Énergies*! *Masterfight*! *Fight-Sport*! *Top Fight*! Et… *Dojo Fight*! Tu me gâtes, là!

Mehrlicht s'approcha à son tour.

— Tiens! coassa-t-il.

Dossantos attrapa le petit livre et s'efforça de sourire.

— Ouaih! Des sudokus!

— Je t'ai pris force 1, commenta Mehrlicht. Faut bien commencer quelque part…

— C'est clair… Merci… À tous les trois!

— Bon, reprit Mehrlicht. Comment va notre colosse aux pieds d'argile?

— Eh bien, pas trop mal! Le projectile n'est pas entré trop profond, alors ils ont pu le sortir facilement. Mais je l'ai pris juste sous le gilet pare-balles. Pas de bol! Alors, ils me gardent une semaine. J'ai quand même un peu l'impression d'être dans un épisode d'*Urgences*… Après, j'ai encore une semaine à la maison. Deux semaines sans sport!

Il soupira.

— Réjouis-toi! répliqua Mehrlicht. Ç'aurait pu être pire…

— Et Zelle? demanda le colosse alité.

Ménard croisa les bras et raconta:

— Le commandant Zelle a passé vingt minutes en garde à vue. Ensuite, le commissaire Matiblout a reçu un coup de fil du ministre de l'Intérieur et le commissaire Di Castillo est venu la chercher.

— Elle nous a bien entubés elle aussi ! trancha Dossantos.

— On dit pas *entuber*, on dit *enfumer*, corrigea Mehrlicht. Pour l'instant, on n'a pas de nouvelles. Mais la merde, quand ça pleut, ça pleut dru. L'affaire Crémieux est entre les mains des juges. Ferrand est l'assassin. Une agression entre deux SDF dont l'un était en réalité un journaliste en reportage. Avec son passif de surineur, Ferrand va douiller. Pour le reste, Matiblout a les trois meurtriers, même si deux sont morts. Ça lui fait du chiffre, il est ravi. Il nous a dit d'aller faire un tour jusqu'à lundi matin. Il nous couvre un minimum, mine de rien. Tiens ! Mets plus fort les infos !

Dossantos tenta de se tourner dans un glapissement de douleur. Latour s'approcha et manipula le petit poste à sa place.

— Il y a plus une chambre avec télé de libre…, gémit le blessé.

— Chut ! chuinta Mehrlicht.

— Le flash info vous est offert par les saucisses Knacki Herta. Régalez-vous !

Ils tendirent tous l'oreille : à New York, les célébrations du 11-Septembre s'étaient déroulées dans la tristesse, le deuil et la dignité, le léger pic de pollution de la veille avait disparu et la situation avait été gérée avec sérénité au plus haut niveau de l'État, le navire qui avait effectué un dégazage sauvage, la veille, au large de la Bretagne, avait été localisé et battait pavillon malien, l'évasion de Fresnes d'un braqueur avait révélé de sérieuses négligences de la part des fonctionnaires de l'administration pénitentiaire et une enquête interne était ouverte, une fuite de gaz avait provoqué la veille une explosion et endommagé la cour d'honneur de la glorieuse université parisienne de la Sorbonne dont l'évacuation rapide par les forces de police avait pu éviter le pire, mais trois SDF qui squattaient illégalement les lieux y avaient tragiquement perdu la vie, la France arrivait en deuxième position dans un classement de l'OCDE, le temps serait doux en ce vendredi et pendant le week-end, ce qui permettrait indubitablement aux Sagittaires et aux Verseaux de concrétiser tous leurs projets.

L'émission suivante était sur le point d'être offerte par les centres Carglass, Carglass répare, Carglass remplace, alors, Latour éteignit le petit poste.

— La messe est dite ! conclut Mehrlicht.

— Ça n'a jamais eu lieu, dit Latour dans un souffle, le regard perdu dans le vague.

— Ça veut dire qu'on garde nos boulots ? interrogea Dossantos.

— J'aimerais bien. Je viens d'arriver, espéra Ménard.

Mehrlicht pouffa.

— Quand je vous ai vus la braquer… Toi, Mickael qui lui balance l'article du code pénal… Énorme ! François qui lui ordonne de lâcher son flingue ! Le panard ! Sophie qui sort les menottes… Je peux vous le dire : vous m'avez fait rêver ! Je croyais que j'allais chialer, je vous jure.

Ils rirent ensemble.

— Capitaine, vous avez été bon avec les «deux intellectuels assis», souligna Latour. On ne serait jamais arrivés à la Sorbonne à temps.

— Primo : c'est pas moi, c'est Audiard qui a eu l'idée ! Deuzio : on n'est pas arrivés à temps. Je te rappelle qu'on s'est pris quatre ou cinq tonnes de gravats sur le cigare. Heureusement qu'il n'y a pas eu l'explosion espérée par Malasingne qui devait raser la Sorbonne, sinon, on serait encore dessous avec un jardin zen sur le buffet. Troisio : putain ! Tu me tutoies quand ? Quatrio : reste à savoir si nous, on enterre l'histoire ou pas.

— Hein ? hennit Dossantos.

Les trois lieutenants regardaient leur capitaine, perplexes.

— On sait que Crémieux a pas juste été buté par un SDF, mais qu'il avait démonté le plan de Malasingne. On a les notes de Crémieux. On a le Chassepot. J'ai demandé à Carrel de se renseigner sur les SDF victimes de la fuite de gaz. Quand on verra les photos des trous de 7,65 dans leurs poitrines, ça peut en épastrouiller plus d'un. On a les égoutiers qui peuvent témoigner. Ferrand sera sûrement bavard. Et nos rapports. Je pense que si on s'applique à bien écrire notre histoire, on peut tout refiler à la mère Crémieux. Qu'est-ce que vous en pensez ?

— Je marche, dit Latour sans hésiter, avec un large sourire satisfait.

— Moi aussi, si ça peut envoyer Zelle au trou ! accepta Dossantos.

Ménard les regardait, apeuré.

— Je marche aussi, dit-il en baissant les yeux.

Mehrlicht lui sourit.

— Bon ! Je vous rassure : j'ai trouvé le flic qui a eu accès aux dossiers, aux pièces à conviction, peut-être avec des complicités internes, c'est sûr, et qui est prêt à tout balancer à qui veut, de la mère Crémieux à la presse, et à endosser toutes les emmerdes avec une joie infinie.

— Qui veut porter le chapeau ? Matiblout ? demanda Dossantos.

On frappa tout à coup à la porte.

— À point nommé ! Je lui ai dit de passer. Il est deux étages au-dessus de toi. Un voisin, quoi !

Mehrlicht vint ouvrir la porte. Jacques était assis, en chemise d'hôpital et jogging, dans un fauteuil roulant que poussait une jeune et magnifique infirmière métisse.

— Mon Danny ! coassa le mourant.

— Mon Jaco ! croassa son ami.

— Mon Dodo ! reprit Jacques à l'attention de Dossantos. Ça fait un bail !

Il se tourna vers l'infirmière.

— Merci, mon chaton. Je suis entre de bonnes mains, là.

— Je repasse vous chercher dans trente minutes, monsieur Morel. Vous ne faites pas de bêtises avec vos amis, hein ?

— Les seules bêtises que je souhaiterais faire, c'est avec toi, tu le sais.

— À tout à l'heure.

L'infirmière sourit et ressortit, sans un autre mot. Jacques fit le tour de la chambre pour saluer tout le monde, puis s'arrêta près du lit.

— Une balle dans le buffet. Ça doit en faire des points pour les mutations, ça ! Comment tu te sens ?

— Ça va mieux. Un petit coup au moral.

— C'est l'orgueil, ça passera, commenta Mehrlicht.

— Tu vas voir, on va se marrer. T'as pas du scotch ? Ils m'ont piqué le mien.

— Euh… Non, je n'ai pas ça ! répondit Dossantos, suspicieux.

Jacques se retourna et attrapa le sac plastique qui pendait à la poignée de son fauteuil et en extirpa une feuille de papier blanc qu'il déplia.

— Ils en ont marre que je colle des trucs glauques sur ma porte. Alors, je me fais engueuler. Le toubib est un con. Hier, il me parlait avec sa tête toute triste. À un moment, j'ai cru que c'était lui qui allait mourir. Ça m'a fait de la peine.

Il partit d'un rire franc que Mehrlicht suivit. Les trois autres rirent jaune.

— Il m'a dit qu'il comprenait ma démarche, mais que les autres patients en souffraient. Quel con ! J'ai eu pas mal de succès avec mon *Entre ici, Jean Moulin*. Les gens ont bien rigolé. Mais ils m'ont confisqué mon scotch.

— On va te trouver ça, dit Mehrlicht.

— Je vais en demander à l'accueil, annonça Ménard en se levant.

— Génial, fiston ! Demain, je leur mets ça sur la porte de ma chambre, je l'ai imprimé à l'ordinateur de la cafétéria, en bas. Je vous montre et après, on s'en grille une petite ? demanda-t-il à Mehrlicht.

— Pourquoi *petite* ? plaisanta l'homme-grenouille.

— Avec tout l'oxygène qu'ils me font pomper, j'ai la gargane en carafe. Ça me fait manger mon chou-fleur, dirait l'autre… Mais t'as raison : fais péter la grillante !

— On se mettra à la fenêtre, prévint Mehrlicht à l'intention des autres, comme Dossantos fronçait les sourcils.

— Bon, je vous montre, reprit Jacques.

Il étendit devant eux sa feuille de papier. Un crâne humain blanc et noir occupait tout le centre de la feuille au-dessus de deux mots latins imprimés à l'encre rouge : *Memento mori.*

Mehrlicht éclata de rire et Latour sourit.

— *Souviens-toi que tu vas mourir !* C'est pas bon, ça ? brailla Jacques entre deux coassements.

— Bah, bof ! répondit Dossantos.

— Quoi, *bof* ?

— Bah, il faut parler latin. Il y a beaucoup de patients qui parlent latin, ici ?

Jacques retourna sa feuille et la contempla, déçu. Mehrlicht essaya de le consoler.

— Ça peut le faire ! Un car de séminaristes qui se crashe, et hop ! C'est le succès assuré ! La gloire éternelle !

Jacques examinait toujours sa feuille et la froissa tout à coup.

— Vous avez raison ! C'est la barrière des langues. Qui suis-je pour m'y attaquer ?

— Faut rester au français, conclut Mehrlicht.

— C'est clair ! agréa Dossantos.

— C'est plus sûr ! commenta Latour.

La porte s'ouvrit soudain, et Ménard parut.

— J'ai le scotch !

— Bien joué ! Bon, faut trouver l'idée, maintenant, déclara Jacques, songeur.

— On va t'aider, conclut Mehrlicht en posant la main sur son épaule.

« L'histoire des hommes se reflète dans l'histoire des cloaques. Les gémonies racontaient Rome. L'égout de Paris a été une vieille chose formidable. Il a été sépulcre, il a été asile. Le crime, l'intelligence, la protestation sociale, la liberté de conscience, la pensée, le vol, tout ce que les lois humaines poursuivent ou ont poursuivi, s'est caché dans ce trou. »

LES MISÉRABLES, VICTOR HUGO.

REMERCIEMENTS

Aux deux Hélène, d'abord :
– à Hélène Amalric pour son enthousiasme et ses précieux conseils ;
– à Hélène Gédouin pour sa confiance.

À toute l'équipe de Marabout pour leur disponibilité, en particulier à Lisa et Lor.

À Yoni et Bernard Amoyel.

Merci à Isabelle, Jean-Michel, Sylvain et Cendryn pour leurs relectures multiples et implacables.

Merci enfin à Michel Paynot CPP d'avoir répondu avec patience et rigueur à toutes mes questions.

PAPIER À BASE DE
FIBRES CERTIFIÉES

Le Livre de Poche s'engage pour
l'environnement en réduisant
l'empreinte carbone de ses livres.
Celle de cet exemplaire est de :
300 g éq. CO_2
Rendez-vous sur
www.livredepoche-durable.fr

Composition réalisée par Soft Office

Achevé d'imprimer en France par
CPI BRODARD & TAUPIN (72200 La Flèche)
en avril 2019
N° d'impression : 3033577
Dépôt légal 1re publication : mai 2019
LIBRAIRIE GÉNÉRALE FRANÇAISE
21, rue du Montparnasse – 75298 Paris Cedex 06